소백산맥 ❷

주술에 걸린 시간들

소백산맥 ❷ 주술에 걸린 시간들

발행일   2024년 8월 30일

지은이   이서빈
펴낸이   손형국
펴낸곳   (주)북랩
편집인   선일영   편집   김은수, 배진용, 김현아, 김다빈, 김부경
디자인   이현수, 김민하, 임진형, 안유경, 신혜림   제작   박기성, 구성우, 이창영, 배상진
마케팅   김회란, 박진관
출판등록   2004. 12. 1(제2012-000051호)
주소   서울특별시 금천구 가산디지털 1로 168, 우림라이온스밸리 B동 B111호, B113~115호
홈페이지   www.book.co.kr
전화번호   (02)2026-5777   팩스   (02)3159-9637

ISBN   979-11-7224-239-8 03810 (종이책)   979-11-7224-240-4 05810 (전자책)

(주)북랩 성공출판의 파트너

북랩 홈페이지와 패밀리 사이트에서 다양한 출판 솔루션을 만나 보세요!

홈페이지 book.co.kr   •   **블로그** blog.naver.com/essaybook   •   **출판문의** book@book.co.kr

작가 연락처 문의 ▶ ask.book.co.kr

작가 연락처는 개인정보이므로 북랩에서 알려드릴 수 없습니다.

이서빈 대하소설

소백산맥

2

주술에 걸린 시간들

북랩

머리말

왜 사람은 살아야만 할까?

이 시소설은 외지고 황량한 시대를 외나무다리 건너듯 건너온 선조들과 우리의 이야기다. 선조들은 조선 5백 년이 일본에 어이없이 무너지고 대혼란을 겪으면서 그 참담하고 암울한 상실의 시대를 살아내기 위해 시시각각 밀려오는 죽음의 공포와 싸웠다. 천신만고 끝에 나라의 주권을 되찾기까지 반쪽짜리 나라에서 당해야 했던 그 많은 수모는 형언하기 어려울 정도다.

숨을 쉬는 것이 신기할 만큼 내일을 보장할 수 없던 참혹한 시대. 숨 속에도 죽음과 불안이 섞여 드나들던 시대의 이야기를 시작(詩作)의 키보다 더 높은 자료들을 모아 적어 내려갔다. 아직 세상에 태어나지 못해 역사에 묻혀있는 말들을 시말서를 쓰듯 내 청춘의 기나긴 시간을 하얗게 지우면서 머릿속을 탈탈 털어 시적인 언어로 썼기에 시소설이라 이름 붙였다.

〈소백산맥〉은 4·3 사건을 비롯해 건국이 되기까지, 그리고 오늘날 경제 강국이 되기까지 살아온, 그럼에도 불구하고 살아내야만 했던 격변기(激變期)로부터 세계 모든 사람이 우리나라에 살고 싶어 하는 순간까지를 그려낸 소설 같은 이야기이다.

　34년 전통 '영주신문'에 연재 중 독자의 요청이 많아 총 17권 중 연재가 끝난 5권을 미리 출판한다. 이 지면을 통해 영주신문에 깊은 감사를 드린다. 나머지도 연재가 끝나는 대로 출간 예정이다.

　입으로 다 말할 수 없는 일들을 유교 사상이 에워싸고 있는 영남의 명산 소백산 자락 영주 지방을 무대로 삼아 펼쳐내었다. 소설 속 사라져가는 우리나라의 미풍양속과 문화, 구전 이야기에 많은 관심을 가져주신 독자분들께 깊은 감사 말씀을 전한다.

2024년 8월

이서빈

목차

머리말 • 4

주술에 걸린 시간들 1 ………… 9

주술에 걸린 시간들 2 ………… 25

주술에 걸린 시간들 3 ………… 44

주술에 걸린 시간들 4 ………… 63

주술에 걸린 시간들 5 ………… 82

주술에 걸린 시간들 6 ………… 100

주술에 걸린 시간들 7 ………… 119

주술에 걸린 시간들 8 ………… 138

주술에 걸린 시간들 9 ………… 157

주술에 걸린 시간들 10 ……… 176

주술에 걸린 시간들 11 ………… 192

주술에 걸린 시간들 12 ……… 211

주술에 걸린 시간들 13 ……… 228

주술에 걸린 시간들 14 ……… 246

주술에 걸린 시간들

1

이승의 계절에는 지금 또 봄이 스며들고 있다. 나무 속에 들어 잠자던 햇빛과 바람 잎과 꽃들이 기지개를 켠다. 땅속에서 잠자던 아지랑이도 무슨 말인가를 아롱다롱 지저귀며 날아오른다. 봄이야 봄이야! 외치는 소리. 한쪽에서는 영혼의 속살이 짓물러 물컹물컹 피가 흐르고 또 한쪽에선 봄의 입덧 소리가 들린다. 졸졸 졸조루 잘잘 잘자루 철철 철처루. 없던 봄이 머리를 밖으로 내밀며 계절을 윤리하는 시간이다. 누락된 삶들은 이 세상에 태어나지 않는다. 새들도 바람도 덩달아 산속 바위틈을 지나 찔레 넝쿨을 지나 파르릇 파파파 푸르릇 푸푸푸 눈들을 진화시키고 있다. 사람이 되지 못한 슬픈 억류들의 몸부림. 얼음을 뚫고 봄볕을 찾아 나온 어린 봄꽃들이 햇살에 눈을 뜨지 못해 찡긋찡긋 허리를 구부리면서 햇살을 오물오물 빨아먹고 있다. 하얗게 웃어대는 해맑은 웃음.

까르르 까르 까르 뛰어내리는 저 放下着. 배꽃의 살결이 아기 웃음처럼 보드라워지기 시작한다. 산촌녀들은 서로가 같은 마음 다른 목적이 되어 봄을 뜯기 위해 길을 흔들며 걷고 있다. 봄 햇살을 흠뻑 마시며 길바닥 위에 고단함을 수다로 부려놓고 있다. 사람이 되기 위한 한 번의 처절한 몸부림. 사람의 몸으로 태어난 사람들은 알지 못한다. *가난은 수치가 아니다.* 발터 벤야민의 말을 잘근잘근 씹어본다. 얄강얄강 잘근잘근 씹고씹고 곱씹어보지만 이 지당한 말이 지당하지 않은 말 같다. 지구가 기울듯 고개를 기우뚱 기우뚱 해본다.

아이에게 먹여야 할 양식, 퉁퉁 불은 젖, 이를 악물고 아픔으로 짜내며 살아내야 하는 달녀에게는 가난은 아픔과 수치를 만들어낸다는 말이 훨씬 더 가슴에 와닿는다. 끈으로 꽁꽁 싸맨 젖이 싸르르 싸르르 돌며 괴롭히기 시작한다. 달녀는 혼자 머릿속으로 아픔을 잊기 위해 공상의 나래를 펼치며 걷고 있다. 그때 성격 활달한 끝순이 엄마 오미자가 먼저 봄 햇살 가득 묻은 말 대문을 열고 빼꼼, 들여다보며 말을 던진다. *재주 어마이는 새로 살아났다민서요?* 목소리가 걸걸하고 소탈한 고랑이 엄마 주근깨가 말을 곧받아친다. *야, 살아났다 그래대요.* 둘 사이에 앵두 엄마 강냉이가 강냉이처럼 가지런한 이로 측은지심을 묻히며 끼어든다. *그쎄! 인제 중핵교 입학한 아를 두고 큰일날 뿐했제. 살아났으이 울매나 다행이이껴?* 끝순이 엄마 오미자가 앵두 엄마 강냉이를 돌아보며 걱정이

모락모락 피어오르는 말 줄을 던진다. 그케 말이씨더. 재주가 울매나 똘똘하이겨? 이 동네서 두 분째 가라른 서러울 겐데. 우리 딸말 들으믄 재주는 6학년까짐 1등만 했다디더. 우등상을 6년 내내 받았다 그래디더. 그야말로 재주가 뛰어난 아 제. 한 분 받기도 어려운 우등상을 한 분도 안 빠지고 받았다 그래디더. 우리 딸들은 딱 한 분 받아 왔든가? 그래고는 우등상 코빼기도 못 봤는데 대단하잖니껴. 동네서도 재주 많다고 떠들썩한데 어마이가 죽으믄 누가 갸를 키우니껴? 중핵교도 월사금 낼 돈이 없다고 돈도 안 받고 오라 해서 돈도 안 내고 댕기게 됐다, 좋아하디이만. 수숫대처럼 키가 크고 비사이로막가처럼 빼빼 마른 여자. 얼굴에 주근깨가 해바라기 씨처럼 다닥다닥 박힌 고랑이 엄마 주근깨가 깨밭 고랑 타듯 말고랑을 탄다. 그캐 나무 속에 든 복은 끌로도 못 파낸다고. 그게 다 팔자 소관이 아이껴. 골을 타는 고랑이 엄마 주근깨의 말을 끝순이 엄마 오미자가 덮는다. 그래이, 저승사자가 데리가다가 도로 돌려보낸 모양이제. 두 사람의 말고랑을 타고 강냉이가 강냉이 수염 같은 머리를 위로 쓸어 올리며 냉이 냄새 풀풀 나는 말을 뱉어낸다. 그케. 우째 죽었든 사램이 살아 왔다는 동. 믿어지니껴?

　그때까지 한마디도 않고 듣고만 있던 똘똘이 엄마 국화주가 다른 사람의 말을 밀치며 끼어든다. 에이구. 안죽 그 얘기 몬 들은 모양이제요? 국화주의 말이 궁금증 넝쿨을 키우자 오미자가 달고 쓰고 시고 맵고 짠맛이 섞인 말로 국화주를 쳐다보며 묻는다. 먼 얘기 말인데? 국화주가 기가 막히는 일이 일어날 것 같은 말을 한다. *재주 어마이가 살아나자마자 꿈 얘기를 하는데 기가 막히드라잖 니껴.* 얼굴색이 검고 몸집이 뚱뚱해 뒤뚱거리며 걷던 오미자가 눈을 동그랗게 쳐다보며 호기심을 당긴다. *먼 꿈인데 그래 기가 막히 다는 말이로?* 오미자의 궁금해하는 말에 국화주가 은근히 뒤로 길게 뺀다. *이 귀한 정보를 맨입으로 말해 달라 그라나? 머라도 있 어야제.* 생긴 것과 달리 성질 급한 오미자가 벌처럼 한마디 톡, 쏘아붙인다. *똘똘이 어마이 니는 다 좋은데 머든지 꼭 거래할라 그 래는 게 나쁘다 아이라. 꼭, 장사꾼맨치로.* 적당한 키에 눈빛이 날카롭고 갸름한 얼굴에 쌀쌀해 보이는 인상을 가진 국화주가 쌩 불화살을 날린다. *지랄하고 자빠졌네. 먼 말을 그래 하노? 장사꾼? 이래 봬도 우리 집안은 대대로 선비 집안이따. 먼 말을 그래 싸가 지 없이 하노. 터진 주디이라고 막 놀리고 지랄하지 마라. 무식하 게스리?*

농촌에서 농사를 짓는 여자 쳐놓고는 피부도 희고 얼굴도 동그스름 귀염상으로 생긴 강냉이가 끼어들어 불을 끈다. *왜 이래노? 이래다 싸우겠다. 죽다 살아난 사람은 재주 어마이인데 왜 우리끼리 난리로?* 끝순이 어마이가 말을 저따구로 싸가지 없이 막 하이 그래지. 하고 버릴 말이래도 그래 하믄 안 된다. 알았나? 국화주의 말에 이미 불이 붙어 타고 있음을 눈치 빠른 오미자가 보았는지 얼른 말꼬랑지를 내린다. *그래 내가 죽을죄를 졌다. 미안하데이. 우*

리끼리 싸워서 머 덕댈 거 머 있노? 눈만 뜨믄 볼 사인데. 내가 말을 잘몬했다. 내 속은 안 그른데 요누무 주디이가 늘 말썽이라이. 말을 뱉고 나서 손바닥으로 입을 툭툭 두드리자 고누무 주디이를 풀로 싸바르든 동. 조대흙으로 싹 싸발라삐리라. 그래 지멋대로 나불대는 주디를 달고 댕기서 머 할라고 달고 댕기노. 국화주의 조금 누그러진 목소리에 그래믄 밥은 어데로 먹노? 풀로 싸바르그나 조대흙으로 싹 싸발라 뿌리믄 밥을 몬 먹으이 그래도 밥은 머꼬 살아야 하이 쪼매 봐조라. 오미자도 조금 풀어진 음성으로 농을 받아넘긴다. 돼나 마나 나오는 대로 막 놀리는 주디이는 밥을 굶어도 싸제. 굶끼 죽이뿌리라. 한분 그래봐이겠다. 그래야 그누무 주디이가 천방지축마골피마냥 안 날뛰제. 말이나 못 하믄. 저누무 주디이 말을 누가 당하노.

늘 만나면 티격태격 싸우면서도 둘이 가장 친하게 지내며 속 애기까지 하면서 지내는 국화주와 오미자다. 다른 사람들은 둘 사이를 잘 아는지라 저러다 말겠지 했지만, 달녀는 왠지 아슬아슬 외줄타기를 하는 것 같아 불안불안하다. 그런 달녀의 마음을 알기라도 하듯 이쯤에서 둘은 다시 틈새를 줄이기 시작한다. 머쓱해진 끝순이 엄마 오미자가 말 넝쿨을 달녀에게로 틀어서 들이댄다. *계절이 어마이 계절이 이름을 왜 계절이라 지었니껴? 누가 지었니껴?* 조심조심 말 다리를 놓고 있다. 본래 말을 잘 안 하고 듣기만 하는 편인데 갑자기 자신에게 말 넝쿨을 던진 끝순이 엄마 말에 어안이 벙벙해진다. 어디서부터 무슨 말을 해야 할지 몰랐다. 엉겁결에 야? 하고 되묻는다. 말을 준비하는 시간인데 성질 급한 끝순이 엄마 오미자는 묻지도 않는 말을 늘어놓기 시작한다. 여게 가치 가는 사 램들 아 들 이름하고 족보 다 말해줄 테이게 계절이 어마이도 말해주소. 알았니껴? 말을 길다랗게 잇는다. 끝순이 엄마 오미자는 자기 아이들 이름을 지은 이유를 말해준다며 말 끈을 엿가락처럼 늘이기 시작한다.

먼저 우리 끝순이부텀 말해주께요. 내가 딸을 연년생으로 여섯을 낳았잖니껴? 하도 딸을 마이 놓이 딸 고만 놓으라고 우리 막내딸 이름을 시아부지가 끝순이라고 지었니더. 첫딸은 나일순 두째는 나이순 싯째는 나삼순 넛째는 나사순 다싯째는 나오순 막내가 나끝순이씨더. 전부 다 시아부지가 지준 이름이씨더. 시할배도 독자. 시아부지도 독자. 끝순이 아부지도 독자. 그래 3대독자이 그르케도 생깄제요. 그래도 딸만 놓는 게 어데 내 책임이이껴? 낸들 왜 아들 놓고 싶지 않을니껴. 맴대로 안 되는 게 자식인 거 다 알믄서도 딸을 놓을 때마다 구박 설움은 말도 마소. 그누무 뱃속에는 아들은 못 살고 딸만 살 수 있는 배로 생개먹었나. 메느리한테 죄인처럼 푸념을 해댔제요. 딱, 죽고 싶을 때가 한두 분이 아니었제요. 여섯 놓을 때까짐 이분에는 아들이겠지. 또 이분에는… 하고. 아만 생기믄 열 달 내내 불안 속에서 떨어야 됐니더. 시상에서 지일 궁금한 게 먼지 아니껴? 뱃속에 들은 아 가 아들인지 딸인지 그거

처럼 궁금한 거는 이 시상에 없지 싶니더. 야박케도 어디다 뺏기버
렸는지 잃어뿌랬는지. 고치는 안 가주고 계속 나왔제요. 대 몬 잇
는다고 괄세받고 산 시월 다른 사람은 모르니더.

시어머이는 대놓고 심한 말을 퍼부었제요. 딸 싸부쳐놓고 머 잘
했다고 미역국을 처먹냐민서 소리를 질러대민서 아들만 사램이지
딸은 사램도 아닌 것맨치 천대를 하니더. 그래도 그것까짐은 내가
아들을 못 낳았으이 그르려니 할 수 있제요. 그거보담 더 못 참는
건 시어머이 말이씨더. 당신 아들을 보고 내가 있는 앞에서 노골
적으로 당신 죽기 전에 밖에서라도 아들을 나 오라고. 성화를 부
리드라고요. 그래도 그래다 말겠지 했니더. 그른데 한날 참말로
딸 하나를 델꼬 우뜬 야새이맨치 야시시하게 생긴 여자가 나타났
제요. 남핀은 그 야새이 같은 여자를 내 앞에서 손을 잡고 아무룽
지도 않게 델꼬 방으로 디갔니더. 놀래서 얼떨떨해하는 내한테 남
핀은 글쎄 밥을 채래오라고 하드라고요. 이상하기는 했제만 그래
도 그 여자하고 딸이 남편의 여자고 딸인 줄은 상상도 몬 했니더.
껄쩍지근한 생각이 들어서 누구냐꼬 마당으로 나온 남핀한테 물
었니더. 남핀은 낯빛 하나 안 빈하고 보믄 모르나? 내 딸하고 내
좋아하는 여자다. 저래 눈치가 없어서 머 해 먹고살겠노. 귀신 쳇
바퀴 돌래는 소리를 내뱉고는 얼릉 밥이나 가져오라고. 아무룽지
도 않게 뻔뻔하게 내던재는 그 말이 다였제요.

첨에는 운짐이 다니까 남편이 거짓뿌렁으로 돌래대는 동 알았제

요. 그른데 그게 아이고 진짜였제요. 너무나 당당하고 뻔뻔스룹게 말을 해서 내가 도로 이상한 사램이 되고 말았니더. 그 여자는 영주 시내 술집에서 일하던 술집 기집인데 말도 마소. 그때 생각하믄 지끔도 피가 꺼꿀로 솟니더. 아 하나를 안고 들어온 그 여자는 보통 여자가 아이드라고요. 울매나 발칙하게 야시를 떠는지 빈혈이 일어날 정도였제요. 술집에서 써먹든 행동이 몸속에 저장되어 있는지 교태를 부리민서 시아부지 시어머이 남편까짐 온 식구들의 에너지를 다 빨아들였제요. 굴러두 온 돌메이가 박힌 돌메이 뺀다고. 다 말할라믄 기가 맥해서 말도 안 나오니더. 시어머이 하는 행동은 더 불가사의했제요. 기다렸다는 듯 당장 별채를 비우디더. 그래고 그 여자가 살게 해줬니더. 내한테는 가타부타 말도 없이. 그 여자를 들여 앉히디더. 들어온 지 한 달도 안 돼서 또 뱃속에 밴 아 를 났제요. 딸, 딸인데도 울매나 극지이 잘해주는지. 내한테 욕하든 그 시어머이가 아니였제요. 내 머리로는 도저히 이해가 안 됐니더. 시어머이가 내한테 대하는 태도하고, 그 따라지맨치 살든 여자한테 대하는 태도하고는 은인과 웬수 대하듯 달랐제요.

다행히도 그 여자 '백여시'한테도 딸만 둘이니 망정이지 아들 낳았으믄 나는 벌써 쫓게났을 게씨더. 안죽도 늘 불안불안하이더. 끝순이 아부지는 늘 그 여자 백여시한테만 가서 자고 내 근처는 얼씬도 안 하디더. 첨에는 칵, 죽고 싶었제만 아 들을 이리 마이 놔 두고 우째 죽니껴? 참말로 기가 차고 눈이 차고 오장이 다 차서 인제는 더 찰 화도 없니더. 참 웃게는 일은 시아부지가 우리 끝순이 를 딸 인제는 끝이라민서 끝순이라 지어놓고 또 돌림자로 그 여자 의 아 를 나육순 나칠순으로 이름을 지었잖니껴. 웃기제요? 태어 나자마자 육순이고, 태어나자마자 칠순이니. 또 뱃속에 밴 아 가 딸이믄 팔순이라 한다디더. 머라 짓던 내하고는 상관없제만. 딸아 이름이 그게 머이껴? 시아부지가 오기 부리는 거 같애요. 남핀은 똑같은 지 딸이믄서 그 백여시가 논 아 만 이뻐하고 우리 아 들은 늘 찬밥 덩어리씨더. 시어머이나 시아부지나 남피이나 다 한 패거 리가 돼 똘똘 뭉치서 그 여자백에 모르고. 내나 우리 아 들은 사 램 취급도 안 하니더.

나물은 내가 뜯고 싸리도 내가 해놓았잖니껴. 그 싸리를 이고 지고 가주가서 장에 갔다 팔믄서 그 백여시 아, 육순이하고 칠순 이 것만 입을 거 주점부리 사다주고 우리 아 들은 눈까리사탕 하 나 사다주는 법이 없니더. 어린 아 들이 먼 죄가 있다고 그래 차별 을 하는지. 남핀도 일하고 남는 시간은 자기네 집이 거긴 동 알고 늘 그 백여시네 집인 별채에서 살제요. 아예 안채에는 가뭄에 콩 나듯이래도 발길을 안 하니더. 시어머이 시아부지도 우리 아 들은 딸이라고 풀쐐기맨치로 쏘더니이만 그 백여시 아 들은 델꼬 놀아 주고 업어주고. 입에 혀맨치로 델꼬 노니더. 귀해서 죽겠다는 낯을 하니더. 백여시는 마당 소지 한분 하는 것도 못 보고 손꾸락 하나 까딱 안 하니더. 지 새끼들만 주래찌고 놀민서도 사랑은 혼자 독차

지하고 앉아 있으이 참말로 웃게요. 딸만 난 죄로 참나무맨치 참고. 이제 가마떼기맨치 가만 있어야제 맨날 맨날 가심을 쓸어내루제만 남핀이 백여시 집으로 들어가는 것만 보믄 속에서 참자고 꼭꼭 단속해둔 맴은 어데 가고 불덩이가 막 치밀고 미칠 것 같애서 밤에는 잠을 못 자니더. 그 여자를 별채에 들오게 하고부텀 불맨증에다 울화증까지 생겠니더. 밤 매동 한 결게도 울화통이 활활타니더. 부아가 치밀어 올라오는 바램에 애먼 찬물만 벌커덕 벌커덕 삼키민서 불디이를 가라앉히재요.

　그래도 딸들을 보민서 맴을 달래고 누르고. 이를 물고 살고 있니더. 하기사 내가 남자래도 및 살이래도 젊고 깨끌바슨 여자가 좋을지도 모르제요. 나는 늘 일하느라 옷도 다 떨어진 옷 입고, 흙투성이지 멀꺼디이도 삼발이고, 백여시는 맨날천날 머꺼디이를 뺀드름하게 깜아 뺏고, 옷도 문지 한 톨 안 묻게 톡톡 털민서 살제요. 이름대로 백여시 같은 여자 아이껴. 술집에 있던 여자가 돼서 꾸다 논 무자루맨치로 무뚝뚝한 내한테 비하믄 애살스룹기도 하고, 목소리도 간드러지니더. 그래 애살을 떨고 그래이 시부모님들도 백여시만 좋아하디더. 남자는 늘 새 여자를 좋아한다는 말. 그 말 맞는 것 같니더. 나는 곰맨치로 곰곰 답답하고. 그 여자는 백여시맨치 야시시 풋야시를 떠이 백여시가 안 낫겠니껴? 그 여자가 저러다 덜컥 아들이래도 놓는 날에는 내 같은 건 쫓기나고 말 게 뻔한 일이제요. 그 백여시는 일을 안 하고 빈둥거레도 일도 안 씨게고, 빈둥빈둥거레도 대우를 받제요. 남핀도 머가 좋은 동, 일하는 시간 내놓고는 노상 백여시 방에 가서 사니더.

가슴앓이를 하도 해서 인제 속이 물컹물컹 다 썩어 뭉그러지고, 창자도 다 녹았니더. 아 들을 두고 어데로 도망을 갈 수도 없고. 죽을 수도 없고. 걍 죽지 못해 숨만 내쉬었다가 들이쉬었다가 하고 있니더. 이래 나물이라도 뜯어 아 들 작기장하고 연필이라도 사주고, 이른 맛으로 하루하루 시간만 메우민서 사니더. 산에서 나물 뜯어서 쪼매이씩 감춰뒀다가 평안 어른 장에 가는 날 드려서 아 들 작기장하고 연필을 가마이 사다주고 하잖니껴. 우리 딸들 여섯이 다 크기만 하믄 이 집에서 안 살 작정하고 사니더. 내가 이래 살이 찐 거도 물을 하도 마시서 부은 게 다 살이 된 거 아이껴. 밤매둥 한결게도 찬물을 벌컥벌컥 한 사발쓱 안 마시믄 이 속에서 천불이 나서 살 수가 없니더. 이 가심팍이 꽉, 베르빡맨치로 맥해서 죽을 것 같니더. 여게 다른 사램들은 내한테 대믄 복이 많은게 씨더. 그릏다고 일일이 갈불 수도 없고. 이 이 까막 가심을 누가 알니껴.

끝순이 엄마 오미자 눈에는 어느새 붉은 눈물이 온 얼굴을 타고 내리고 있다. 그녀는 소맷자락으로 얼굴을 쓱쓱 닦는다. 내가 왜 주책없이 이래노. 담에는 고랑이 어마이가 직접 말해라. 내가 얘기해줄라 그랬디이만 주책없는 눈물이 내 주디이를 틀어막아버렸다. 모두들 참 웃게요. 모두들 찬물을 끼얹은 듯 고요하게 발소리조차 숨죽이고 아무 말 없이 앞만 보고 걷는다. 시커먼 진흙 구덩이에서 건져 올린 말을 뒤집어쓴 아낙들 위로 갑자기 먹구름이 포말이 되어 날아다니고 있다. 그녀의 가슴속에서 부글거리며 속앓이를 하고 있던 말이 가슴창을 깨트리고 붉은 활자들로 뛰어나와서 아낙들의 좌표를 잃게 만든다. 가문비나무에 가문비를 내려줄 아무런 말도 못 찾고. 어디서 바람 한 줄기 달려와 그들 사이에 흐르는 침묵을 넘긴다. 오미자는 *고랑이 어마이 얼릉 소개 안 하고 머하노?* 말 배턴을 고랑이 엄마한테로 얼른 넘긴다. *고랑이 엄마 주근깨는 왜? 꼭 해야 되나? 담에 하자. 오늘만 날이라. 새털맨치 많은 날에 오늘만 꼭 날이 아이잖나.* 하고 소개를 얼버무리자 끝순이 엄마 오미자가 말을 받아 패대기친다. *내 속만 다 꺼내 까머놓고. 니는 공짜로 멀라꼬? 퍼뜩 말해라. 고랑이 어마이부텀 얼릉.* 말을 하지 않고는 못 배길 분위기가 되어버린다. *다, 집집마동 사정 없는 집이 어뎄노. 나도 소설을 써도 열 권을 써도 다 못 쓸 게다. 그래믄 소설 껍데이는 내뿌래고 알매이만 말해라 얼릉.* 끝순이 엄마 오미자 급한 성화에 못 이겨 고랑이 엄마 주근깨가 속을 털기 시작한다.

 고랑이는 밭을 매다가 밭고랑에서 나서 그래 이름을 고랑이라고 지었니더. 나는 아 를 하나밲에 방에서 못 낳았니더. 두째는 산에 싸리낭구하로 갔다가 낳니더. 배가 살살 아프기는 했제만 그래 빨리 통증이 심하게 번지서 아 가 나올 줄 누가 알았니껴? 배가 아픈 걸 참고 미랜스릅게 싸리낭구를 했제요. 싸리낭구하는데 도저히 더 이상 못 견디겠어서 산에서 내려오다가 났니더. 그 산에 눈은 허옇게 쌓있제 주위에 아무꺼도 없어 낫으로 탯줄을 짜르고, 피투새이가 된 아를 안고 산에서 내리왔니더. 엄동설한 그 추위에 산에서 났으이 살 수 있었겠니껴? 낫으로 탯줄을 끊는데 몸띠이 피가 다 얼어붙드라이요. 분매이 태어날 때는 울었제요. 그른데 탯줄을 끊고 피를 대강 옷으로 문지르고 아를 보이 아가 안 울드라고요.

그녀는 그때의 울먹임이 또 목구멍으로 넘어오는지 잠시 낫으로 탯줄을 자르듯 말줄기를 끊었다가 울먹거림을 목구멍으로 집어넣고 다시 말을 잇는다. 내 옷을 벗어서 아를 쌌어야 되는데. 배는 아프제, 피는 흐르제, 멀 우왜해야 될 똥 당황이 돼서. 그냥 핏덩어리 맨 아를 안고 내리왔제요. 아를 얼가 주겐 거제요. 에미가 아를 죽인 거 아이껴? 가는 어마이 잘못 만내서 죽은 거제요. 그누무 싸리가 머라꼬. 산달에는 집에서 쉬야 되는데. 알다시피 홀시아부지에 시동상이 닛에 시누이에. 땅이라고는 송곳 하나 꽂을 땅도 없으이. 우째 잠신들 집에서 쉴 수가 있니껴? 시동상 하나는 다리를 절둑거리서 일을 지대로 못 하제. 하나는 정신이 나가서 맨날 미친 사램맹그로 돌아댕그민서 말썽만 일으키제. 하나는 노름에 미쳐 저래 하루 벌어 노름판에 다 갖다주고 말제. 서방이란 작자는 천날 만날 눈만 뜨믄 돈도 없이 외상으로 술만 푸제. 다행히

싯째 시동상이 나무집 일도 하고 해서 내하고 벌어서 간신히 입에 풀칠을 하잖니껴. 인제 와서 원망해도 아무 쓰잘데기없는 일이제만. 내 신세를 이래 조재논 거는 그무무 거짓뿌렁이제요. 중매재이가 전부 거짓뿌렁으로 다 속이고 중매를 했잖니껴. 거짓뿌렁 중매로 내 인생을 이래 죽 쓰게 만들었제요. 시동상들이 하나는 빙시이고, 하나는 정신빙자고, 하나는 노름쟁인 거 전부 다 숨깃니더. 그것뿐 아이라 재산도 논이 열댓 마지기나 있다고 속였제. 그래 사기 중매를 했잖니껴. 잘 안 알아보고 중매재이 말만 믿은 우리가 빙시이제. 순홍하고 여하고는 거리가 멀어 알아볼 수도 없었제요.

우리 순홍 동네 장돌배이 아재가 중매를 했니더. 장돌배이 아재를 턱 믿었던 게 잘못이제요. 숱한 중매 다 뿌리채고 고른 게 이 집구석이니 이것도 팔자소관이제요. 산에서 난 아 는 고추를 달랑달랑 달고 나왔제요. 그 아 를 집에 델꼬 와서 이틀이 지나도 숨을 쉴 생각도 안 하고 잠만 자드라고요. 그래 어쩌니껴? 아 를 가마이에 둘둘 말아서 저 큰구래이에 구릉에 미고 올라갔니더. 생뗴 같은 자슥을 파묻어뿌랬니더. 땅을 파고 핀핀하게 묻고. 그 우에 빠짝 마른 가랑이퍼리를 덮고. 가랑이퍼리 날랠까 봐 돌메이를 마이 주서서 그 우에 지징카놓고 돌아왔니더. 아 를 혼자 땅속에 묻어놓고 오는데 자꾸만 아 가 무덤에서도 숨을 쉴 것 같아서 다시 파보고 싶었제요. 뒤돌아 오는데 발자국이 안 떨어지디더.

참말로 남정네들은 지독하기도 하디더. 고랑이 아부지는 아무릏지도 않게 뒤도 안 돌아보고 오디더. 대래 내더러 밍이 짧아 간 눔을 멀 그래 울고불고 난리 치냐민서. 나를 나무래고 아무릏지도 않게 잘도 살디더. 고랑이 할배는 아무른 감각도 없고. 내만 가심을 쥐뜯으민서 살았제요. 아깝고 불쌍한 내 새끼. 뱃속에서 열 달 동안 그래 힘들게 키워가주고. 시상 구경도 지대로 못 하고 땅속에 묻고 나이 참말로 허탈하디도. 그래서 나는 지끔도 싸리낭구하로 갈 때는 큰구래이는 안 가니더. 그 큰구래이에 아 를 넷이나 갔다 묻었으이. 그녀는 울컥, 또 원시림같이 빽빽한 슬픔을 삼키고 마음을 쓰다듬으며 병아리가 물 한 모금을 먹고 하늘을 쳐다보듯 고개를 뒤로 젖혀 하늘을 처다본다. 땅에 묻은 자식 생각이 벅차 올라 벅차오름을 누르는 모습을 보며 달녀는 자신의 처지가 가장 힘들던 생각이 잘못되었음을 깨닫는다. 인간은 남의 불행을 보면서 자신의 처지를 위안받는 건가? 속으로 거미줄처럼 엉킨 달녀의 생각을 걷어내며 말을 잇는다.

거게 싸리낭구가 쌔빌리게 많다 해도 글로 가고 싶겠니껴? 큰구래이라 하믄 원눈으로도 거들떠보기 싫니더. 내 아 들을 닛이나 잡아 처먹고, 입도 뻥긋 안 하는 큰구래이씨더. 싯째는 싸릿단을 이고 큰 거랑을 건너오다 나자빠지는 바람에 물에서 낳니더. 달도 안 찬 놈이 그쎄 머가 그래 급해서 시상 밖으로 나왔는 동. 그놈도 아들인데 집에 안고 와서 발의빌 짓을 다해봤제요. 그릏지만 끝내는 어미는 거따도 안 보고 지 가고 싶은 대로 숨을 거둬 가버린니더. 낭구토막 같은 아 를 가마떼기에 둘둘 말아서 큰구래이 지 형 옆에 갖다 묻었니더. 말이 그룹지 가슴팍에 묻었니더. 아무도 슬퍼하지 않는 게 더 슬펐니더. 지 아부지도 걍 그르려니 하고, 강 건너 불구경하듯 아무 표정도 없디더. 나무 새끼 갖다 묻은 거맨치로. 내 혼자만 가심을 쥐뜯었제 시상도 아무 일도 없는 거맨치 그냥 돌아가고 시집 식구들 누구 하나 슬픈 기색도 없이 꾸역꾸역 밥을 머꼬 잠을 자디더. 닛쩨는 통시서 나왔제요.

주술에 걸린 시간들

2

　집에 사람만 있어도 살았을 낀데. 아 는 통세 풍덩 빠졌제 탯줄은 달렸제. 겁이 나서 쩔쩔매민서 우왕좌왕하다가 아 를 건질라 해도 머가 있어야 건지재요. 암만 크게 소리를 질러도 집에는 개미 새깨이 한 마리도 없었제요. 할 수 없어 뒷간에 있는 똥바가지로 건져봤제요. 통시가 깊어 안 건져지더라고요. 다급한 맘에 통시 다리를 치우고 내가 똥 속으로 뛰어들어 아 를 건져 왔제요. 건져서 부엌에 가서 똥을 씻고 나이.

　그녀는 또 울먹울먹 찬 한을 꿀꺽 삼킨다. 머가 급해서 하마 숨을 멈췄더라고요. 딸래미였니더. 똥 까스가 너무 독했는 동, 미련 곰띠기 같은 에미가 싫었는 동. 아 는 눈도 안 뜨고 숨도 안 쉬고. 몸띠만 두고 혼은 어데로 날아가고 없었제요. 그래도 혹시나 혹시나 하고 방 아랫목에 갔다 눕히놓고 입으로 아무리 숨을 빨아올려

봐도 안 되디더. 결국, 그 이튿날도 안 깨나고 하얗게 누만 있으이 우째니껴? 또 자루에 담아서 또 큰구래이 지 오빠들 옆에다가 묻었니더. 우째 그릏게도 이쁘게 생깄던지. 참말로 원통하고 아깝디더. 다싯째는 맹심을 하고 산달에는 멀리 안 간 덕에 방에서 잘 낳았니더. 그것도 딸인데 지 언니맹크로 울매나 이뿌고 깔깔 맑은지. 무럭무럭 차돌맨치 이쁘게 잘도 컸니더. 그른데 우리 동네 전부 다 한 해 왜 홍역이 돌았잖니껴. 글쎄 그누무 홍역이 두 돌을 열흘도 안 남개고 우리 아를 찾아와서 자리를 잡았잖니껴. 그누무 홍역은 백약이 무효였제요. 생무꾸즙도 갈아 미게고 진흙 바닥을 파서 미게고 지래이도 잡아 끄래 미게고 빌의빌 짓을 다 했는데 빌 짓을 한 일은 거렁지도 안보예고 결국 고누무 홍역이 우리 딸래미를 데래가뿌랬니더.

내가 사는 게 사는 게 아이씨더. 그래 그 딸래미도 지 오빠 언니 저테 묻어주고. 돌메이로 잘 눌러놓고 왔니더. 내 큰구래이는 진짜 큰 자도 거들떠도 보기 싫니더. 자식의 육신 소멸을 저항 한분 못 해보고 멀쩡한 손을 묶고 앉아서 자슥을 포기해야 하는 에미 맴을 무게로 달아보믄 이 지구 무게보다 더 나갈 게씨더. 큰구래이는 보기도 싫은 곳인데 봄에 비가 부슬부슬 오는 날은 아 들이 부르는 동 나도 모르게 그짝을 치다보니더. 앞산이 보이니까 미치게 아 들이 보고 싶디더. 아 들이 전부 모여서 우르르 막 뛰와서 내 머릿속에 막 들어앉니더. 그른 날이믄 맴이 환장 민장이 되고. 하도 아 들이 보고 싶어 단박에 큰구래이 땅속에 있는 아 들을 보러 갔제요.

그른데 질가에 뱀 한 마리가 똬바리를 틀고 앉아 안 비켜디도. 돌아서 가는데 또 새가 두 마리 질에 내리앉아서 내가 가도 안 비키서 희안한 생각이 들었제요. 우리 아 들 영혼이 새가 되고 뱀이 되었나 헛된 생각도 했제요. 새를 쫓으민서 뱀을 타넘어서 아 들이 있는 돌무데기에 갔제요. 칠기꽃이 울매나 이쁘게 핐는지 온통 돌무데기를 다 덮었제요. 아 들은 전부 칠기꽃으로 피어나서 저끼리 꽃피우고 자라고 있었제요. 그 산중에서 에미도 없이 울매나 외로웠겠니껴? 참꽃 문디이보다 더 벌겋게 벌겋게 울민서 에미를 기다리는 것 같디더. 칠기꽃을 자식이라 생각하고 칠기꽃하고 중얼거래다 왔니더. 울매나 이뿌든지. 맴이 슬퍼 눈물이 나두룩 이뿌디더. 나는 칠기꽃이 그래 이뿐지 첨 알았니더. 칠기를 그릏게 마이 해 날라서 돈을 해 쓰민서도 그래 이뿐지 몰랬니더. 칠기꽃맨치 붉게 울다가 우째 집까중 왔는지 기억도 안 나디더. 아 를 다섯이나 낳았제요. 다섯 중에 달랑 고랑이 하나 건겠으이 내가 죄가 많은 사램이 아이껴? 저승사자는 우째 생개 먹었는지. 왜? 우리 아 들만 다 데리고 가는지. 저승사자를 만내믄 내 믹살을 잡고 따지고 싶니더. 눈에 보이기라도 해야 따재보기라도 하제요. 고래 짧은 밍을 줄라믄 당최 안 태나게 해야제.

내 정신은 울퉁불퉁 발질에 걷어채이고 째지고 엉망진창이 돼버렸제요. 그 많은 충격이 주어를 잃어뿌래고 헤매는 문장은 문장이 아이듯이 내 삶은 벌써 삶이 아인 지 오래됐제요. 안죽도 숨을 턱턱 막아 재끼는 어둠이 밤만 되든 내 목을 조르민서 눈을 초롱초롱 뜨니더. 잔인하게 내 품에서 뺏아간 아 들이 공중에서 빙빙 돌아 잠을 잘 수가 없제요. 잠도 뺏아가뿌래서 밤만 되든 미처뿌리겠니더. 내한테는 곱게 접어둘 만한 날들이 손꾸락에 꼽힐 정도제요. 이 한스러운 날들 위로 봄은 아무릏지도 않게 싹을 틔우고, 가을은 틔운 싹을 노랗게 물들이고 미깔스룹게도 잘도 돌아가제요. 나는 내가 누군지도 모르제요. 내 얼굴이 누리끼리한 빙색이 도는 것도 저승사자가 아 들을 데리고 갈 때 내 정신 반 토막을 같이 비먹었뿌리서 이래 마른 가랑이퍼리 맹크로 내가 바스락거리잖니껴. 날이 뜨거우믄 익은 알을 낳을까 봐 겁내는 새들맨치로 나는 아 들을 가지기만 하믄 열 달 내내 당산 낭구에 걱정을 걸어놓고 빌었제요. 그래도 소용없드라고요. 우리 아 들은 몸을 만든 부품 자체가 애시당초에 다 낡아빠진 중고로 만든 모양이제요. 그릏지 않으믄 우째 손꾸락 한 마디 질이도 안 되게 밍을 줬는지. 밍부사자한테 따재보고 싶제요. 목심을 올가미맨치 말아 쥐고 쥐락펴락하민서 보이지 않는 횡포로 인간을 낚시해 가는 이유를 따지보고 싶단 말이써더.

봄꽃이 피믄 버버리도 운다는데, 남편이란 작자는 봄꽃이 피든 동 버버리가 우는 동 알 바 없이 알콜 중독이 됐니더. 똘똘이 어마

이는 알잖니껴? 젊은 나에 손까지 떨민서 술을 하루라도 못 먹으
믄 살림살이를 손에 잡히는 대로 눈에 보이는 대로 다 둘래미쳐서
짜들어뿌래니더. 방 안에는 시아부지가 꼼짝도 못 하고 반 송장맨
치로 밥만 먹고 똥만 누고 숨만 쉬민서 들어 앉았니더. 똥, 오짐을
다 받아내니더. 말도 마이소. 집안 망신스런 말이제만도 우리 시아
부지는요⋯.

　목구멍에 걸려서 목으로 넘어가지 못한 붉은 감정을 억지로 잘
근잘근 씹어 넘긴 다음 말을 잇는다. 걷지도 못하고 방 안에 들어
앉은 지가 벌써 십 년 시월이 다 됐니더. 가만히만 있으믄 그래도
났제요. 내 속을 누가 알니껴? 밥을 금방 한 그릇 다 드시고도 남
핀이나 시동상이 보이믄 금방 시치미 뚝 띠고 베르빡에 똥칠 같은
말을 하니더. 저년이 날 밥 굶게서 배고파 죽겠다꼬. 소리소리 질
러대니더. 그래고는 베르빡에 똥으로 그림을 그래놓니더. 목감을
한 분 시키고 나믄 한 결게도 땀으로 옷이 다 젖니더. 들앉아 자시
기만 해서 궁디고 머고 온데 살이 쪄서 들지도 못하니더. 키도 팔
대 장석맨치 큰 데다가 잡숫고 방 안에만 있어서 살이 퍼들퍼들
쪄서 내 힘으로는 어렵제요. 죽을 심을 드래서 씻기고 나믄 앞이
가물가물하게 보이니더. 그래도 우쩨니껴? 아무도 목감시키줄 사
램이 없는데.

　말을 다 말로 못 하니더. 말로래도 다 할 수 있을 정도믄 울매나
좋을니껴. 목감시킬라고 하믄 내 머리끄대이를 두 손으로 감아쥐

고 다 뽑아뿌래니더. 그래 똥을 칠 때는 한여름에도 수건을 쓰고 드가 쳐야제 안 그래믄 머리끄대이 다 뽑히니더. 기가 막힌 건 머리끄대이를 한 주먹 뽑아 쥐고는 손을 들어 보이민서 멀쩡하게 이년아! 약 오르제? 그케 이년아 왜? 날 밥도 안 주고 지 혼자 다 쳐먹고 날랑 밥을 굶기노? 이 몹쓸 년아. 하민서 머리끄대이를 치캐 들고 미친 정신빙자가 되어 웃니더. 그때는 다 팽개쳐 내뿌래고 뛰쳐나오고 싶제요. 참말로 두 다리 쭉 뻗고 울어도 시원찮고 기가 맥해서 통곡을 해도 시원찮을 지갱이제요. 딱 죽어삐리고 싶니더. 안 해본 사램은 내 심정을 모를 게씨더. 어른이 돼노이 냄새는 이루 말할 수도 없니더. 코로 숨도 쉬기 어렵제요. 내야말로 사는 게 숨 붙어 있어 사는 게지 사는 거라 할 수 있니껴? 그래도 고랑이 하나 보고 살제요. 고랑이는 그래도 지 아부지 안 닮고 공부도 열심히 하니더. 지 엄마도 도와줄라고 애도 쓰제요. 내가 도시로 고랑이 델꼬 나가고 싶어도 저 시아부지 불쌍해서 못 가고, 시동상 불쌍해서 못 가고, 이래저래 내 발목이 잡히니더.

  그누무 정이란 게 먼지. 다, 고랑이 때문에 참니더. 고랑이한테는 혈육 아이껴? 내 하나 희생하믄 및 사램 살린다, 그래 생각하고 밤낮으로 소맨치로 일만 하민서 사니더. 다 얘기할라믄 및 달을 해도 다 못 하니더. 참말로 목심이 안 끊어지이 사는 게지. 이게 어데 사램 사는 거이껴? 이래 사는 것보담 더 가혹하고 잔인한 일이 있을니껴? 참말로 사는 게 아이고 걍 숨을 쉬는 거씨더. 주근깨는 소매 끝으로 눈물을 수선하면서 뒷말은 잘라먹는다. 큰 키에 어울리지 않게 주근깨는 까맣게 탄 한숨을 후 후 내쉰다. 긴 팔을 휘휘 저으며 앞만 보면서 걸어간다. 주근깨는 폼을 다 구기자고 다짐했는지 폼 따위는 신경 쓰지 않고 마구 걸음을 걷는다. 한참을 팔이 떨어지라 휘저으며 동전이라도 주울 듯이 땅만 보고 걷더니 잠시 멈춰 선다.

내 말은 이만큼 들었으니 인제 앵두 어마이 말해보소. 앵두 어마이는 아무 걱정 없제? 먼 복을 그래도 많이 타고났노? 시부모님은 메느리 혼자만 본 사램맨치 야단스룹고. 여스룹잖게 우리 메느리, 우리 메느리 하면서 사랑이 대단하이 울매나 좋노? 또 앵두 아부지는 어뚫고? 내사 앵두 어마이가 참말로 부룹다. 하루를 살아도 앵두 어마이맨치로 사랑받고 대우받으민서 살아봤으믄 좋겠다. 고랑이 엄마 주근깨의 말이 앵두 엄마 강냉이 쪽으로 튀밥처럼 튀어 하얗게 날아간다. 앵두 엄마 강냉이는 초승달 뿔처럼 발끈 새초롬한 말을 던진다. 나무 속에 걱정이 있는지 없는지 까 뒤지봤나? 다아 남 옘빙보담 지 고뿔이 더 아픈 기다. 내나 되이까 앵두네서 살제. 여게 앵두네 집에 와서 살 사램, 모르기는 하제만 아무도 없을 게다. 딱, 말도 하기 싫다. 안 하믄 안 되나?

고랑이 엄마 주근깨가 펄쩍 뛰면서 말을 던진다. 안죽 국망봉까짐 올래갈라믄 3분의 1도 못 왔는데 먼 소리 하노. 얼릉, 얘기해라. 말하기 싫으믄 대강대강 심심풀이 땅콩만큼만 해도 된다. 마늘종 같은 꼬부랑말이 쭈욱 뽑혀 나온다. 연녹색까지 뽑혀 나오자 안 하고는 안 될 분위기를 감지한 앵두 엄마 강냉이가 말 태래를 강냉이 수염처럼 풀어놓는다. 산촌 아낙들의 애환 서린 말뭉치는 두루마리 휴지처럼 술술 풀려 나온다. 그 속에 품어서 푹푹 썩어 거름이 되고 있던 말들. 슬픔이 되어 발꿈치까지 흘러내리고 있다. 봄바람이 어린 풀잎에 날아와 앉자 풀들이 어린 웃음을 파랗게 웃는다.

 그래. 하기사 내가 내세울 게 머 있다고. 잘난 거 한 개 없이 빙시이맨치 살아온 내가. 이 마당에 숨기고 자시고 할 게 머 있노. 얘기해주꾸마. 귓구멍 잘 열어두고 들어봐라. 우리 앵두 아부지 참으로 잘생기 먹었제. 시아부지도 잘생기고 시어머이도 좋아 보이고. 남들이 본들 머 하나 흠잡을 게 있노. 그림이사 어느 밍화보다 근사하고 멋지제. 마이 배우고 재산 많고 잘생기고. 겉 그림이사 '바라 바라 아제바라제' 더는 바랄 게 없제. 그래이 조건 좋다민서 이 동네서도 중매가 마이 들어왔다드라. 그른데 고르다 고르다 해 필이믄 내겉은 사램을 골랬는지 참말로 내가 재수 옴 붙었제. 누굴 원망하겠노. 나도 그림이 좋아서 이웃에서 시집 왔잖나. 그른데 그게 아이고, 그 그림이 가짜 모조품이믄 우쩰래? 화토 패는 까봐야 먼지 알고. 버선목은 까뒤잡아봐야 물속은 디가봐야 깊이를 안다 안 그르나? 겉 포장만 그를싸하게 포장을 해논 걸 보고 속을 우왜 알겠노. 내가 이 집에 와서 아들 닛을 나주고 딸을 나줬잖나.

그래이 앵두 아부지는 앵두밲에 모르제. 첨부텀 앵두 났으믄 구박덩어리 천대꾸러길 게다. 시어머이는 대놓고 그랜다. 손 귀한 집에 와서 아들을 나줬으이 안 내쫓는다고. 남들은 땅도 많고 마이 배우고 잘생기고, 시집 식구 다 잘해주고 나는 아무 걱정 없을 거 같제? 걱정 없는 집이 어데 있고 사연 없는 집이 어데 있겠노. 하다 못해 걱정 없는 게 걱정인 사램도 있다 안 그라나. 첨에 시집올 때만 해도 앵두 아부지는 사램 참 좋았제. 지 마누래 아갤 줄 알고, 인정도 많고. 그래 좋은 사람은 없지 싶을 만큼 좋았제. 그래고 마이 배웠잖나. 첫아들 成仁, 두째 成義, 시째 成禮, 니째 成智. 야들 놓고 살 때사 날매둥 따신 봄날이었제.

근데 봄이 가고 나믄 여름이 여름여름 태어나고 여름이 가고 나믄 갈기 가을가을 태어나고, 갈 가고 나믄 겔기 겨울겨울 태어나드라. 그른데 말이다. 계절은 봄이 가믄 여름이 오고, 여름이 가믄 갈기 오고, 갈 가믄 겔기 오고, 겔 가믄 또 봄이 한 치의 오차도 없이 돌아오는데, 내한테는 겔기 오고 매서운 칼바램이 내 맴을 싹 비버린 담부텀은 봄이 코빼기도 안 보앤다. 맨날 맨날 춥고 눈 쌓이고 매서운 칼바램을 들고 설치는 겔만 내 인생을 겔 주머이에 가둬두고 꽁꽁 얼어붙애놓고 있제. 한 분도 풀리지 않았다. 은제쯤 풀릴 날이 있을란지 몰따. 그날 얼어붙은 내 인생은 풀릴 생각도 안 하고 시베리아 벌판 모양 꽁꽁 얼어붙어 있다. 시집온 지 3년쯤 되었을 때였제. 그때 벌써 먹구름은 울민서 천둥, 번개 칠 준비를 하고 있었제. 아둔하고 맹한 내가 몰랐던 거뿌이었제. 그때도 지끔 맨치 햇빛은 시상을 다 움트게 할 만큼 따시하게 비추는 봄날이었제. 봄 햇살은 모두 우리 모자에게 다 모이들었제. 우리 첫아들 인이 태어났다. 한참 재롱을 떨민서 클 때였제. 인이를 델꼬 앞마당에서 도낏자루 썩는 줄도 모르고 놀고 있었제. 꽃을 뜯어 왕관도 맹글어 아들한테 씌워주고 가락지도 맹글어 밤벌레맨치 하얗게 꼬물거래는 손꾸락에 끼워주고, 목걸이도 맹글어 목에 걸어줬제. 이 시상에 태어나서 처음으로 엄마가 맹글어주는 꽃왕관 꽃가락지 꽃목걸이를 걸고 꽃보다 더 환하게 웃으민서 어미 품에 안겨 까르륵까르륵 웃어재끼는 아들 인이를 보민서 나는 행복에 개서 눈물이 날 지경이였제. 엄마한테 매달래서 볼태기에다 뽀뽀를 쪽쪽 하고. 아지래이가 피오르이 그 아지래이를 잡으로 뛰댕기는 그 모습. 참말로 황홀할 만큼 신기하고, 행복하고 즐겁고, 고맙고, 시상에 어뜬 수식어를 갔다 부치도 모자랠 만큼 좋았제.

행복 뒤에는 늘 불행이란 그림자가 따라댕긴다고 하잖나. 그 말이 딱 들어맞았제. 한참 시상에 없는 시간을 누리는 아이와 나의 행복 끈을 자르민서 낯선 여자가 찾아왔제. 여자가 고만고만한 딸둘을 델꼬 마당으로 들어섰제. 여기가 성부자 씨댁입니까? 하고 물었어. 야. 여게가 성부자 씨댁 맞니더. 먼 일로 그래시니껴? 묻자 그 여자는 나를 아래위로 쭉 훑어보았제. 그래고는 우리 인이한테로 눈길을 돌리민서 성부자 씨 좀 만나려고 왔습니다. 따박따박

말썽이 좋게 말했제. 지끔은 안 계시니더. 무신 일로 그래시는데요? 질문을 던졌는데 그 여자가 대답은 뚝 잘라먹고 하는 말. 그럼, 올 때까지 들어가서 기다려도 됩니까? 억수로 당당한 태도였제. 꼭 빚재이가 빚 받으로 온 거맨치로 아주 당당했어. 세련된 옷차림새에 한눈에도 멋재이였제. 그른데 여자 촉이란 게 있제. 갑재기 묘한 생각이 머리를 스치가는 거야. 설마, 설마. 아니야 어떤 전쟁 때 눈이 내려 천리마를 타고도 도망치지 못해 적군에게 잡힌 장수도 있지 설마가 사람 잡는다는데. 생각이 여게까지 닿자 저 멀리 넓은 초원에서 설마가 말발굽 소릴 내민서 막 달려왔제. 뒤이어 아니야, 아니야, 아니야. 아니라는 부정이 설마를 막을라고 애를 썼제. 결국은 아니야가 설마를 막았제. 적어도 그 순간만큼은.

그래도 고등 교육까짐 받고, 알 만큼 아는 사램이 그랠 리는 없다고, 스스로를 달래민서 위로를 하민서 했제. 내가 괜히 진도를 너무 멀리 나가는 거겠지. 그래고는 들어와 마레서 기다리라고 했제. 그른데도 왠지 기부이 좋지는 않았어. 그 여자는 마레 턱 걸치고 앉았어. 다리를 꼬고 도도하게. 딸들이 여기가 누구네 집이냐고 물었제. 그 여자는 엄마가 잘 아는 집이라고 단답형으로 대답을 했어. 나도 물어보고 싶었제만, 아니 아니 물어보기 두려운 생각이 들었어. 정확하게 말하믄 두려웠제. 다행히도 머릿속에 온갖 상상을 금방 지워버릴 수 있는 고무가 있었제. 인이 아부지가 그 찰나에 집으로 들어왔으이까. 일꾼들하고 논에서 일을 하다가 연장을 가질로 들어왔대. 삽적걸에 들어오든 남핀. 그 여자를 보자 그 자리서 얼어붙는 거였어. 남핀이 얼어붙는 걸 본 내 머릿속은 먼가 불길함이 화르르 불길맨치로 일어나 타고 있었제. 아무것도 불길한 일이 일나지 않았는데도 불길이 타오르고 있었제. 사램 직감이나 예감은 초인적인 심을 발휘할 때가 있제. 혼자 마구 상상의 불길을 피우제. 그 순간 여게가 어덴 중 알고 감히 확, 그냥 발모가지를 뿌래뜨릴까보다. 소리를 베락맨치 질렀제. 그리곤 막 뛰다시피 와서는 그 여자 팔을 마구 끌어냈제. 남핀은 안절부절 생판 딴 사램 같앴어. 그릏게 썽을 내는 남핀 얼굴을 한 분도 본 적 없었제. 지어미 팔을 잡아채서 마구 끌어내이 아 들도 울민서 따라 나갔제. 나도 뒤따라 나갔제. 나를 본 남핀은 아무것도 아이니 따라오지 말고 인이나 잘 보고 있으라민서 손사래를 쳤어. 그래고는 제정신이 들어왔는지. 언성을 낮춰서는 내 잠깐 갔다 올 거이 아 델꼬 디가서 아 나 잘 보고 있어라. 말마디를 던재고는 그 여자 팔을 붙잡고 갔제. 제정시이 아닌 것맨치 사정없이 끌어내서 밖으로 나갔제.

눈앞에 보이지 않는다고 불안이 없어진 건 아니었제. 그래 그 여자가 남핀 손아구에 끌래나간 뒤에도 먼가 맴이 껄쩍지근했제. 봄 낭구들이 몸속에 저장했든 물을 심차게 밀어 올리는 듯한 이상야릇한 감정이 자꾸만 혈관을 타고 올랐제. 그릏지만 딱히 머 하나 뚜렷하지 않으이 멍해지기만 하고. 아무것도 우째 해볼 도리가 없는 기라. 불안! 초조 초조 불안! 불안이 용수철 튀듯 솟아올랐다 가라앉고 초조가 또 그 뒤에 튀어 올라왔제. 먹물맨치 쏟아지는 불안, 새떼맨치 날아내리서 맴을 쪼아대는 불안. 불안에게 쪼이민서 남핀이 오기를 기다랬제. 어데로 갔는지 1분이 한 시간맨치 질게 느끼졌제. 감감무소식이라 답답하고 미칠 지경이었제. 그랜들 남핀이 오기 전에 무슨 수가 없잖나? 밤이 되어서야 집에 들어온 남핀. 남핀이 돌아오기까지의 시간. 지옥에서 수십 년을 기다린 듯 질었제. 남핀이 집에 들어오자마자 소나기 퍼붓듯 마구 말을 퍼부민서 물어댔제. 그 여자 누구냐고. 그릏지만 남핀의 대답은 응, 응 아 아무도 아이다. 빌거 아 아이니까 신갱 쓰지 마라. 얼버무리민서 말을 더듬기만 했제. 보통 수상쩍은 게 아이였제. 그래서 확실하게 해나야겠다 싶었제. 그래 넘겨짚어봤제. 혹시 숨겨논 여자 아이냐고. 안 그래믄 애 둘을 델꼬 나무 집에 왜 오냐고. 따발총맨치 따따따다 마구 쏘아댔제. 소내기와 총탄이 온몸에 박히자 남핀은 태연하게 말했제. 인이 어마이야. 내 술 한잔만 줄 수 없나? 그 말이 더 불안을 불러들엤제.

그래서 이참에 술로 매도해 다 알아내야겠다 싶었제. 알았다민서 정제 가서 술상을 봐 왔제. 술상을 직접 보민서도 무신 정신으로 술상을 봤는지도 몰랐다. 술상을 직접 봐달란 소리는 시집오고 첨이이 안 그랬겠나? 그래도 꾹꾹 눌러 참으민서 술상을 채렸제. 술상엔 안주도 술도 온통 불안과 초조로 가득 채렸제. 갈증 한 대접을 벌컥벌컥 마시고 술상을 들고 갔제. 남편은 불안 두어 잔을 안주도 없이 벌컥벌컥 마싰제. 그런 다음 그 여자, 머라 그래드냐 물었제. 아무 말도 안 하고 성부자 씨 기다렸다 보고 간다고. 딸들이 누구 집이냐고 물으니 아는 집이라고 하더라고 말했제. 다른 말은 안 하드냐, 문길래 다른 말은 없었다고 말해주었제. 팽팽한 긴장 한잔을 입속에 털어 넣고. 인이 어마이 아까 머라 그랬노? 숨기논 여자? 하고 내뿌랠 말이래도 그래 쓸데없는 말로 생사램 잡고 그래지 마라. 딱, 잡아뗐어. 말 색깔도 너무 투명해 보였제. 그래서 속으로 째끔 안심이 되기는 했제만 그래도 또 따졌제. 그래믄, 누구냐고. 지대로 그짓뿌렁 하지 말고, 둘러대지도 말고, 솔직하게 말해보라고. 안 그래믄 보따리 쌀 거이 그래 아라고 엄포를 놓았제. 남편은 말 안 할라 그랬디이, 다 들키뿌맀으이 말하마. 사실은 말이제. 내 영주 술집에서 술을 외상으로 마이 뫘다. 갚는다, 갚는다 하민서 니 알다시피 영주 갈 시간이 없어서 못 갚았다. 그랬디이 술값 받으로 술집 주인이 이까지 왔다. 에이 지독한 여자 같으이라고. 그래 올해 농사 지서 갚는다 그러고 보냈다. 내 다시는 니 몰래 외상술 안 먹을 테이 용서해주라. 문디이 같은 여자가 나무 집까짐 술값 받으로 댕기노. 재수 없게스리. 참말로 미안타.

남편의 그 말이 너무 어이가 없기도 하고. 힘이 탁 풀래드라고. 그 자리에 철퍼덕 주저앉을 뿐했다. 남편 말을 믿어야 했지만 먼지 자꾸만 마음속에 거슬리고, 캥기는 기부이 들었어. 안개가 다

걷히지 않은 느낌? 하여튼 머라고 표현이 잘 안 되는. 묘한 기분 아나? 암튼 그리 술집 여자는 내 속을 휘저놓고 가뿌래고. 다시 집안은 평온했제. 나도 그 일은 까맣게 잊어뿌래고 잘 지내고 있었제. 그새 또 우리 두째 의가 태어나고. 시째 예가 태어나고. 니째 지가 태어났제. 알다시피 손 귀한 집에 아들이 닛이나 태어났제. 그래자 시어머이 시아부지는 내뱄에 몰랬제. 사랑도 마이 받았니이라. 이 옷이고 머고 다 시부모님이 장마다 가서 사다 준 거 아이라.

그녀는 입고 있는 옷을 손으로 잡아당기며 말한다. 촌 아낙치고 옷도 모두 고급진 옷밖에 안 입는 그녀를 모두 부러워하기도 한 건 사실이다. 그녀는 하늘을 한 번 쳐다보더니 말을 잇는다. 그거 뿌이가? 집안일도 시어머이가 힘든 일은 거의 다 한다. 나는 쉬운 일만 시켰다. 머든지 내비도라. 아 나 바라 내가 하마, 식모 시키라 시어머이와 시아부지는 이 말을 입에 달고 살았제. '배 식모'는 우리 집에서 밥해 먹는 식모 이름이제. 아 가졌을 적 마동 장닭을 사다 황기와 한약을 지어 넣고 가매솥에 불 때서 푹푹 고아놓고 매일 먹게 했제. 그뿐 아이다. 아 놓고 나믄 영주 장까짐 가서 뱀맨치 징그룹게 생긴 가물치를 사 와서 가매솥에 푹푹 과서 한약맨치 마시게 하고. 흑염소를 잡아 고아놓고 수시로 주고. 쇠빼다구 쇠꼬래이도 사다놓고 고아주고. 그것들 다 먹고 나믄 부기 빠지라고 호박에 꿀을 넣고 대려줬제. 참말로 참말로 눈물겁게 잘해줬제.

내한테는 아무 일도 못하게 하고 당신들이 다 했제. 당신들이 다 못 하믄 식모한테 시키고 그뿐이라. 우리 인, 의, 예, 지를 시상에 당신들만 손주 본 거같이 이뻐했제. 이 산골에서 우리 아 들만큼 호사를 누리는 아 들도 없을 거라 생각했제. 내한테도 이래 잘해 주는 사람 없다고 고맙게 여겼제. 늘 지나친 행복은 불행을 실어 오는 법인가 보드라. 손주나 메느리한테 끔찍하게도 잘했제. 그래 이 남들이 보기에는 내가 참말로 좋겠다 다 부러워할 수백에 더 있나. 그래 그때까지만은 시상에서 내가 제일 행복하고. 참 좋았 제. 역시 마이 배우고 재산 많은 집에 시집 잘 왔다 싶었제. 참 호 강도 마이 했제. 내가 너무 복에 겨운 거 아인가 싶을 만큼. 모두 가 내게 잘해줬제.

그른데 말이다. 신은 늘 질투가 많은가 보드라. 누구 하나 질게 행복한 꼴은 못 보는가 보드라. 앵두를 가져서 막 입덧을 시작할 때였제. 남편은 일꾼들 데리고 논에 일하로 나가고. 시부모님은 내 가 입덧한다고 장에 가서 먹을 것 사 온다고 가싰제. 나는 집에서 아 들하고 숨바꼭질도 하고. 꽃모종도 하민서 봄빛을 맘껏 덮고 놀 았제. 아 들이 웃어제끼는 웃음소리. 내한테는 천국이 이런 것이 구나, 할 만큼 싱그러워 행복으로 피고 있었제. 피어난 꽃이퍼리에 이슬맨치 해맑고 영롱했제. 이거 다, 해맑고 영롱한 이슬맨치로 사 라지지 않겠지. 거짓뿌렁이 돼버리믄 우째나 하민서 행복을 갖고 놀고 있었제. 그렇게 한 나질을 다 갚아먹을 때였어. 우체부가 와서 핀지 한 장을 주고 갔어. 아무 생각 않고 떤재두려다 어데서 왔나 싶어 봤제. 글씨도 아주 잘 쓰고. 필체가 곱상한 게 여자 필체 같았제. 보낸 사람이 누구라고는 안 적해 있는 게 이상했어. 그래 참 희한하다 생각이 들드라고. 핀지를 보내믄 보내는 사람 이름을 안 밝히는 게 어데 있노. 받는 사람 이름만 성부자였어. 누구 귀하 도 앞도 아이고. 그냥 '성부자'라고 써 있었어. 내가 올매나 궁금했 겠노. 남핀에게 미안했제만 궁금해서 살 수가 없어 핀지 똥구멍에 핀을 살짝 넣어서 뜯어 보았제.

  핀지를 보는 순간. 하늘이 새까매졌제. 덜컥 땅으로 내리앉았제. 마른하늘에 날베락도 유분수지. 심장이 딱 멈추는 것 같았제. 암 흑이라는 말이 이때 가장 잘 어울릴 거 같앴제. 핀지 첫머리에 눈 허리가 휘는 순간 내 정신이 아이였제. 그때 그 일은 神의 한 수였 제. 몰랬으믄 차라리 무덤에 갈 때까짐 몰랬으믄 오늘의 이 불행도 모르고 살았을 거 아이라. 그 일을 알기 전이나 안 지끔이나. 상황 이 아무꺼도 달라진 건 없는데. 내 맴만 달라진다. 내 머릿속만 구 렁텅이 진흙탕에 빠재 허우적거리믄서 이래 내 신세를 들들 볶고 있다. 사는 것도 아이고 죽은 것도 아이고. 산송장이란 말이 딱 내 같은 팔자를 말하는 거제. 편지 내용은 턱을 괴고 앉아 뚜렷하 게 내 눈을 쳐다보았제. 여보! 읽어보세요. 거두절미하고. 성부자 씨 당신 딸들 양육비 다 떨어졌어요. 학교도 보내야 하고 쓸 일이 자꾸 늘어나서 아껴 써도 자꾸 늘어나는 생활비를 감당하기 어려워 어쩔 수 없어 연락드립니다. 아버님은 절대 이 집안하고 인연 끝났다고 하시지만, 이 아이는 성부자 당신 핏줄이니까 지난번 집에 갔을 때 약속한 그 금액은 보내주세요. 안 보내주시면 또다시 집에 찾아갈 수밖에요. 당신이 알아서 보내주셨으면 해요. 속히 보내주시길 바랍니다. 소박녀 올림 시상만상천상에. 모든 붓이 앞다투어 달래들어서 시상을 시커멓게 칠했제. 낮인데도 먹물을 뒤집어쓴 것맨치 캄캄 깜깜 껌껌. 어뜬 수식어로도 부족할 만큼 답답했제. 숨조차 쉴 수 없어 그 자리에 털썩 주저앉았제. 마레 앉았다가 누었다가, 냉수를 벌컥벌컥 마시다가, 빌 짓을 다 해봐도 안정이 안 됐어.

핀지는 다시 붙이놓았으이까 남편은 내가 핀지를 보았다는 건 몰랐제. 적때가 돼서 들어온 시부모는 이것저것 핑소에 내가 좋아하든 걸 사 오싯제. 내가 핑소와 달리 거들떠보지도 않고 누만 있었제. 시아부지는 애가 타는지 당신 아들을 데리고 왔제. 남편은 깜짝 놀래 절절맸어. 어디가 마이 아프냐민서. 이마를 짚어보고 손을 만지민서 어쩔 줄 몰라 했제. 그릏지만 남편의 더룬 손꾸락이 이마에 닿는 것조차 속이 구역질이 났어. 남편의 손을 밀쳐내자 남편은 놀랬는지, 어머이 아부지, 인이 어마이가 어데가 마이 아픈 것 같데이. 자신이 범인인 줄도 모르고, 엉뚱한 병으로 캐고 있었제. 시부모님은 의원을 모셔 온나, 약을 지어 온나, 호들갑 중에서 갑호 호들갑을 떨어댔제. 나는 그 모든 것들이 전부 다 너무 가증스러웠어. 이 모든 일은 내하고는 아무 상관 없이 내게로 한 권의 소설맨치 다가왔어. 더럽고 추한 일들은 보이지 않는 균이 되어 내 인생을 파고들어 좀먹었제. 이 집 식구들 전부 연극을 하는 거로밖에 보이지 않았어. 그 사램들이 무서워졌어. 하는 말 한마디 행동 하나하나가 모두 소름 끼치는 연기였지. 의원이 온다고 약이 있을 턱이 있나. 의원이 두어 밍이나 댕개 가고, 혹삭스룹게 야단법석을 떨어댔제. 그릏지만 결국엔 빙밍도 못 찾아내고, 차차 나을 거란 말만 앓해놓고 가뿌렀제. 나는 의원을 데려오지 마라, 데려와라 어뜬 말도 하기 싫었제. 미칠을 싸매고 누서 혼자 고민을 했제. 이 일을 우째 처리를 해야 할까 하고.

주술에 걸린 시간들

3

따뜻하고 부드럽던 집안 향기가 갑자기 얼음판맨치 차갑고 석고 맨치 굳었제. 이 혼돈과 어둠의 세계, 막막하고 초조함에 어데도 기대감이나 빛 한 줌도 보이지 않았제. 발끝에서 머리끝까지 하얀 홑이불을 덮고 관에 들어가기 위해 누워 있는 내 자신을 혼이 떠나서 내려다보고 있는 것 같아 섬뜩했제. 아무리 마음을 가라앉히려 애써도 물 마른 논바닥에 웅크리고 있는 미꾸라지 같은 생각에 내 가심이 가뭄에 논바닥맨치 쩍쩍 갈라져 잠만 잤어. 머리만 복잡해지고 아무것도 아니아니 아니야, 지끔까짐 살아온 내 인생이 모두 꿈이었으믄 좋겠다는 생각만 들었제. 모든 일이 뒤죽박죽 어디론가 잘못 흘러가고 있었제. 지금 꿈을 꾸고 있는 건지, 아님 핀지 사건이 꿈인 건지 정신이 실타래맨치 헝클어졌제.

미칠을 싸매고 누있으니 온 집안이 발카닥 뒤집했제. 죽을 끓애

오고 약을 지 오고, 의원을 데리오고, 모든 일이 진심이겠제만 내 한테는 연기로 보이어. 시어머이와 남편은 교대교대 밤낮으로 간호를 했제. 전부 보기도 싫드라고. 내게는 그 모든 게 연기고 가짜라는 생각만 머릿속을 꽉 채웠제. 시집 식구들이 하는 일들이 전부 넘 역겨워 견델 수가 없었제. 심지어 아 들까짐도 곁에 오는 게 싫고 귀찮드라고. 깊은 밤 아뜩히 미궁으로 떨어져 흐느적거리다, 암초에 부딪쳐 산산조각이 나는 기분. 그런 기분이 들더라고. 어데선가 쩽그랑 쩽그랑 유리창 깨지는 소리가 끊임없이 났제. 초라해질 대로 초라해져 시상에서 더 초라해질 수는 없두룩 초라해진 나는 어둠 속에서 헤어날 생각조차 않고 있드라고.

도저히 그대로 더 있으믄 미쳐 죽을 것 같앴제. 나는 친정에 좀 댕게오겠다고 했제. 시부모님은 남편더러 델따 주고 오라고 시캤어. 나는 필요 없다고 한마디로 거절을 하고 내 혼자 짐을 싸서 친정엘 갔제. 친정에서는 딸이 몸이 무거우니까 쉬로 왔겠거이 하고 반가워하싯제. 이것저것 먹을 것만 챙개주고 빌다른 의심을 안 하는 눈치여서 다행이었어. 엄마는 예민하게 딸의 표정을 읽었는지 아무리 아 가 서서 입덧이 심하다고 해도 우째 이 모양으로 얼굴이 반쪽이 됐노. 걱정을 장타령으로 늘어놓으믄서 내가 머꼬 싶은 음식을 물었제. 이튿날 남편이 쇠꼬래이를 사 가주고 왔어. 나 꽈 주라고 사왔다믄서 쇠꼬래이를 내라놓고 마레 올라 앉았제. 친정 엄마는 그런 파렴치한 인간인지도 모르고. 사우라고 반가워하민서 자고 가라 했제. 얌통머리도 없이 자고 가겠다고 했어. 나는 그 말을 땅바닥에 떨어지기도 전에 주워 들었제. 땅바닥에 떨어지믄 흙을 털어야 해 귀찮으니까 자지 말고 그냥 가라고 했제. 남편은 이상하다는 듯이 날더러 괜찮냐고 물었어. 말도 섞고 싶지 않아서 고개만 끄떡였제. 남편이 그럼 또 오겠다민서 집으로 가기가 무섭게 쇠꼬래이를 마당 바닥에 패대기쳐뿔랐어. 사기꾼이 사준 고기는 안 먹는다고 소리치민서. 식구들이 깜짝 놀랐제. 야가! 야가! 야가! 왜? 성 서방하고 싸왔나 물었제. 아무 말도 안 하는 나를 한참 쳐다봤제. 아부지는 새까맣게 다 타들어가는 나무 속도 모르고 암만 싸왔다고 해도 그릏제. 저래 쇠꼬래이까짐 사 오민서 남자가 굽히고 사과의 뜻을 전하믄 받아들이는 게 사램의 도리제. 먹는 걸 그래 마당 바닥에 패대기치는 모땐 버릇이 어데서 배와 먹은 버르장머리냐민서 역정을 패대기치싰제. 나는 아부지 말씸에 맥지 자꾸만 눈물이 흘렀어. 아부지는 아무꺼도 모르시민서 나한테만 저래신다민서 소리를 지르민서 문을 쾅 닫아버맀제. 아부지는 모르기는 멀 몰래 부부가 살다 보믄 싸우기도 하고 그래제, 그릏다고 저래 찾아온 사람을 그냥 돌래보내고 사온 걸 마당 바닥에 패대기치고 그래민서 잘했다고? 내가 니 교육을 그래 시키드나? 참 기가 막혀서 내, 저른 걸 델꼬 사느라 성 서방 속이 새카맣게 다 썩어 문드러지겠구먼. 성 서방이나 사돈어른이 너무 오냐오냐 잘해줘서 버르장머리를 저래 들애났구먼. 저따우로 버르장머리를 들애서 멀 우쩰라고, 저래 간만 잔뜩 키우는지 내 참.

　아부지가 역정을 뱉어놓고 어데론가 홀딱 가뿌랬제. 걱정스런 얼굴을 하고 있던 엄마가 역정을 받어들고 들어왔제. 엄마는 내가 우는 걸 보고 니 아부지 역정 내는 양반이 아인데 니가 잘못했제. 멀 잘했다고 울기는 왜 우노. 니가 성 서방이래도 기부이 좋겠나? 싸우는 건 싸우드래도 남자가 먼저 굽히고 들어오믄 여자는 몬 이기는 척 따라가주는 게 도리 아이라? 싸와서 이기믄 머하고 지믄 머할래? 아부지 훈계에 덧대는 엄마가 미와서 톡, 땡비보다 더 독하게 쏴뿌랬제. 누가 싸웠대? 그래믄 우왜 모땠그러 그래노? 성 서방을 쫓아 보내고, 쇠꼬래이를 집어던지믄서 성질을 부리노? 엄마 말에 나는 분을 몬 이기서 엉엉 울었제. 설움에 복받친 내 울음이 컸던지 엄마가 움찔 놀랬어. 어데 먼 일이냐 기겁을 했제. 그래 엄마한테 자초지종을 다 털어놨제. 엄마는 당신이 눈이 삐어서 딸을 그만 데로 시집보냈다고 울고불고 난리가 났제. 친정집은 땡비집 쑤신 것보다 더 난리가 났제. 엄마는 가문하고 사램 좋은 거만 봤제 누가 그래 몹쓸 짓을 하는 사램일 줄 꿈에나 생각했나 말이따. 내가 내 눈알을 깠다. 에구 우리 딸 불쌍해서 우째노. 엄마마저 골을 싸매고 누우싰제. 아부지도 처음엔 화가 나서 사돈집인지 지랄인지 가서 다 뒤집어 엎어뿌래고 온다고 펄쩍 팔딱 뛰싰제. 엄마가 골을 싸매고 드러누우이 아부지는 아무 말도 없이 술만 드싰제. 아무 대책도 없이, 찬물에 잠긴 채로 사흘이 지내고 엄마는 일

나싰제. 아부지는 식사도 거르시고 방 안에서 술만 드싰제. 술만 드시다가 보이 안 되겄든지, 사흘이 더 지나자 아부지는 내 방으로 건네와서 조심스레 물었제. 이 일을 우쩨믄 좋노? 내 눈치를 보시는 눈치였제.

우리 집은 딸이 여섯이다. 내가 기중 맏딸이라 내한테 거는 기대가 컸던 엄마 아부지였제. 그래 니 생각을 말해봐라. 니는 우쩨고 싶노? 나는 모른다고 아무 생각도 안 난다고 했제. 그랬디이 아부지는 그래믄 니 내 말대로 해라, 하고 어떤 결단이 서신 것맨치로 말씀하싰제. 니 시어른이나 성 서방이 니한테 잘하제? 잘하는 게 여자 때문이제 내가 좋아서 잘한 거이껴? 하고 반문을 했제. 아부지는 우쨌거나 사돈들이나 성 서방이 니한테 끔찍이 잘하는 거는 동네가 다 아는 사실이잖나. 그래이 그냥 모른 척하고 아 들 잘 키우민서 그냥 들어가서 살아라. 억울하고 괘씸한 걸로 치믄 내가 당장 쫓아가 성 서방이나 사돈어른 맥살을 잡아도 시원찮지만 그래 감정으로 해결될 일이 아이따. 니 입장에서 차분히 내 미칠 생각해봤다. 그래고 낸 결론이다. 그냥 디가서 모른 척하고 아 들 키우민서 사는 거이 상책이다. 니 말 들으이 사돈들도 그 여자를 맴에 안 두는 것 같고 성 서방도 그 여자하고 사이는 끝난 것 같다. 니가 가서 아 들 잘 키우고 살아이지. 아 들이 없으믄 당장 이혼이래도 시키고 싶다마는 그래 이혼을 하믄 저 어린 우리 인, 의, 예, 지, 뱃속에 아 인생이 앞으로 우쩨될 끼로. 심은 들고 억울하고 괘

씸한 걸 우째 말로 다 하겠노. 그릏제만 니 내 말 맹심하고 잘 듣그라. 니 하나 참고 사는 게 장래에 저 아 들이 기 피고 잘 사는 길이 아이라. 저 아 들을 버리고 안 살믄 저 아 들 앞날은 우째란 말이로. 막말로 이혼을 한다고 해서 달라지는 일은 하나도 없다. 이미 엎질러진 물을 담을 재간은 없으이 물을 닦을 방법을 연구해 이제. 다른 생각은 다 접어두고 아 들만 생각하고 살그라. 내도 내 자슥이 최고제 내 자슥 희생시키고 싶지는 않다. 그릏지만 니 하나 참고 살믄 니 속으로 난 아 들 다싯을 살리잖나. 니 하나 편하자고 니 속으로 난 아 들 다싯을 다 한쪽 부모 밑에서 크게 하는 것보다 니 하나 참는 게 더 나을 것 같다. 선택은 니가 해야 되제만 내 말 곰곰 생각해보그라. 만약에 니 동생이 이른 일이 있다믄 니는 머라고 말해줄 건지 객관적으로 아주 냉철하게 생각해보그라. 내 말 무신 말인동 잘 알아들었나? 그저 참고 또 참고 견디보그라. 속에서 울화가 치밀거든 화를 내고, 울고 싶거든 펑펑 울고, 원망하고 싶거든 원망하민서. 저 불쌍한 아 들 구김살 없이 잘 키우그라. 따지고 보믄 그 여자도 억울하지 않겠나? 딸이 둘이나 있다민서 버림받은 거나 같으이 성 서방은 서로한테 못할 짓 했제만서도 그기 인생인 기라. 부모는 자식의 거름이 되는 기다. 그게 니를 위하는 길이기도 하다 알겠나? 지끔 성 서방이 그 여자한테 빠자 있다믄 뒤도 안 돌아보고 이혼하라 하겠제만, 내 보기엔 성 서방이 그 여자한테 정은 옛날에 다 끊어낸 것 같다. 그래이 여서 한 미칠 묵으민서 맴 추스르고 가그라. 임자는 아 몸 잘 보해서 저 시댁에 보내게.

아부지는 먼 생각으로 나를 살라고 하는지 원망스러웠제. 그릏치만 달리 빼족한 수도 없드라고. 아부지 말씀타나 아 들이 있으이. 그 아 들이 불쌍한 생각이 들었제. 그래 일주일쯤 친정에서 살다가 그 사기꾼 성씨네 집구석에 돌아왔제. 겉으로 보믄 아무 일도 없었던 것맨치 앵두 놓고 이래저래 살고 있제. 한핀 생각하믄 아부지 말씀맨치 '소박녀' 그 여자도 참 불쌍체. 안죽도 그 여자를 언제 알았는지, 누군지 한 분도 물어보지도 안했다. 그래 그냥 송장맨치로 살제. 아 들 보고 시간을 죽이민서 내도 하루하루 죽어가민서 산다. 아부지가 맏딸 인생에 내린 상책의 전략이니 우째겠노? 산나물도 뜯으로 가지 마라, 곁게 싸리낭구도 하로 가지 마라. 집에서 아 들이나 잘 키우라 하제만 내가 집 안에만 있었으믄 화빙 속빙이 나서 벌써 이 시상 사람이 아니겠제. 이래 나물 뜯으민서 봄도 보고, 나비도 보고 꽃들도 보민서, 나는 혼 빠진 사람맨치 살제. 꽃 보믄 꽃이 되고, 나빌 보믄 나비가 되고, 새들 보믄 나는 새가 된 것맨치로 살제. 곁게는 싸리낭구하로 가서 소낭구에 하얗게 핀 눈꽃을 보민서 삶이 무거워서 큰 가지들이 생다지로 찢어져 그 추위에 속살을 허옇게 다 내놓고 늘어진 걸 보믄 꼭 내 인생하고 똑같다는 생각을 하고, 새들이 자유로이 날아댕기는 걸 보믄 부러움의 날개가 겨드랑이서 마구 돋아나고, 옹노에 걸린 토끼를 보믄 니도 재수가 없어 옹노에 걸린 신세구나. 기를 쓰고 목숨을 보전하는 짐승을 잡아먹는 사람들이 야만인 같다는 생각. 이웃에 지내가다 뱀 단지에 뚜껑도 열어줘뿌랜다. 뱀들이 항아리에 갇혀서 울매나 답답할꼬? 맴대로 밖으로 돌아댕길 수 없다는 막막함 땜에 패닉 상태에 빠질 것 같았제. 자유롭게 어데든 갈 수 있는 내 맴도 미쳐버릴 것 같아 숨이 맥히는데 싶은 생각이 들어 뱀을 풀어주믄 땅꾼이 뱀을 어르는 소리로 생각하는지 여게저게로 몸을 꾸불텅거리민서 각자 어데론가 부지런히 흩어졌제. 우라에우스의 후손일지도 모른다고 생각했제.

성씨네 식구가 저 뱀들보다 더 사악하다는 생각이 들었다. 뱀들이 나 보믄 좋아하겠제? 일방적으로 산뱀을 잡아 가둬두고 옥죄는 사람들 성씨네 집안 나를 잡아 가둬두는 것과 같다는 생각이 들었제. 그냥저냥 그래저래, 산하고 들하고 꽃하고 짐승하고 속말 터놓고 살제. 그냥 저냥 구름맨치 물안개맨치로 산바람맨치로 맴을 떠다니민서 살제. 찬겨울을 뚫고 노란 웃음을 웃으민서 봄눈과 추위를 뚫고 올라오는 복수초를 보믄 노란 복수도 생각하고, 마당 귀퉁이 맨드라미가 붉은 달구새끼 베슬을 흉내 내고 피믄 맨드라미 맹크로 발갛게 밑줄 그가민서 글도 한 분씩 글적거리민서 시인 흉내도 내보고, 여름밤 풀벌거지들이 울믄 그 풀벌거지 소리를 꺾어 빙에다 꽂아두고, 달빛을 찍어 글 한 줄 써보다 문득 달 건제로 가서 채석강에 빠자 죽었다는 이백을 생각하기도 하제. 나도 태백산 밑에서 태어났으이 달이나 건재 봐이겠다고 채석강 아닌 방랑강으로 혼자 밤에 나가기도 하제. 방랑강에 가믄 진짜로 달이 강물에 빠져서 허우적거리제. 그른데 희얀하게 아무리 오래 물에 빠자 있어도 달은 불어터지지도 않제. 밤이 이슥도록 건지고 또 건지다 암만 건져도 손꾸락 새로 용하게 미꾸라지 새끼맨치 빠져 달아나 결국 빈손으로 터덜터덜 집으로 걸어오제. 오다가 보믄 그누무 달은 또 은제 강물에서 걸어 나와 나를 따라 둥둥둥둥 걸어오제. 내 머리 우에서 나를 따라 신작로를 지내고, 봇도랑을 건내고, 골목을 따라와 우리 집 탱자낭구 울타리도 홀짝 건너 뛰어 우리집 마당까짐 나를 따라오제. 꼭 우리 앵두 아부지, 그 인간 성부자가 날 따라댕기듯이 말이다.

그를 때 국화주라도 한잔 마시믄 달도 건지고 잠도 동글동글 잘 잘 겐데, 국화주는 내 속을 모르이 혼자 캄캄한 동굴 속에 갇힐 뿐이제. 성부자 식구들은 나를 위하는 척하민서 내 눈과 귀를 전부 다 닫아걸었제. 나는 봉사와 버버리와 귀머거리로 살았어. 보고도 몬 본 척, 알고도 모르는 척, 참 숙맥맨치로 살았제. 허깨비로 살았어. 내 자신이 도저히 용서가 안 될 때믄, 밤하늘 빌을 보민서 마당을 이유 없이 안절부절 왔다갔다 했제. 달도 내가 하는 행동이 우스운지. 어뜬 날은 내 그림자를 두 개도 만들고, 시 개도 만들고 지 꼴리는 대로 만든다. 또 질게 늘갔다 짱딸막하게 줄갔다 나를 지 멋대로 가꼬 논다. 성씨 집안 사램들맨치로. 차라리 고

흐맨치 내 스스로 귀를 비 내뿌리고 싶었제. 심청이 아부지맨치 눈도 멀었음 더 좋았을 거란 생각을 했어. 땅바닥에 떨어진 빛빛 부스레기를 줍고 또 주워보려 애도 써봤제. 내 멍청한 재주로 빛빛 줍는다는 걸 비웃듯 빛빛 뿌사지는 소리만 빠스락 빠스락 내 귓구 멍으로 들어왔어. 날벌걸지맨치로 앞산 낭구이퍼리들을 하얗게 뒤비보기도 하고 일으캐 세우고 또 뒤비보다 일으캐 세우는 바람 맨치로.

 몰염치한 성씨네 사램들, 한 분밖에 없는 내 소중한 인생을 하얗 게 뒤비버렸다. 내 가슴속엔 성씨네가 파램치범이란 생각이 태아 맨치로 웅크리고 있제. 그 웅크린 알 껍데이 울매나 더 많은 시간 이 지내가야 지와질래나 몰래. 지와질 수 있을라나도 몰래. 몰래 몰래 참말로 모르겠어. 껍데이를 깨고 날개를 퍼득이민서 빙아리 맹크로 노라이 아리아리 빙아리 소리치민서 걸어 나올지? 내 자신 이 몬 깨고 남이 깨트래서 결국 라이라이 후라이가 될지 나도 잘 모르겠어. 내 자신도 무섭고 두렵고 시집 식구들도 무섭고 두렵기 만 할 뿐이제. 머가 먼지 실타래맨치 마구마구 풀어낼 수 있는 끄 트머리도 없어. 뒤엉켜서 도무지 실마리를 찾을 방법은 어데도 없 었제. 그릏다고 실타래맨치로 가새로 싹둑 잘라버릴 수 있으믄 울 매나 좋겠노. 친정아부지는 내 안에 답이 있다고 말씀하제만, 내 몸속, 이 강냉이 몸속 구석구석을 지끔까짐 샅샅이 이 잡드기 다 뒤제 찾아봐도 답은커녕 답 비스므리한 것도 없었제. 친정엄마는 남들매로 차라리 공부나 씨개지 말걸 괘히 공부를 마이 씨개서 저리 팔자를 험하게 만들었다고 아부지한테 푸념을 하시기도 하제. 한분 벌어져서 생긴 틈은 점점 더 틈이 벌어지제 붙기가 참말로 어렵다는 걸 알았제. 틈은 더 기만적으로 커져만 가고 나는 그 금을 메꿀라고 진흙을 개서 때워보기도 하고, 헝겊 쪼가리를 대고 바늘로 촘촘 홈질도 했제만 그건 하늘을 손바닥으로 가리려는 것일 뿐이었제. 가냘프고 처량하기 그지없는 몸짓에 불과한 것이었제. 앵두 아부지나 시집 식구들을 볼 때마다 그 여자 소박녀의 얼굴이 식구들 얼굴에 겹쳤제. 합동으로 나를 비웃고 있었제. 언제까지? 아이 내가 살아 있는 동안 그 사람들은 속이민서 가맨을 쓰고 나를 기만하고 살겠제. 전전긍긍하민서 늘 불안불안하겠제.

아이 아이! 그 사건을 안 후부텀은 내가 그들을 기만하고 있는 건지도 모르제. 나는 불안으로 뒤덮여 전전긍긍하민서 비밀이 탄로날까 봐 애를 태우지는 않제. 지은 죄는 없으이까. 적어도 새파랗게 젊은 나무 인생을 송두리째 사기를 치지는 않았으이까. 나, 아이 아이 강냉이는 그때 벌써 죽고 지끔의 강냉이는 사료용 강냉이다. 강냉이는 이 멀쩡한 두 눈을 멀뚱멀뚱 뜨고 발을 헛디대서 구렁테이로 굴러떨어져 죽었다. 그래고 새로 짐승들의 사료용으로 태어났제. 지끔은 성씨들의 사료용이고 다만 우리 아 들 엄마로서만 살아 있을 뿐이제. 아 들 그림자일 뿐이제. 껍데이 몸만 허수아비맨치 벌판에 서서 허허허허 새를 쫓고 있제. 간도 씰개도 다 빠진 헛개비로 서서 허허허허 서 있제. 인제 곧 새떼들도 허수아비가 허수아비인 거 알 때가 올 게제. 공중으로 새떼맨치로 날리 보내민서 한겨울을 서 있제. 허파에 바람 든 사램맨치, 창자가 꼬이도록 허허허허 헛웃음을 날래보내고. 지라가 꼬이도록 지랄발광을 하민서 죽은 송장으로 살제. 애써 밥씨를 뿌래고 피사리를 하고 비료를 줘서 꽃을 피우고 천둥번개를 받아 먹으민서, 열매가 누렇게 익어지믄 나락은 통째 싹둑 베어가고 그루터기만 남기듯 그래 나도 그루터기로 남겠제. 내 인생도 엄마 아부지가 애써 길러놓은 이 강냉이 인생. 성부자네 그 족속들이 나락을 비듯, 혼은 다 싹둑 싹둑 비 가고 그루터기만 남았제. 그루터기를 봤제. 빈 논이라고 아무도 거들떠보지 않는, 처음엔 새떼들도 새새새 떼떼떼 모여들어 낱이삭이라도 골래 먹겠지. 그롷지만 그 흩어져 있던 낱알마저 다 쪼아 더 이상 멀 게 없으믄 새떼들도 다 날아가버리제.

그루터기를 짓밟으민서 알곡만 추수하기 바쁜 논. 그 빈 논의 그루터기가 되어 썩기만 기다리고 있제. 강냉이에게도 더 이상의 손길이 필요 없어지믄 아 들도 저 새떼맨치로 날아가버리겠제. 그때가 되길 기다리민서 견디고 있제. 내, 강냉이 혼은 내 몸을 떠나간지 오래됐다. 어데로 떠났는지도 모르고 영영 돌아오지도 않을 것같제. 성씨 집안 사램들도 그래 말한다. 나를, 한 혼 나간 사램맨치로 산다고. 어데 아픈 거 아이냐고. 빙으로 날 몰아넣고 있제. 이 대단하단 집안에서 내가 구름과자를 피우기 시작하는데도 누구

하나 왜 피우냐고 물어보는 사람도 없제. '소박녀' 사건을 눈치챘다는 것을 눈치채는 사람도 없었제. 아이다. 우쩨믄 그 반대일 수도 있겠제. 눈치챈 걸 알믄서도 모르는 척할 수도 있겠제. 그래고도 남을 위대하고 잘난 족속들이이까. 암튼 그런 거는 한 개도 중요하지 않다. 이 집 사람들은 내게 절절매믄서 잘해주제. 그릏지만 그건 인품이 대단해서가 아이라는 것. 내가 안 이상은 그 사람들이 하는 짓거리 모두가 연극일 뿐이제. 지은 죄가 있어서 절절절절, 죽을 때까짐 내게 절절절절매믄서 절하듯 살지도 모르제. 그건 아들 낳아 대 이어줬다는 것 때문이겠제. 내, 강냉이가 이뻐서 그른 건 절대로 아이라는 걸 말하고 싶제.

하기사 어차피 인생은 연극이 아이라. 태어나믄서부텀 주어진 배역을 충실하게 하다가 연극이 끝나믄 무대 뒤로 사라지는. 그 극단은 누가 맹글었는지? 배역은 우쩨 먼 기준으로 선발하는지? 누가 선발하는지? 처음부텀 시작도 끝도 모르고 해야 하는 말도 안 되는 배역 아이라. 대본도 한 개도 없이, 한 분의 연습도 없이 매일매일 단 한 순간도 거역하지 몬하는 강제 배역이라는 말이다. 한 치 앞도 안 보이는 안개 속에서 주어진 각본대로 그저 꾸벅꾸벅 연극만 충실하게 하고 살라는 인생 자체가 모순덩어리 아이가. 나는 이런 가혹한 주인공은 몸서리나게 싫다. 니체도 거짓뿌렁쟁이다. 신이 죽었다 그랬는데, 그래믄 이 모든 작당을 운명을 태어나게 한 이 혼은 대체 누가 정해준단 말이로. 싫다고 누구한테 배역을 바까달라고 할 수가 있나. 나 연기 싫다고, 이 주인공 너무 싫다고, 그래믄 연기 안 하겠다고, 누구한테 항의를 할 수도 없잖나. 그래 우쩔 수가 없어 그냥 이래고 있다. 이래고 있는 것도 내 배역인지도 모르제만. 내게 배역을 맡긴 게 누군지는 모르제만 이건 실패작 연극이다. 나도 아 들 땜에, 내 쪽난 맴을 붙이기 위해 빌의 빌 짓을 다 해보았제. 그른데 이누무 맴이 안 붙어. 불협화음에 걸린 남루한 내 모습이 천지간에 홀로 돋아 외로운 영혼으로 둘둘 말려 떨고만 있제. 연화동 폭포에 가서 뛰내리는 물들을 바라보기도 했제. 등푸른 햇살들이 마구 뛰내리는 곳에서 나도 뛰내리자고, 뛰내리자고, 내 자신이 또 다른 내 자신을 자꾸만 꼬드겼제. 뛰내리자고 꼬드기는 자신의 말을 듣고 뛰내리려는 순간, 아 들이 우루루 내 눈앞을 가로막아서 몬 뛰내렸제. 창백한 얼굴을 한 아 들이 심장을 비는 소리로 엄마를 불렀제. 합창이 그렇게 내 심장을 도려내어 나는 백수광부의 처맨치 물을 건너야 할 동 말아야 할 동 망설있제.

괴로운 마음만 심한 통증으로 나뒹굴고. 맴은 다 으깨져 산산조각이 났제. 내 맴은 안티고네맨치 꺾이지 않고 거슬러 걷는 자도 아닌 삶을 울부짖었제. 내 두 눈을 뽑아버리고 싶었제. 폭포가 던지는 울음소리를 부여잡고 온몸을 떨었제. 갑재기 낯선 어둠들이 먹구름으로 밀래와서 들끓었제. 햄릿의 복수와 죽음 리어왕의 오만과 불효 오셀로의 질투와 악행 나는 머? 그 머란 말인가. 생각자루를 폭포수에 집어던져도 떠내래가지 않는 맴, 차라리 악몽이기를 빌었제. 악몽은 영원히 내 잠을 안 깨우고, 계속 악몽만 꾸게 할 줄 몰랐제. 현실 속에서 꿈을 찾아 헤매고 있었제. 내 자신을 달래도 보고 타일러도 보지만 잘 안 돼. 그래 내가 이 애먼 구름과자로 화를 빨아내밀서 살제.

그녀는 걸음을 막고 길가에 넓적하게 엎드려 있는 돌에 풀썩 주저앉는다. 시선은 먼 하늘을 보는 것 같았지만 초점 없는 공허에 휩싸인 눈빛이다. 앞섶에서 구름과자 하나를 꺼내 불을 붙인다. 또 마음속에 활활 타오르는 불을 끄기 위해 맞불 작전을 하는 거다. 길게 빨아들였다, 하늘을 향해 내뿜는 연기. 그녀의 새까맣게 탄 속을 대신해 하늘을 향한 원망의 마음을 소나기처럼 쏟아내는 것 같다. 단숨에 다 빨아먹은 구름과자 꽁초 삼각형 머리와 짤록한 허리의 개미 떼들이 줄을 지어 어디론가 먹이를 구하러 가는 줄도 까맣게 모르고 길바닥에 버리고 흙과 개미와 꽁초를 한꺼번에 발로 짓뭉개버린 그녀는 잠긴 소리로 *이게 남들이 보는 앵두 어마이 강냉이의 행복이씨더.* 엉덩이를 들어 툴툴 털어내고 걸음을 옮기기 시작한다. 발걸음에도 초점이 없다. 누구도 그녀의 앞으로 걸어가는 사람은 없다. 조용히 그녀의 앞선 발자국을 향해 천천히 큰 산으로 발걸음을 재촉하는 척한다.

아무도 몰랐던 앵두 엄마 강냉이 말을 들은 여자들은 모두 숙연해져 입에 박음질을 하고 앞만 보고 걷고 있다. 아무도 아무 말을 못 하고 침묵을 땅에 깔며 걷기를 얼마였을까. 말의 그림자마저 짙게 깔리기 시작할 때 성질 괄괄한 끝순이 엄마 오미자가 침묵 알을 손바닥으로 탁탁 치며 깨트린다. *사램 사는 게 다 그릏고 그릏제. 어데 천당인가 지랄인가가 있드나 말만 무성하제. 사는 것도 전부 다 거리를 재봐야 오십보백보 차이밲에 안 난다. 우리 말 나온 김에 속말 다 털어내고 살자. 인생 머 있나 그릏게 살다 그릏게 죽는 게 인생이제. 내 나라도 하나 몬 지켜 나무 나라 사램한테 간섭받으민서 사는데 개인 인생이라고 다르게 있겠나? 그냥 살아지는 대로 살다 보믄 죽든가 살든가 먼 수가 나겠제.* 삶을 달관한 사람처럼 줄줄 명주실 뽑듯 미끈한 말을 뽑아낸다. 깜깜하게 걷던 앵두 엄마 강냉이가 침묵을 걷어차며 갑자기 말을 뱉아낸다. *자, 내 팔자는 내 팔자고. 우리 똘똘이 어마이 똘똘한 말 해보그라. 꼭 해이 되나? 기분도 그릏고 고만 담에 하자. 또 왜 빼고 지랄을 하고 자빠져 기시노? 퍼뜩 해라 고마.* 끝순이 엄마 오미자가 일침을 가한다. *잘하믄 때리겠네. 알았다. 하믄 되지 와 주디이는 그래 험악하게 막 놀래고 지랄하노.* 똘똘이 엄마 국화주가 맞받아쳐 말을 눕힌다. 그녀는 거미줄 뽑아내듯 입에서 말을 뽑기 시작한다. *그래 머, 어짜피 다 이래저래 우리 여자들은 부당한 대접만 받고 사는 시상 아이라? 누구 하나 지대로 대우받고 사는 사람이 있겠나. 시상을 탓하고 이누무 남자 중심의 시상을 확, 뒤비엎어 밭 갈 듯이 갈아엎어삐리지 않고는 맨날 우리 여자들은 당하고만 살아*

야 될 기다. 그래이 우리 딸들이래도 공부를 씨게고 똑똑하이 키와서 이른 짐승맨치 대접을 받는 일 없애야 한다. 당당하게 살 수 있게 해야 안 되겠나. 남자들이 여자들을 공부 안 갈치는 이유를 알잖나. '암닭이 울민 집안이 망한다.' 말인지 막걸린지? 모를 말을 맹글어서 여자들 머리 우에서 군림할라 하는 속셈 아이라. 암닭이 울어야 알을 낳제. 옛날부텀 남자 중심 시대 아이라. 역사만 해도 이름을 잘못 붙있잖아. '히스토리'라 하는데 히스토리하게 웃기는 말 아이가? 남자 혼자서 역사를 맹그나 어데? 남자 여자 가치 맹그는 기지. 그래믄 역사 맹글 때 여자는 뱃속에나 저 화성이나 외계에 출장 보냈었나? 전부다 지들 멋대로다. 아무리 역사는 승자의 기록이라 하제만. 이건 해도 너무 한다. 이게 다 여자들은 글을 안 갈체고 남자들만 갈체고. 머리를 깨이게 한 탓이제. 남자 지들이 잘났다고 아무리 날뛰어 봤자다. 다, 여자 가랑이 밑에서 나온 거 아이라. 그걸 새까맣게 잊어뿌래고 머가 그리 잘난 척하는 동. 이 지구상에서 남자는 열 여자 마다 않고 능력만 있으믄 델꼬 사는 거 봐라. 그렇지만 여자는 어데 아무리 능력 있다 해도 그랠 수 있나? 여자를 천대하고 홀대하미 무시하고, 왜 자기네 맴대로 할라고 기를 쓰는지 당최 알 수가 없다. 도통 멍청이들 아이라.

그래이 우리 딸내미들은 기를 쓰고 공부를 시키야 시상이 바뀐다. 그래야 그런 저런 수모도 안 받고, 말도 안 되는 미치광이 짓들을 그만둘 거 아이라. 자기들 할매도 여자 엄마도 여자 마누래도 여자 고모도 여자 이모도 여자 숙모도 여자 누나나 여동생도 여자 자기들 딸도 여자다. 온통 여자 더비긴데 왜 그래 여자를 무시하고 남자만 사램인거맨치 그래는지 모르겠다. 나는 우리 똘똘이나 우리 딸들이나 다 똑같이 핵교 보낼 끼다. 내 몸이 부스러지드래도. 꼭 딸들은 유학 보낼라고 기를 쓰고 일한다. 나는 나물 뜯고 싸리낭구하고 칠기 끊은 돈 인동꽃 말리서 판 돈 다 모아뒀다. 그 돈으로 우리 딸래미 유학 보낼 끼다. 시아부지하고 시어머니야 또 펄쩍 뛰겠지만 소용없다. 시아부지하고 시어머니가 머라 하든 나는 딸들 데리고 이 집 나갈란다. 도시로 가서 질거리서 동냥을 해서래도 딸들 공부시낄 기다. 지끔 죽을똥 살똥 몸 안 사래고 이래 피터지게 밤낮으로 일하는 이유다. 이마에 아는 사램은 다 안다. 우리 시아부지하고 시어머이는 딸은 사램 취급도 안한다. 주점부리도 감춰뒀다가 꼭 머시마만 준다. 지지바들은 천대꾸러기다. 머시마 입은 입님이시고 지지바 입은 주둥아리다. 우리 큰아 똘똘이만 사램이고 낭거지는 사램이 아인거맹크로 난리. 심부름 한 개를 시키도 그룷다. 지 오빠가 기중 큰데도 안죽 물거품같은 어린 딸들한테만 시킨다. 그 어린 물거품 같은 딸들을 노예맨치 일을 부래 먹는다. 빽 하믄 핵교 보내지 말고 밭에 가서 일하라 그래고. 지지바들 공부 시키믄 콧대만 쎄지고 팔자 드세지고 아무짝에도 씰모없다민서 성화를 부리고 역정을 내제. 딸만 보믄 일 시키지 못해 안달 반달 초승달 달이란 달을 다 동원시겐다. 키와서 나무 집에 보낼 겐데 머하로 돈 들애서 공부 씨게냐민서. 딸들이 기 피고 집에서 책 피놓고 공부하는 꼴을 못 본다.

우리 똘똘이는 말 배우기가 무섭게 일 년에 쌀 한 가마니씩 들애서 한문 배우로 안 보내나. 가가 원래 똘똘한 게 아이다. 그래 가르챘으이 똘똘해져서 핵교 공부도 잘하는 기다. 그 한문 훈장님이 우리 딸들을 보고 오빠가 배우니까 하나는 공짜로 갈채준다고 보내라는데도 지지바들 글 배우믄 콧대 쎄진다민서 절대로 못 배우게 한다. 그뿐이 아이다. 우쩨 이런 일이 있을 수 있는 동. 내 말 잘 들어봐라.

주술에 걸린 시간들

4

우째 이런 말이 있노? 가끔 지 오빠가 동상들한테 한문 공부라도 가르치다 들키믄 온 집구석이 홀라당 뒤집어지게 난리가 난다. 그거뿐이 아이다. 장에 가서 주점부리를 사다놓고 줘도 꼭 똘똘이만 주고 그 어린 동상들은 안 주이 울매나 먹고 싶겠노. 어린것이 울매나 먹고 싶으믄 달라고 떼를 쓰고 운다. 그때마다 까자나 사탕을 주는 게 아이라 매를 들고 두들겨 팬다 아이라. 지지바들은 꼭 민주덩어리 대하듯 기를 주게고 장작 패듯이 빽 하믄 두들게 팬다. 어뜬 때 일하고 밤에 온 딸들이 하나같이 울매나 울었는동 흐느끼민서 잔다. 똘똘이한테 동상들이 왜 저래 흐느끼민서 자냐고 물으믄 마리 닦고 일 안 하고 공부한다고 할매한테 두들겨 맞았단다. 그래 불쌍해서 머리를 쓰다듬다 보이 글쎄 낮에 손꾸락 자국이 꽃맨치 뻘겋게 찡제. 낯이고 머리고 궁디이고 손에 잡히는

대로 무자비하게 두들겨 팬다. 이 시상에 손녀를 그래 패는 사람은 똘똘이 할매밲에 없을게다.

　그뿐이 아이다. 똘똘이 할배도 똑같다. 아 들 이름을 다 짓는데 딸아 들 이름을 전맹순 맹자 맹숙 맹추 맹구 맹녀. 이게 우리 딸들 이름이잖나. 이게 여식아 들 이름이라. 난 기가 막히고, 코가 막히 말이 안 나온다. 나는 속이 상해 죽겠다. 남세스러워 말도 못하지만, 내 속은 다 썩어서 수챗물 냄새가 가득할 거다. 우리 맹추가 저리 된 게 왜 그른 줄 아나? 지끔도 그때를 생각하믄 피가 거꾸로 솟는다. 어느 날이였제. 지 오빠 머라고 지 할매가 호박엿을 담아놓고, 잠깐 어데 갔나 보드라. 그른데 그 사이 맹추가 먹었나 봐. 똘똘이를 델꼬 어데 갔다 온 맹추 할매가 호박엿을 찾았데. 그래이 고 어린것이 지 할매한테 지가 먹었다고 말을 했나 봐. 그른데 우리 마리가 남들보다 훨씬 높잖아. 그래 마리 끝에 앉은 아 를 귀싸대기를 올래붙있데. 피할라고 하다가 처막 댓돌에 머리를 박고, 마당 바닥에 굴러떨어져서 한참을 까무러쳤었나 봐. 머리에는 피가 마이 흘러서 수건을 찢어서 감아놓았드라고. 그리고는 아무치도 않게 하는 말씀이, 그 정도 가주고 안 디진다. 혹삭 떨지 말고 나둬라. 그래고는 당신 방으로 가버리시드라고. 그른데 당췌 어데가 탈이 났는 동 눈도 뜨지 않고. 밤부텀 끙끙 앓으민서 열이 펄펄 나기 시작했어. 한 미칠을 앓는데도 빙원에도 못 데려가게 했어. 그만 일로 죽지는 않는다는 거야. 어머니 말대로 그만 일로 죽지는 않고 사흘 앓고 일났제. 다행이다 싶었는데 그때부텀 맹추가 저래 된 거제. 아 가 알매이 어따가 다 빼 내뿌래고 헛개비 같잖아. 맹해서 말뜻도 잘 못 알아듣고. 반빙신이 되었으니이. 딸아 가 저래이 우째믄 좋겠노. 나는 우리 맹추만 생각하믄 억장이 무너진다. 장차 저 아를 우째야 되겠노. 가만 생각하믄 불쌍하고 속이 상해 잠이 안 온다. 시어머이가 밉고 원망스럽고. 가만 생각하믄 허파가 뒤비진다. 우째 당신한테도 손년데. 늘 서릿바램보다 더 찬 말만 할 수 있노 말이따. 아 하나를 빙신을 맹글어놓고도 성이 안 차는지. 안죽도 딸들한테는 여전히 먹구름 오짐 같은 말만 한다. 딸들이 저 할매만 보믄 고앵이 앞에 쥐매로 벌벌 겁을 떨제. 부지깨이 지게작대이 도리깨 빗자루, 닥치는 대로 집어 들고 두들게 팬다. 아 들이 우째 살겠노. 딸아 하나를 저래 빙시이를 맹글어났으믄 머가 달라지는 척이라도 해야 할 거 아이라. 지끔도 쪼매도 달라질 기미가 없다. 더하믄 더했제. 맹추가 저래 정신이 이상해진 뒤부텀 나는 일하로 가기가 두렵다. 또 내 없는 새 아 들을 울매나 개 패듯이 팰고 싶어. 일이 손에 안 잡힌다. 딸아 들 머리 빗길 시간이나 있나? 이래 밤낮으로 일하로 댕기다가 보이 딸아 들 머리에 시커먼 머릿니가 바글바글하다.

더 웃게는 거는 우리 시어머니다. 똘똘이 머리에 이 옮긴다고 곁에서 놀지도 못하게 하는 어른이다. 그래 너무 속이 상해서 핵교 가기 전에는 내가 가새로 딸내미들 머리를 다 잘라뿌랬다. 잘라놓고 보이 머리 여게 저게 송추이가 꿈틀꿈틀 거리민서 기가는 것매로 보기 싫었제. 딸들도 동무들이 놀린다고 울고. 나도 속으로 그 딸내미 머리를 자를 때매동 울었제. 그래도 우쩨겠노? 그래지 않고는 지 오빠 곁에도 못 가게 하지. 할매가 눈알에 벌겋게 핏대를 세우는데, 말도 마라. 다 말해 머 하겠노. 보드라운 말 한 마디가 그리워 가끔은 헛물을 키기도 하제. 어머이 기부이 좋을 때 어머이의 가슴속에서 잠만 자고 있는 곱고 보드라운 말을 깨와볼라고. 아주 곱고 보드라운 말을 꺼내들고, 고운 말끼리 말을 교환하기 위해 애도 마이 써보제. 곱고 보드라운 말을 땡개서 따신 말 한잔을 부놓고, 말맛을 돋가주기 위해 마주 앉아보기도 하제. 그룹지만 및 마디 안 하른 또 무시무시한 바램과 가시가 박힌 말이 국경을 넘어오제. 그들의 체위를 잘 살피보른 질서가 없다. 다혈질적인 말 종자를 가지고 있는 것 같앴제. 거칠고 험악한 말의 고삐를 잡아두고, 곱고 보드라운 말을 당기다 보른 차 한 잔 다 마시기도 전에 거칠고 험악한 말은 고삐를 풀고 전속력으로 질주해 달려오제. 시어머니의 뱃속에는 거칠고 험한 말들이 너무 마이 자리를 잡고 살아. 그 말들을 다 이주 씨게. 곱고 보드라운 말을 키우기에는 어렵기도 하제만. 곱고 보드라운 말이 살 수 있는 환경이 아인 것 같드라. 늘 황량한 바램만 부는 사막 같았제.

　도저히 내 갈증을 채울 수 있는 곳이 아이란 걸 알고 포기한 지 오래제. 인제는 그냥 울타리를 쳐 거칠고 험악한 말들을 막는 수

밖에. 다른 방법은 없제 싶어 그래 살제. 인제는 미리 상황을 보고 준비하는 일밖에는 없제. 방바닥을 훔치는 뒷모양을 보듯이 시어머이 쓸쓸한 뒷모양만 보고, 박박 깎아버린 머리 대신 열심히 자라는 아이들 속눈썹 질어지는 걸 낙으로 삼제. 그래도 다행인 건 늘 딸들한테는 햇빛이 따라댕기는 거다. 하긴 햇빛이 있으이 그림자도 있겠지만, 나는 우리 시어머이 발자국 소리만 들어도 온몸에 닭살이 돋는다. 다, 내 얼굴에 춤 뱉기를 하고 있제만, 울매나 답답한지는 아무이도 모를 게다. 우리 아 들 아부지도 늘 자기 어머이 핀을 들제. 한 분도 딸들 핀 드는 적이 없다. 고만 딱 더 이상 말도 하기 싫다. 고만하고 얼릉 가서 나물이나 뜯어서 얼릉 집에나 오자.

똘똘이 엄마 국화주의 말은 여기서 부러진다. 달녀는 아이들 이름을 어떻게 저리도 생각 없이 그냥 지어버릴까? 의아한 생각에 군불을 지피면서 걷고 있다. 마치 무슨 이어달리기를 하듯 국화주가 술 취한 목소리처럼 비틀거리며 한 마디 던진다. 작정하고 던지는 말에는 누구도 거부할 수없는 분위기가 된다. *우리 족보 다, 까두비 보이줬으이 계절네도 까보소.* 이쯤 되면 입을 다물고 있기는 어려움을 판단한 달녀는 간단명료한 말을 던져준다. 누구보다 할 말이 많고, 누구보다 더 험한 삶을 살아왔고, 살고 있지만 입 밖에 내는 건 또 다른 고통만 가중될 뿐이란 생각이다. *야, 우리 계절이는 계절마둥 무탈하게 잘 크고 내중에 계절을 잘 아우르는 큰사람*

이 되라고, 계절이라고 했다니더. 모두들 고개를 끄떡이면서 말을 덧댄다. 그집이사 옛날부텀 선비 집안 아이가. 그 무시무시한 일본눔들 땜에 지끔이사 다 옛날 얘기가 됐제만. 똘똘이 엄마가 한 사발 거든다. 그리고는 다시 지금까지 말을 들었는지, 안 들었는지 옆에 있는지 없는지, 숨소리도 크게 안 내고 같이 걷고 있는 사라진 엄마 어구란에게 말 바퀴를 굴린다. 심장에 박혀 있던 숫구치는 말들을 내뱉는 붉은 한 문은 말을 들으며 자신의 서러운 신세에 비하면 호강에 겨운 말이라 듣고 있는 어구란. 라진이 어마이도 힘들제요? 이 험한 시상 혼자 사느라 울매나 힘드니껴? 억울한 일도 많고 속상한 일도 많제요? 이 기회에 말 확, 쏟아뿌리고 사소.

어구란은 안 되겠는지. 꼭 붙어 있던 입술을 분리하기 시작한다. 뱃속에 지구를 몇 바퀴 돌고도 남을 한 맺힌 말을 한 파람씩 꺼낸다. 혼자 사는 과부 죄인이 무신 말을 하니껴? 머가 힘들다 머가 어룹다 해도 혼자 사는 내매로 힘든 삶도 있을까 싶니더. 죽고 살고가 어데 사램 맴대로 되는 기야 아이지만도. 나는 차라리 라진이 아바이가 죽었다믄, 딱 잊어뿌래고 살 것 같니더. 죽었는 동 살았는 동, 도대체 깜깜하기만 하이 참말이제. 이거는 답답해서 죽을 지경이써더. 하루하루 해일매로 밀래오는 외로움, 아픔을 목구멍으로 넘기민서. 어데로 떠밀래 가는지도 모르고 떠밀래 가고 있니더. 하루하루를 막연히 따라가고 있니더. 그냥 무심무심으로요.

살아갈수록 죄만 쌓이는 것 같애서 미치고 팔딱 뛰고 참말 환장할 씨더. 벌써 라진이 아바이 끌래간 지 및 년이이껴. 그 송추이 터래기 같은 눔들. 아직 잘 먹고 멀쩡하게 일 나간 사램을 옷 입은 고대로 끌고 기가서, 안죽도 안 돌래보내주고, 시치미 뚝 띠고 자빠져 있으이, 형벌도 이보담 더 가혹한 형벌은 없니더. 그래도 죽지 못해 사는 거는 우리 라진이 때문이씨더. 유일하게 사씨 집안에 우리 라진이 하나뱆에 딸도 하나 없으이. 잘 키우고 있다가 보믄 돌아오겠제, 돌아오겠제. 아이 꼭 돌아오제. 기다리는 맴을 줄로 이으믄 이 지구를 수천 바꾸 돌고도 남을 게씨더.

내가 부석사에 불공 들인 것만도 20년이 넘었니더. 부처님도 다 거짓뿌렁만 하고 있는 것 같니더. 부처님이 있다믄 이래 지극정성으로 비는데, 먼 기별이라도 줘야 할 거 아이껴? 내 앞으로 딱 5년만 더 불공 드래보고, 기벨 없으믄 인제는 공이고 지랄이고, 안 한다고 부처님한테 단판을 지을라 그러니더. 달이 소원을 들어준다는 말도 다 새빨간 거짓뿌렁이씨더. 내, 비가 오나 눈이 오나 매일 밤, 칼바램이 떼로 몰래와서 내 신다리살을 다 도래내는 곌게도, 비바램 천둥번개가 울울 쾅쾅 억수같이 쏟아지민서 위협을 하는 여름에도, 태풍이 지붕을 날래고, 낭구에서 떨어지는 이퍼리들이 맴속까지 다 훑어내는 갈게도, 소쪽새 우는 소리에 온 사방이 뾰족뾰족 파란 움으로 태어나 사램이 그리워 죽을 것 같은 봄에도, 달은 배신을 하고 안 떠도 나는 잊어뿌래지 않고, 치성은 드랬니더. 밤 11시가 돼야 신이 댕긴다 해서, 꼭, 밤 11시까지 기다랬다가. 상에다 정한수 한 대접을 떠놓고, 30분 정도 새알을 빚드끼 손바닥을 비비민서 빌고 빌고 또 빌었니더. 지발, 우리 사라진 아바이 무탈하게 돌아오게 해달라고. 몸이 아파서 열이 펄펄 끓어 밥은 못 머도, 일나서 기 나가서래도 단 하루도 안 빠지고 정성을 들있니더. 그래 정성을 들이도 왜 부처님도 神도 들었는지, 못 들었는지 들은 척도 안 하고, 대답도 없고, 깜깜하냐 말이씨더.

설마, 부처님도 신들도 전부다 봉사거나 귀머거리 버버리는 아일 거 아이이껴? 이해가 가니껴? 라진이도 지 아부지 돌아오게 한다이까 같이 빌었제요. 그른데 중핵교 가디이만 다 씰데없는 헛일이라민서, 그때부텀 지끔까지 안 비니더. 라진이도 속으로 울매나 지 아부지가 보고 싶겠니껴? 그때부텀 지끔꺼짐 핵교도 안 댕기고, 못된 아 들하고 어울리는 것도, 다, 지 아부지가 없는 데 대한 반항인가 싶어 가심이 더 아프이더. 중핵교 때부텀 그쎄 구름과자를 먹고, 핵교는 밥 먹듯이 빼먹고. 장터 아 들하고 패싸움을 해서 이가 뿌러지고. 사흘이 멀다 하고 선상님은 나를 불러대니더. 핵교를 퇴학시키겠다고 해서 맨날 찾아가 빌고 또 빌고, 집에서는 달한테 빌고, 절에 가서는 부처님한테 빌고, 핵교에 가서는 선상님한테 빌고 사라진을 보믄 사라진 햇빛한테 빌고. 우쩨, 이래 맨날 천날 빌고 빌고 빌고, 손바닥이 발바닥이 되게 빌어도, 빌어먹을 누무 신들은 내한테 아무것도 안 주니더. 곁눈으로도 안 돌아봐주니더.

결국 라진이 중핵교 때 퇴학을 당했잖니껴. 그때부텀 핵교도 못 가고 집에서 빈둥빈둥 일도 안 하고 저래 먼 일을 꾸매는지? 나나 적니껴? 나가 하마 올해 스무 살 아이껴? 걱정이 이 소백산보다 더 높이 쌓있니더. 팍팍해서 적마등 술 한 사발씩 안 먹고는 잠을 못 자니더. 지어미가 매일 저녁마다 술 마시는 걸 보디만 한 날, 엄마, 얘기 쫌 하자민서 내 손을 끌고 방으로 들어가디더. 제법 어른스런 말을 했제요.

엄마, 내 말 잘 들으소! 내가 핵교 못 댕긴 거 너무 속상해하지 마소. 우리 아부지가 저래 죽었는 동 살았는 동 모르는데 내가 왜? 그눔들 나라 말을 배우고 글을 써야 되니껴? 그래 내가 동무들 및 밍하고 계획한 일이 있니더. 그걸 핵교에서 알아뿌래서 나를 퇴학시킨 거이까 너무 걱정 마이소. 내는 그때부텀 결심했니더. 다른 공부를 해서 아부지를 끌고 간 그눔들 원수를 갚고, 우리 아부지를 찾아올 게씨더. 지는 아부지 생각하믄 아무꺼도 할 수가 없니더. 이가 빠득빠득 갈래서 아무꺼도 할 수 없단 말이씨더. 하나씩 하나씩 정신도 글도 얼도 다 좀먹어가, 복장이 터지고 울화통이 터져 죽겠니더. 엄마도, 맨날 맨날 기도하고 절에 가고 하는 것도 다 아부지 때문 아이껴? 내 걱정 마소. 지끔 내가 나무집 일해서 먹고 사는 것도 좋고, 핵교 댕기는 것도 좋제만, 기중 먼저 해야 되는 일은 따로 있니더. 그래이 엄마 인제부텀 술 잡숫지 마시고 편하게 주무시소. 그래고, 이 아들을 한 분 믿고 잘 지키보소. 내 반드시 저눔들 다 죽이고라도 우리 아부지 찾아올게씨더. 희망을 버리는 사램에게는 희망이 배신을 하고, 희망을 가지는 사램에게는 희망이 빛을 준다, 엄마가 내한테 갈채주신 말이씨더. 그래이 두고 보소. 엄마, 지는 꼭 희망을 꽃피우고 엄마한테 아부지를 찾아다 드릴게씨더. 그래이 인제부텀은 걱정 다 내리놓고 전에 매로 아부지 돌아오시길 기다리소. 술 드시지 말고 엄마가 건강하게 기시야 아부지가 돌아오시도 반가울 거 아이껴? 알았제요? 그날 적에 아들의 말을 듣고, 나는 내가 참말로 부끄러와서 쥐구멍에라도 들어가고 싶었제요.

그래도 나는 라진이 아부지가 돌아오기 전까지는 아무거도 좋은 거도 없고, 먼 일이 있어도 심도 안 나고, 암만 맛있는 게 있어도 맛도 모르겠고, 사는 게 사는 게 아이씨더. 잠을 자지 못해 밤새도록 전전긍긍하다가 악몽에 시달래 진저리를 치민서 깨는 날은 무서워서 시상이 다 벌벌 떨릴 정도시더. 이누무 파렴치가 성성한 제국주의. 맨날 칼을 옆구리에 찬 순사 눔들. 쥐 뜯어먹다가 남은 고기 같은 인상을 하고 설쳐대고. 악독한 고문으로 사람을 죽음으로 몰고 가는 일이 어데 하루 이틀 일이라 말이이껴? 맨날 개꿈을 꾼 거매로 뒤숭숭해서 잠이 깨끗한 날이 없더. 맨날 맨날 빌고 있는 정한수 대접에 달을 건재다가 밤을 밝히는 일도 허다하제요. 하루에도 수없이 계시 매로 왔다 가는 저 흉흉한 소문에 억겁 시월이 교차하제요. 아무리 목청껏 불러도 그리움만 메아리로 돌아올 뿐, 아무 대답 없는 헛일이제요. 계절이 바뀔 때믄 더 더욱 숱한 생각들이 내 머리 속에 가부좌를 틀고, 나를 마구 괴롭 히니더. 서투른 헤어짐이란 없다고 장담을 늘어놓기도 하고, 억장 무너지는 소리가 들래오기도 하제요. 그때마둥 내 가심은 쩌억쩌 억 갈라져 피투새이가 돼, 까마득한 흙 속으로 곤두박질치니더. 봄 빛이 가재다주는 잠언 같은 계시가 살구꽃으로 사르륵 사르륵 피 어나는 봄이믄 낭구의 꽃가지마다 잘못되어가는 역사가 피어나고, 온 산천 매등 접지 않는 저 만행이 파랗게 싹트고 있으이, 아무래 도 봄빛을 뿌리는 허공을 갈아엎어야겠다 싶제요. 기다래도 기다 래도 사램은 오잖고, 무의미하게 지내가는 날들을 잡초 솎듯이 아 무리 솎아 낼라고, 애를 써도 아무 소용 없었제요. 그른 생각이 머 릿속을 우우거리믄서 돌아댕기는 날. 그눔들의 끝없는 욕망을 전 부 다 불 싸질러버리고 싶제요.

기다림의 맴만큼 깨어나는 저 붉은 꽃의 촉들이 자라나는데, 싹 들만 홀로홀로 자라고 죽고를 반복하고 있을 뿐, 우리 라진이 아부 지한테서는 꽃 한 이퍼리의 안부도 전해지지 않니더. 보고 싶은 맴 은 날 선 채로 서걱이다가 서걱이다가, 상실감이 빗장을 열고 빼꼼 하게 낯을 내밀믄, 삶의 그루터기는 또 갈아엎어야 한다는 생각이 들제요. 남들은 꽃이 피믄 기쁘다고 혹삭을 떨제만, 나는 꽃이 피 믄 꽃물보다 붉은 피눈물이 흐르제요. 빈 가심 슬픈 골짝까징 피 울음이 봄물처럼 철철 흘러내리제요. 내한테도 긴 인고의 시간이 지내믄 꽃들이 지구를 밝히듯, 살기 풀린 꽃등 하나 내걸고, 환하게 등실 등실 춤추는 그른 날이 올까 모르제요. 안죽도 및 년은 꼬빡 채와서 부처님한테도 신들한테도 달한테도 빌어볼 참이니 말이씨더. 내 인생을 저당 잽히고 빌다가, 그 자리서 망부석이 된다 해도, 검붉은 피를 토해가민서 무르팍에 피가 철철 흐르드래도, 빌고 빌고 또 싹싹 빌어볼 참이씨더.

내 몸에 켜켜이 쌓이서 내 몸의 일부가 된, 기도 소리를 손바닥 비비는 소리, 부처도 신들도 쪼매라도 양심이 있으믄 들어줘야 하잖니껴? 안 그르이껴? 어느 때깔 고운 계절에 꼭 라진이 아부지는 꽃보담 더 환하게 웃어 이마가 환해지도록 비추민서 돌아올 기라 확신하니더. 누구나 자기가 가진 거에는 만족을 못하는 뱁인 모양이제요. 내사 사라진 라진이 아부지만 돌아와 같이 살믄, 천지에 부러울 게 한 개도 없니더. 다른 건 아무것도 필요 없니더. 어데서 동냥을 해도 괜찮고, 내 말고 딴 여자를 봐도 용서할 수 있을 거 같니더. 그래 지구를 덮고도 남을 넉넉한 마누래를 두고, 우쩨 이래 야속한지 참말로 야속하이더. 나는 맨날 맨날을 무너지지 않기 위해 이를 악물제요. 포기라는 말이 김장 배차 셀 때만 쓰이는 줄 알았는데, 자꾸만 포기라는 말이 내 몸속으로 기들어와 불안하이더. 포기라는 말에 무서움과 두려움과 공포가 잔뜩 들어 있어, 그를 때 마당 하늘을 올리다보니더. 낮 하늘에는 쓰잘데기 없이 구름포기 바램포기, 해포기만 심가놓아 구름포기에서 꺼멓게 흘러내래는 뭉게구름, 몽글몽글 뭉채 살민서 내 맴을 더 우울하게 하고, 밤하늘은 또 쓰잘데기 없이, 빌포기 달포기를 심가놓아 청청 빛나는 빌빛, 내 가심을 화살포매로 마구 쏘고, 달빛은 동그랗게 웃으민서, 낭구가지나 땅바닥에나 마구 웃음을 흘래보내서, 내 맴은 빌빛에 젖고 달빛에 젖고, 떨어진 눈물자국이 홍수를 이루제요. 그 많은 포기 부스래기들을 빗자루로 쓸어내민서 또 가심이 쓰리제요. 이 세상에 냇물이 불어나는 건 다 내가 흘린 눈물이씨더. 눈물로 어둔 밤을 다 적새고 나믄 새빅이 또 눈을 뜨제요. 새빅이 오믄 남는 건 한숨뿐이제요. 새빅 한숨을 찍어서 하루 내도록 허공에다 그림을 그리니더. 내가 무신 화가도 아니제만, 머릿속으로 라진 아바이가 돌아오는 그림을 그리니더. 혹시, 내 자신도 모르는 사이에 개미가 큰뚝을 허물드끼, 내 삶의 귀퉁이가 허물어져 내래버릴까, 내 스스로에게 다짐과 당부를 심어 밤낮으로 키우민서 금방 허물어질 담베락 같은 심정으로, 하루하루를 견디내고 있니더.

다짐과 당부를 키우는 힘도 우리 라진이 덕분이제요. 라진이가 내 삶의 뿌렁지에 물 주고 비료 주고 걸금 주고, 빛을 주지 않았으믄 내 삶은 벌써 시들어 죽어 먼지 한 줌으로 사라졌을지도. 지끔은 아들 라진이가 엄마 같은 말을 하고, 엄마가 아들 라진이 같은 말을 하민서 사니더. 온종일 맨발로 사막을 걷다가 어둠이 올 것 같제만, 오아시스는 원래 늦게 찾아오는 법이라믄서, 제법 어른스런 말로 지어미를 달래는 라진을 보믄, 내가 독한 맴을 먹었다가도 맴을 돌리고 하제요. 아들 말에는 우째 그래 쉽게 무너져 내리는 동. 참말로 자식이 먼지 그래도 자식이 있으이 이래나마 사는 거 같니더. 무어라 설명이 불가능한 것이 자식이제요. 내 목심은 질갱 이매로 질기고 질개서 이래 살고 있니더. 라진이가 어데서 들은 말인지 모르제만 내한테 무시무시한 말을 해주디더. 끌고 간 남자들을 탄광으로 데리가서 강제 노동을 시킨다니더. 탄광은 수악한 곳이라민서요. 평양탄광도 '일본 해군성 연료창 평양 광업부' 이름을 아주 바까버래고. 여게서 캐낸 석탄을 전부 일본으로 실어 날라서 해군 함정 연료로 쓴다니더. 그뿐 아이고, 만주 사빈이 터지고 석탄 수요가 있는 게 한정일 만큼 기하급수적으로 늘자 아오지탄광 석탄 증산에도 힘을 쓰다가, 차례차례 우리나라 탄광을 하나하나 다 빼앗았데요. 1926년에는 문경탄광을 문 열고 자기네 탄광으로 만들어버렸나 봐요. 문경탄에 석탄을 캐내서 철도용으로 썼다나 보디더. 삼척 탄이 탄질이 기중 좋으이까 자기네 나라로 실어간대요. 그뿐 아이고, 우리나라 사램들의 광업권을 강제로 뺏아뿌래고. 일본눔 탄광 업자들한테 나누어줬대요.

그래다가, 탄광 노동력이 부족해지니까, 일본 총독부가 직접 나서서 지휘를 했대요. '종업원 이동 방지령', '임금 임시 조치령', '노무 조정령', '조선 직업 소개령'을 공포하고, 탄광마둥 생산책임제의 명령을 내렸대요. 그뿐 아이고 그래놓고는 결국 막장인 죽음의 장으로 끌고 갔대요. 막장이 말 그대로 막장으로 끌래가는 징용제라

니더. 그야말로 참말로 인생 막장 아이껴. 참말로 공포스러운 일이
아이껴? 어데까짐 가야 성이 찰는지? 이래 가다가는 부녀자까중
탄광에 끌어들일 계략을 세우지 안 할니껴? 남한 최대 탄광인 삼
척탄광도 재적자 전원이 현지 징용을 당하고, 우리나라 사램들의
거주 이전도 제한하고, 온갖 소행을 다 저지를게 불 보듯 뻔한 일
아이껴? 그래 절박해지믄, 탄광 주변 사람들은 일본이나 남양 열
도로 끌래가기 보다가 삼척탄광으로 징용당하는 걸 다행으로 여
기게 될지도 모르제요. 탄광에서 일하는 거는 매일매일 목심을 담
보로 잽혀놓고 굴속으로 들어가야 된다니더. 지금도 화약 뇌관 줄
에 일일이 구름과자불로 불을 붙인대요. 불을 붙이다 잠깐 한눈
을 팔아 화약 뇌관에 불이 닿는 줄 모르고, 발파 사고로 목심을
잃는 화약 발파수가 엄청 많대요. 낮에는 탄가루가 묻어 흑인보다
까매 숯대이매로 돼서 이만 하얗고, 다 시커먼 게 눈동자가 구르니
사램이지 사램 같지도 않대요.

　우리나라 사람 징용 터가 악독한 살무사가 사는 곳이라이더. 거
게 탄광에서 일하다가 승갱도가 붕괴되어 인사 사고라도 나는 날
이믄, 일본 소장 눔은 조선놈이 몇 명인가? 먼저 물어보고 조선놈
은 그냥 묻어버리고 입 다물고 있으라 한대요. 조선놈이 알면 골
치 아파진다민서요. 일본눔 광업 소장은 우리나라 광부들은 구출
할 방도는 고사하고, 사고가 나믄 그냥 묻어버리라고, 한다니 이
게 어데 사램이 하는 일이이껴? 암만 딴 나라 사램이라재만, 피도

눈물도 아무것도 없는 동물이나 마찬가지제요. 그눔들은 석탄 증산을 위해서 우리나라 사램 몇십 밍쯤 죽는 거는 대수롭지도 않게 파리 목심맨치로 취급한대요. 석탄 증산을 최고의 목표로 삼고, 몸이 아프거나 위험하거나 아무런 관심 없다니더. 그눔들은 목심을 존중하거나 인권을 중시하는 일은 아예 관심이 없고, 오로지 목적만 달성한다니더. 갱내에는 어두운 저승사자가 입을 열고 있는데, 그 어둠의 저승사자한테 은제 잽해갈 동도 몰르고, 목심을 밲에다 두고 들어가야 되는 곳이라는데, 혹시 우리 라진이 아바이가 만에 하나, 그곳에 끌래가지 안 했는 동 생각만 해도 현기증이 나니더. 아이, 거서 일하다 나쁜 일을 당하지는 안했는 동, 내사 하루하루가 살얼음을 걷듯이 사니더. 여개 내맨치 절박한 사램 있니껴? 일본눔들 몸속에는 사람의 피가 흐르지 않고, 짐승 피가 흐르는지 무서워 죽겠니더. 하는 짓거리가 전부 다 썩은 시궁창 냄새 나는 짓만 하고 있으이. 신들은 다 모하고 저런 눔들한테 베락도 안 주는지 모르겠니더. 눈물조차 그 긴 세월에 다 말랐는지. 어구란의 눈은 아무렇지도 않고, 말만 젖어 흐르고 멈추기를 반복한다. 어구란이 말 줄기를 끊자 모두 탄광 갱내에 갇힌 것처럼 말없이 깜깜하게 걷기만 한다. 한참을 모두가 말없이 엄숙할 만큼 조용조용 걷자 끝순이 엄마가 말을 꺼낸다.

곧 돌아올께씨더. 하늘도 무심치 않으믄 사라진 아부지를 꼭 살려 보내줄 께씨더. 그때까짐 라진이 잘 키우고 힘내소. 그래고 우리도 같이 빌어줌씨더. 쪼매만 더 힘내고 기다리민서 사소. 용기가 번쩍이는 말을 어구란에게 건네준다. 그리고는 또 다른 궁금증을 종용한다. 똘똘이 어마이야! 니 빨리 재주네 말 안 해줄 끼라? 안 해주믄 있다가 나물 보따리 일 때 이켜달라믄 아무도 안 이켜 줄 께다. 알았다. 알았어. 내가 저누무 끝순이 어마이 성질 질기고 더러븐 데는 못 당한다. 협박하는 거 봐래이. 좋게 해달라 해도 해줄까 말깐데. 그래믄 치와 뿌레라. 그 얘기 못 들어 환장한 사램 있나 더러버서 원. 둘의 말이 막장으로 치닫고 있다. 달녀는 또 싸울까 걱정을 둘둘 말기 시작한다. 이따가 똘똘이 엄마 나물 일 때 아무도 도와주지 말그래이 알았나? 끝순이 엄마 말에 모두 합창을 한다. 알았니더. 알았니더. 나 참말로 더러버서 얘기해줌씨더. 똘똘이 엄마 국화주의 얘기는 시간 가는 줄 모르고 진도를 뽑아내고 있다. 젊은 나에 죽어서 너무 애달프고 불쌍해서 장사라도 5일장을 지내줄라꼬 윗목에 시신을 밀어논 지가 3일 째 되든 날이었대요. 소리실 사는 염재이 할배를 불러 염할라고 염재이 할배가 오싰대요. 정종을 뜨스게 띠사서 한 고뿌 잡숫고, 염 준비를 다 하고, 시신 덮어놓은 천을 걷고 염을 시작했대요. 알콜솜으로 시신을 닦을라고 하는데 갑재기 시신이 꿈틀거려 시껍해서 뒤로 물러났대잖니껴. 너무 놀래 뒤로 벌러덩 나자빠졌던 염재이 할배가 다시 염을 미뤄놓고 마레 있든 사람들을 전부 불렀다나 봐요. 염재이 할배도 너무 놀래서 손이 부들부들 떨리드래요. 마레 있던 사램들을 전부 다 불러놓고, 천을 걷어보이 참말로 꿈틀거리드래요. 그래 모두들 혼비백산을 하고 다 나갔대요. 전부 밖으로 나가 서로서로 이게 먼 일이냐고, 시끌벅적 떠들어대다가 한참 후 다시 모두 들와 앉았대요. 한 두어 시간 숨을 조금씩 쉬디이만, 적때가 되이가 깨났대요. 그래서 물을 한 대집 주었디이만 물을 마시드래요. 모두들 겁나고 무서와서 서로의 얼굴만 치다보고 있었대요. 시체가 물을 마시고 나디이만 글쎄 말을 하드래요.

그래서? 먼 말을 했대요? 고랑이 엄마가 추임새를 넣는다. 왜 다들 모있냐고. 자기가 죽었던 거도 모르고, 도로 모있는 사람들한테 이상하다는 투로 말하드래요. 그래서 사람들이 죽었었다고 자초지종을 말했대요. 자기는 꿈을 꾸고 일났는데 다들 먼 소리 하느냐고. 생사람 송장 칠라 한다민서 되레 머라 하드래요. 재주 아바이가 먼 꿈을 꿨는지 꿈 얘길 해보라고 했대요. 그른데 머뭇거리민서 안 한다 그래드래요. 사람들은 귀신이 아인가 싶어 집에도 못 가고 있었대요. 서로 무서버서 꼼짝도 못하고 방에 앉아서 꿈 얘기 더 해달라고 졸랐대요. 그랬디이만 모두들 집에 돌아가셔서 주무시라고 하드래요. 그런데 재주 아부지가 모두들 오늘밤은 여게서 주무시고 가시라고 했대요. 그래이 시체가 하는 말 내가 꿈 얘기 해줄 테이 듣고 가시라고 하드래 글쎄요. 꿈 꾼 얘기는 담에 해줄까요?

시방 머라카노? 니 전기수맨치로 살해당해볼 끼가? 꿈 얘기 들을라고 하라 했제. 주변부 말만 하고 치운다꼬? 껍데이만 떤재주고 알매이는 지 혼자 까먹는 심보구만. 존 말할 때 얼릉 꿈 얘기 다 불어라. 끝순이 엄마 오미자의 말이 고슴도치처럼 날카롭게 가시를 세운다. 알았니더. 하믄 될 거 아이껴. 내 해줄 테이 잘 들어보소. 얼른 고슴도치 가시를 눕히며 다음 이야기를 잇는다.

주술에 걸린 시간들

5

 꿈에 새까만 두루매기를 입고 먹물보다 꺼먼 갓을 쓴 사램 둘이서 자기 양손을 잡고 어데론가 한참을 걸어갔대요. 큰물을 건너고 들판을 지내고 한참을 걸어가 또 무지무지 넓은 강을 건네가이 저승이라고 하드래요. 그른데 그 동네는 저승 같아 보이지 않드래요. 복상꽃도 살구꽃도 꽃이란 꽃이 엄청나게 마이 피어있고 집들도 대궐보담도 더 크고 으리으리하드래요. 저승이 아이고 무릉도원 같앴대요. 그 아름다운 꽃길을 한참 걸어가는데 꽃 향이 이 시상에 없는 향이었대요. 한짝에는 꽃이 피고 한짝에는 복상이 아리랑아리랑 열랬고, 새들도 하나같이 재잘거리민서 재미나게 놀드래요. 자세히 살피보이 그야말로 천국 같았대요. 궁궐 같은 집들이 그래 많은지, 여가 대체 어데냐고 물었대요. 그랬디이 여게는 죽은 사램이 사는 동네라고 하드래요. 나는 살았는데 왜 죽은 사램 동네에 왔냐 했데요. 그랬디이 그래믄 시댁 어른들한테 인사나 하고 가라고 하드래요. 그래고는 천사 옷을 입은 예쁜 여인이 꽃으로 엮인 집으로 데리고 들어갔대요. 꽃 대문을 열고 안으로 들어서민서 너무 놀랬대요. 마당도 전수 다 꽃으로 되어 있드래요. 밟아도 밟히지도 않고, 방긋방긋 웃는 꽃밭을 밟고 방으로 갔대요. 방바닥도 밟아도 으깨지지 않는 생화로 되어 있었대요. 꽃 향이 훨훨 날아댕그는 마리는 연못맨치 투명했대요. 온갖 색깔 물고기가 홀딱 벗고 마리 밑에서 헤엄을 치민서 놀고 있드래요. 바램이 고운 눈매를 흘깃흘깃 흘기민서 주디이는 싱글싱글 웃으민서 날고. 햇살은 반짜그르르 반짜그르르 새떼 모양으로 수수수수수수수 질서 정연하게 날아댕그드래요.

눈이 휘둥그래지는 재주 어마이를 그 천사는 마리를 지내 방으로 델꼬 가드래요. 그래고는 방에 앉아 있는 사램들을 한 밍씩 소개하민서 인사를 시키드래요. 돌아가신 조상들 방에 들어가이 시할배하고 시할매가 있드래요. 꽃방석에 앉아서 알록달록 복상꽃 색깔 꽃 두루매기를 입으시고 꽃맨치 벙긋벙긋 웃으시민서 맞이하드래요. 큰절을 하이 아무 말씸도 안 하고 절을 받으시민서 꽃 향매로 환하게 웃으시드래요. 그담에 시아부지 방에 들어갔대요. 역시 꽃방석에 꽃 두루매기를 입고 앉아 향긋향긋 웃으시민서 절을 받으싰대요. 그담에 시어머이 방에 갔대요. 근대 글쎄 알록달록 복상꽃이 있는 꽃 두루매기도 안 입고 다 떨어져 너덜거래는 치매 저구리에 꽃방석도 아이고 까시방석에 앉았드래요. 그뿌이 아이고, 글쎄 큰 돌메이를 짊어지고 앉아서 절을 받드래요. 절을 받은 시어머이가 고개를 드는데 낮에다가 벌건 혹을 달고 있드래요. 우쩨 꽃방석을 두고 까시방석에 앉아 두루매기를 놔두고 다 떨어져 너덜거래는 치매 저구리를 입고 그 큰 돌메이를 짊어지고 앉아 기시냐고 물었대요. 시어머이는 울민서 말하드래요. 당신이 지끔 죄를 받는 중이라고. 무신 큰 죄를 지었기에 까시방석에 앉아 이릏게 큰 돌메이를 지고 낮에 붉은 혹은 머냐고 물었대요. 시어머이가 어린애매로 엉엉 울민서 말하드래요. 아들이 첫돌도 안 돼서 지 아부지를 잃고 멀 끼니조차 없어 나무 집 종살이를 해가민서 애지중지 키운 외아들을 장개들일 때는 시상이 다 내 거맨치 좋았는데 막상 장개를 들애고 보이 아들을 메느리한테 뺏긴 것 같고 섭섭하고 질투가 자꾸자꾸 나서 메느리 발뒤꿈치 둥근 것조차 보기 싫었다고. 장개가기 전에는 어마이밲에 모르던 아들이 장개를 간 후에는 어마이를 거들떠보지도 않고, 메느리하고만 시시덕거리고, 어마이는 뒷전 취급하는 게 눈꼴이 시도록 보기 싫었다고.

그래서 원눈으로도 거들떠보기 싫애지고 점점 메느리에 대한 미움 싹이 무럭무럭 자라서 눈디이만 하게 커져 시상에는 자신만 외톨이란 생각이 들기 시작했다고. 손자 재주도 지어미만 찾고 아들도 지 마누래만 찾고, 이 모두 메느리 때문이란 생각이 들어 메느리가 하도 미와서 산 아래서 메느리가 나물을 뜯고 있는 걸 알민서 일부로 위에서 돌메이를 굴렀다고. 그릏지만 거짓뿌렁 한 개도 안 보태고 참말로 죽앨라고 그랬던 건 아이랬다고. 그른데 그 돌메이에 얻어맞고 죽는 바램에 그 죄를 받느라고 이릏게 다 떨어진 치매 저구리를 입고 이 따군 까시방석에 앉아 니한테 굴렀던 돌메이를 지고 니가 다친 얼굴에 붉은 혹을 달고, 영원히 이래고 앉아 죄를 받아야 한다민서 메느리 손을 잡으민서 울었대요. 이 돌메이를 등어리서 내릴 사람은 메느리백에 없다고 하드래요. 잘못했다고 메느리한테 돌메이를 내리달라고 싹싹 빌드래요. 이승에서 잘못한 걸 저승에서 이래 받는 줄 알았으믄 누가 죄를 짓겠냐민서 모르고 그랬으이 한 분만 용서해달라고 메느리한테 싹싹 빌드래요. 심판관한테도 죽을 줄 모르고 그랬다고 용서해달라고 했대요.

  심판관은 보좌관한테 물 두 컵을 가져오라 명령을 내리드래요. 보좌관이 물 두 컵을 가져왔대요. 심판관은 시어머이를 보고 두 컵에 모두 손을 넣어 보라고 하드래요. 두 손을 컵에 넣었는데 한 짝 컵에 물이 너무 뜨구와서 벌겋게 화상을 입고 말았대요. 심판관한테 시어머이는 나쁘다민서 막 항의를 했대요. 심판관이 웃으민서 말하드래요. 잘 보라민서 어린아이를 데리고 오드래요. 그래 디이만 또 그 컵에다 손을 담그게 하드래요. 그래서 아이도 한짝 손을 디었대요. 시어머이는 참으로 심판관을 이해할 수 없어서 아무꺼도 모르는 어린것이 먼 죄가 있냐고 소리쳤대요. 심판관이 말하드래요. 잘 봤느냐고. 뜨거운지 알고 넣으나 모르고 넣으나 손을 디어 화상을 입는 건 마찬가지라고. 그래서 시어머이가 그랬대요. 그래믄 시상에서 죄 안 짓는 사람이 어뎄냐고 말해보라고. 심판관은 모르고 지어도 죄는 죄로 남고 알고 지어도 죄는 죄로 남는다. 그릏지만 당신매로 고의적으로 짓는 죄는 누구도 벗길 수가 없는 게 저승시계의 법도라고. 심판관은 두부 자르득기 딱 잘라 말하드래요. 그래믄 우째야 이 죄를 씻을 수 있냐고 방법이 있을 게 아이냐고 물었대요. 그짝 이승 시상은 죄를 지으믄 돈으로도 배상이 되고, 사램을 죽애도 깜빵에 드가 살민서 좋은 일을 하거나 하믄 정상 참작이 되기도 하고 하제만 저승 시상은 그 죄를 뱃겔 수 있는 사람은 그 죄를 당한 당사자밖에 없다고. 돈으로도 빽으로도 사죄로도 절대로 헤어날 수 없다고 하드래요. 헤어날 수 있는 방법은 오로지 죄를 입은 사람만이 죄를 뱃겔 수 있다고 했대요. 심판관은 그짝 시상에서 죄를 지은 게 있거든 그짝 시상에서 이짝 시상으로 오기 전에 죄를 없애고 용서받고 오라고 하드래요. 그 죄를 그대로 쥐고 이짝 시상에 오믄 영원히 지은 죄대로 영생을 살 수밖에 없으이 우쨌든 동 반드시 맹심하고 죄를 다 벗어놓고 오라고 하드래요.

시어머이는 다시는 나쁜 맴조차 안 먹을 테이 지발 죄를 뱃게달라고, 영생을 까시방석에 앉아서 이래 무거운 큰 돌메이를 지고 붉은 혹을 단 낯으로 사냐고 통곡하드래요. 시어머이가 너무 안쓰러와 돌메이를 내리줄라고 하는데 불개 한 마리가 으르릉거래더니 재주 어마이를 물었대요. 깜쩍 놀래서 깼대요. 그 방에 있든 사램이 다 놀래 나자빠졌대요. 본래 그 집 시어마이가 메느리 미와하는 건 시상이 다 아는 거제만 그래도 그래 승악한 생각을 가심에 품고 살았는 줄 누가 꿈에라도 알았니껴? 산에 나물 뜯으로 가서 돌메이 굴린 거 다 알게 된 거제요. 산에서 굴러떨어져 죽은 게 아이고 시어마이가 위에서 돌메이를 굴래서 돌메이에 맞아 죽었던 거제요.

모두 숙연하다. 숨도 안 쉬고 듣던 일행의 말고삐를 끝순이 엄마오미자가 푼다. 우째 그른 일이 있단 말이로. 먼 소설에서나 나오는 얘기제. 우째 실제로 사램이 그랠 수 있노 말이다. 소문에는 산에서 굴러떨어져서 죽었다고 하디이만. 전부 다 헛소문이구만 그래. 똘똘이 엄마의 똘똘한 말이 굴러떨어진다. 그랬제. 재주 어마이가 산에서 굴러떨어졌다 소리 듣고 사람들은 모두 그런 줄 알았제. 그때는 참말로 산 밑에 굴러떨어져 있었으이 누가 꿈엔들 의심을 했겠나. 그거야 굴렀는지, 심술 어른이 굴러 내랬는지, 누가 봤어야제. 고랑이 엄마의 말에 모두 쌍수를 든다. 맞다 맞아. 안 봤으이 누가 아나? 하늘이나 알고 따이나 알 일이제. 말이 널을 뛰고 있는데 똘똘이 엄마가 한마디 던진다. 모르기는? 하늘이 알고 따이 알고, 심술 어른이 알믄 다 아는 기지. 인간사 알아도 거짓뿌렁으로 둘래대기도 하고 그래재만 하늘이나 따이 아는데 둘래댄다고 되나. 그래고 이 시상에 영원한 비밀은 없는 기다. 왜 이래 시끄

럽노. 씰데없는 소리 말고 내 말 쫌 끝까지 들어봐라. 말해달라고 난리 칠 때는 은제고, 나무 말 뜯어 쌈 싸 먹지 말고 잘 들어봐라. 어이구 잘못 했니더. 전기수 어른요. 얼릉 더 말씀해보소. 끝순이 엄마 오미자가 노끈 꼬듯 비비 꼬는 말을 던진다. 진작 그랠 것이 제. 머든지 후기가 더 재민는 기다. 그 옛날에 전기수가 살인을 당한 이유를 아나? 몰씨더. 전기수 어른요! 끝순이 엄마 오미자가 또 비비 새끼 꼬는 소리를 한다. 지랄, 왼새끼 오른새끼 다 까고 자빠졌지 마라. 왼새끼는 암짝에도 못 쓴다. 알았나? 야, 잘 알아들었니더. 전기수 어른요. 그래 살인당한 이유나 갈채주소. 기중 중하고 재민는 대목에 가서 다음 얘기는 다음에 해준다고 뚝, 마침표를 찍었다가 살해당했제. 돈도 안 내고 듣는 주제에. 내가 기중 중한 얘기 안 해준다고 살인까지 하기야 하겠나만. 아니씨더. 어느 안전이라고 전기수 어른요. 얼릉 남은 얘기 더해주소. 담으로 미루시지 마시고. 으흠, 으흠. 진작 그래 나올 것이제. 인제사 들을 준비가 됐구먼. 내 다음 후기를 읽어주께. 잘 들어라 알았나? 모두 말을 모아 대답한다. 야, 잘 알아 모시겠니더. 얼릉 해주이소 전기수 어른요. 진작에 그래 나와야제. 그래믄 지끔부텀 후기 읽어주마. 흐흐 흠흠 흐흐 흠흠.

진짜 전기수나 된 양 목청을 가다듬은 똘똘이 엄마가 비싼 입을 열기 시작한다. 그 사램 많은 자리서 재주 할마이가 그쌔 잘못했다고, 미안타고, 싹싹 빌었다니더. 그 심술 어른이 택도 없는 일인데, 시껍을 한 모양이구먼. 끝순 엄마 오미자가 말을 툻는다. 우째 됐든 다시 살아났으이 재주가 복 많은 아 아이가. 이름이 재주니 사램 살래는 재주도 가주고 태어난 모양이제. 그래고 재주 아부지도 홀애비 될 팔자가 아인가 보제. 순갈 몽대이 한 개 없는 집안에 시집와서 어구매로 밤인 동 낮인 동 모르고 일해 밭떼기라도 쪼매 장만하고 살게 된 게 다 누 덕인지도 모르고 그래제. 재주 어마이 한 시도 노는 줄 아나. 싸리낭구하로도 누구보다 더 마이 산에 가고, 싸리낭구도 기에 넘두록 여 나른다. 봄 되믄 큰 산나물도 태산맨치 이고 와서 어떨 적에는 모가지 뿌러질까 겁이 날 때도 있다. 나무 집 일이다 내 집 일이다 비가 오나 눈이 오나 일 년 내내 하루도 안 논다. 죽을똥 살똥 말똥. 똥이란 똥은 다 싸도록 일하는 메느리가 불쌍치도 않나. 나쁜 할마이 같으이라고. 그래이 심술 어른이제. 만약에 안 깨났으믄 새까맣게 모르고 나물하로 갔다가 굴러떨어져 죽은 줄 알 뿐했잖나. 그래 죄짓고는 못 사는 거다. 인제부텀 재주 할마이 기 푹 죽어 살 기다. 그 심술 할마이가 기죽기도 하겠다. 절대로 기죽고 살 할매가 아이다. 두고 봐라. 쪼매 지내믄 또 메느리 쥐새끼 잡득기 할게이까. 서로의 다른 생각으로 엇박자를 친다.

그기야 두고 봐야 알 일이제. 앵두 엄마는 앵두 같은 입술을 삐죽 내밀면서 그들의 말을 가새로 싹둑 자른다. 우쨌거나 잘됐구마. 어린 재주 불쌍해 죽겠디이만. 고랑이 엄마가 밭고랑 타듯 점잔을 빼면서 말을 탄다. *그케 말이따. 머가 우쨌든 간에 죽은 줄로만 알았든 재주 어마이가 살아났다이 우리 동네 경사 아이라. 참말로 잘됐다.* 똘똘이 엄마가 장구 치고 북 치며 장단을 맞춘다. *왜 계절이 어마이는 아무 말이 없니껴?* 똘똘이 엄마가 달녀를 바라보면서 말을 던진다. *아 야, 지도 좋니더.* 재주 엄마가 죽었다 살아난 얘기는 축지법을 쓴 것처럼 큰 산까지 가는 길을 무척 짧아지게 했다. 산촌녀의 말이 길바닥에 수북 내려앉아 길이 비좁다. 말만 쌓인 것이 아니라 가슴속에 망울망울 망울져 있던 한 덩어리까지 말에 섞여 나와서 길에 깔렸기 때문이다.

해마다 봄꽃이 바람바람 피고 봄바람이 분홍분홍 불고 봄비가 파랑파랑 내려 새까맣게 타들어가던 산촌녀들의 속을 조금이나마 씻어주며 가정가정 새로운 파문을 가져다주고 있다. 내 행복의 크기와 색깔과 길이를 재어 같이 갔던 누군가보다 조금이라도 더 짧다는 생각이 들면 조금이나마 위로를 받는 것이다. 행복은 불행이 옆에 다가와 앉아야 비로소 행복이 있음을 느낄 수 있다고 했던가. 달녀 역시 혼자만 세상에서 가장 외롭고 힘들고 불행하다고 여겼지만 그래 저런 시어머니도 있구나. 거기에 비하면 우리 시어머니는 그 정도는 아니니까. 그럼 내가 지금까지 시어머니를 너무 잘못 생각한 건 아닌가 하는 생각이 든다. 이야기를 듣느라 정신없이 걸어온 길은 산을 코앞으로 당긴다. 큰 산에 도착하자 나물을 뜯기도 전에 또 젖이 퉁퉁 불어 아프기 시작한다. 아무에게 말도 못 하고 혼자만 고통을 감내해야만 하는 이 아픔. 아무도 몰래 큰 나무 아래로 가서 젖을 짜낸다. 짜내는 아픔보다 안 짜내면 더 큰 아픔을 가져오는 젖. 그건 아기를 낳아보지 못한 여자나 남자들은 죽었다가 깨어나도 고통을 알지 못할 것이다.

　퉁퉁 불은 젖을 짜서 나무 밑에 버리면서 눈물이 또 흐른다. 집에서 배가 고파 울고 있을 아기가 눈에 밟혀 나물을 뜯을 수 없다. 나물인지 풀인지 닥치는 대로 뜯어 머리에 이고, 한쪽 손으로 아픈 젖을 움켜잡고 종종걸음으로 집으로 향한다. 아기 젖부터 먹이고 싶었지만, 아기는 또 시어머니 방에 있다. 젖 먹일 엄두를 못 낸다. 아픈 젖을 움켜쥐고, 저녁밥을 해서 식구들에게 차려준다. 아지의 저녁을 주고 나니 이허리가 져서 눈도 깜빡하기 싫다. 밥 먹을 생각보다 배고픈 아기 젖을 먹이러 들어간다. 아기 젖이 돌아나 퉁퉁 불어 고통이 오기 전에 아기에게 젖을 먹일 수 있으면 얼마나 좋을까. 해맑고 뽀얀 눈웃음으로 엄마를 빤히 쳐다보며 두 손으로 젖을 움켜잡고 꿀떡꿀떡 잘도 먹는다. 아기 젖을 먹이고 젖 아픈 것이 좀 가라앉자 아기를 안고 잠자리에 든다. 잠자리에 누워서도 낮에 들은 재주 엄마 한계선 이야기가 머릿속을 맴돈다. 피곤한데도 잠은 어디로 숨어버린다. 한계선의 한계선은 거기까지일까? 죽음도 삶도 마음대로 할 수 없는 한계선. 활활활 속을 새까맣게 태우며 살다가 다 태우고 나면 결국 새하얀 재가 되어 새 떼처럼 날아 어디로 사라지는지도 모르고 사라지는 영혼들.

하늘나라 태양, 달, 별들은 프로메테우스가 준 불씨를 녹여 빛을 점화시켜 조금씩 조금씩 세상을 위해 끊임없이 송출한다. 태양은 빛을 녹여 캄캄한 땅속에서 새싹을 틔워낸다. 봄이면 태어나는 싹에게 젖을 먹이고 따스한 햇살과 살랑거리는 바람과 촉촉한 이슬비를 먹여 키운다. 풀잎을 툭 건드리면 햇살과 바람과 이슬비 냄새가 파랗게 날아오른다. 여름이면 천둥, 번개와 태풍과 땡볕을 먹여 키운다. 풀잎을 살짝만 건드려도 천둥, 번개와 태풍과 땡볕이 금방이라도 지구를 덮을 것처럼 무성한 푸르름이 마구 쏟아져 나온다. 가을이면 잉크 빛보다 파란 하늘이 탱글탱글 똑똑 영그는 소리를 마구 쏟아내 미처 덜 익어 물컹거리는 만물들을 모두 찰찰 익게 만든다. 또한 세상에 고개를 번쩍 든 무엄한 것들을 모두 고개를 숙여 겸손을 배우도록 훈계를 한다. 달은 밤마다 지상 모든 생명체의 기도를 들어주고 가슴속에 고여 있는 소원의 손을 간절하게 잡아주기도 한다.

사람들은 모두 별을 좋아한다. 어려서는 별을 따기 위한 희망도 가진다. 별은 노력할수록 많이 줘서 다섯 개만 받아도 인간을 죽이고 살리는 지휘권을 가진 5성 장군이 되고, 사랑하는 연인들은 별을 따준다는 희망을 약속하기도 하는데, 땅에 발붙이고 사는 사람들은 무심무심 하루를 소소한 불행과 행복조차 모르고 다 소비해버리고 있다. 애간장을 태우고 속을 태우고 삶을 태우고 주검마저 태운다. 유감스럽게도 환한 희망마저도 사망이 되어 태워져서 깜깜한 어디론가 사라져버리고 만다. 희망이란 다리를 건너면 실망이란 다리가 있고 실망이란 다리를 건너면 절망이란 다리가 나오고 절망이란 다리를 건너면 사망이란 다리가 나온다. 모든 것들은 앞서거니 뒤서거니 상책도 중책도 하책도 속수무책으로 까맣게 깊어지는 것이다. 모두 까맣게 태워 재로 사라지고 마는 것이다. 죽음을 이긴 불사조들이 깃을 파득거리며 달녀에게로 날아들고 있다. 상처를 견뎌내고 흉흉한 삶을 이겨내고 비틀대는 삶에 균형을 잡아주고, 그녀들을 불사조로 만든 건 하나같이 자식들의 여린 힘이다. 끝순이 엄마 오미자, 고랑이 엄마 주근깨, 앵두 엄마 강냉이, 똘똘이 엄마 국화주, 사라진 엄마 어구란, 같이 산나물을 뜯으러 갔던 사람들의 말이 애절한 선율이 되어 떠나지를 않고 밤새 잠 속으로 파고들어 동침을 요구한다.

자신이 세상에서 가장 힘든 삶을 산다고 생각들었던 그녀에게 재주 엄마를 비롯한 그 또래의 이야기는 신선한 충격이다. 너무 불쌍하다. 칡과 등나무처럼 뒤틀리는 창자와 팔딱팔딱 뒤집어지는 허파를 제자리로 집어넣으며 간도 쓸개도 없는 인간으로 살아야만 했던 죽지도 살지도 못하고 엉거주춤 경계에 서서 죽음도 삶도 아닌 여인의 목숨들이 악습의 비명을 견뎌야만 했던 시간들. 모두 모두 너무너무 불쌍해서 밤새 눈물이 흘러 잠을 홍수지게 한다. 피로가 전신을 휘감는데도 몸은 잠을 버리고 낮에 나눈 동네 이야기들을 감았다 풀었다 재생시킨다. 법은 자꾸자꾸 죄인을 만들어내고, 자비와 용서는 죄인을 없애준다는데, 어찌 가정의 둘레에서조차 따뜻함 한 모금 주지 않고 자꾸만 죄 넝쿨을 자라게 종용하는지 도무지 이해가 되지 않아 머리가 어지러워진다. 그렇게 그녀의 하루는 또 무덤을 향해 걸어가고 있다. 비리직직한 달거리 냄새를 풀풀 풍기며 달달달달 달빛은 달녀를 찾아 밤이면 땅으로 내려온다. 질레꽃 향기를 꺾어 하얗게 하얗게 캄캄한 골목길을 밝히며 탱자나무 울타리를 자방자방 넘는다. 가시에 찔려 종아리에 피를 철철 흘리며 찢어진 문구멍으로 살글살금 들어와서 배꼼이 웃고 있다.

방 안엔 달빛이 고요히 드러눕고, 강물 냄새가 수척해지는 밤. 신기루 같은 아기의 숨소리가 쌔근쌔근 날아다니고, 숨 막히는 초침 소리 수북하게 쌓이는 밤. 밖에는 날개들이 나뭇잎에 앉아 수런수런 잠을 청하고, 지나가는 바람 소리에 문풍지가 필룩필룩 봄 감기를 앓는다. 매일 밤 이정표 없는 의식을 치르고 슬픔을 흥건히 쏟아내며 엄숙한 영혼을 흔들어 깨우는 불길한 예감이 밤잠을 걷어낸다. 매일매일 종잇장처럼 얇아지는 영혼을 각기 다른 이름으로 돌처럼 굳히는 밤. 잠자리 날개 같은 옷을 입고, 잠자리에 든다던 앵두 엄마 강냉이의 말이 잠자리처럼 잠자리를 맴돌아 다닌다. 짜마리, 나마리, 밤부리, 붓쟁이, 잰자리, 철랭이, 밥주리, 오다리, 자마리, 찰랑개비, 청뱅이, 철구, 부잰자리, 촐뱅이, 곰부리, 잼자리… 잠자리에 인간들은 이렇게 많은 이름을 지어 부르며 유희를 즐긴다. 잠자리 꽁지에다 지푸라기나 풀대궁을 꽂아 날려 보내주며 부르는 노래. *안질아 안질아 시집가거라 안질아 안질아 장개가거라.* 하면 잠자리는 하늘 멀리 지푸라기나 풀대궁을 꽂고 날아간다. 잠자리에게 인간들은 많은 이름과 전설을 남기고 있다. 잠자리를 잡아서 날개를 양쪽으로 모아서 받쳐 잡고 **아들 낳고 딸 낳고 딸 낳고 아들 낳고.** 하고 종용하면 진짜로 손바닥에 알을 낳는다. 날아다니는 잠자리를 쫓아가며 잠자리를 잡기 위해 부르는 노래.

안질뱅이 꽁꽁 / 선질뱅이 꽁꽁

먼데 가믄 꽁꽁 / 똥물 먹고 꽁꽁

앉으믄 꽁꽁 / 샘물 먹고 꽁꽁

앉은 자리 꽁꽁 / 명당자리 꽁꽁

날 자리 꽁꽁 / 망할 자리 꽁꽁

앉으믄 살고 / 날믄 죽고

높이 뜨믄 죽고 / 얕이 뜨믄 산다.

철갱이 꽁꽁 / 앉을 자리 꽁꽁

멀리 가믄 꽁꽁 / 목 달아난다 꽁꽁

니 자리 꽁꽁 / 비단 자리 꽁꽁

여기여기 붙어라 / 붙은 자리 또 붙어라

앉으믄 살고 / 서믄 죽고

촐뱅이 꽁꽁 / 내 손끝에 앉아라

바지랑대 앉으믄 / 알 못 낳는다 꽁꽁

내 손에 앉으믄 / 아들 낳고 딸 낳고

저리 가믄 죽고 / 여기 오믄 산다.

멀리 가믄 죽고 / 앉으믄 산다.

저 얇은 날개에 삶을 달고 낮달처럼 외롭게 여위어갈 목숨. 잠자리는 자리를 탓하지 않을 것이다. 다만, 우리 인간들만이 자리를 만들어놓고 다툴 뿐이다. 높은 자리, 낮은 자리, 별자리, 진자리, 마른자리, 넓은 자리, 좁은 자리, 누울 자리, 앉을 자리, 앞자리, 뒷자리, 옆자리, 설 자리, 돗자리, 왕골자리, 부들자리, 왕 자리, 신하 자리, 이부자리, 주인 자리, 머슴 자리, 식모 자리, 시부모 자리, 시누이 자리, 시동생 자리, 동서 자리, 술자리, 일자리, 노는 자리, 스승 자리, 제자 자리, 빈자리… 이 많은 서열로 자리를 만들어놓는다. 결국, 영원히 누울 자리인 명당자리를 못자리로 봐놓고 자리에 드러눕고 마는 영혼들. 우리 인간들은 잠자리 이름을 달리 부르듯 같은 자리를 다른 이름으로 지어 달고 호미가 닳듯 조금씩 닳아가고 있는 것이다. 텅 빈 가슴 언저리 어디쯤에서 냉 바람이 분다. 불 위에 생선 뒤집듯 몸을 끄응 한 번 뒤집어 누웠으나 새벽이 달녀의 몸 위에 포개 눕는다. 한쪽은 너무 타고 한쪽은 안 익은 밤잠을 밀치며 자리를 털고 일어났다. 살그머니 손가락 끝에 앉은 잠자리를 잡듯 일어난다. 쌔근쌔근 천사보다 고운 모습으로 자고 있는 아기의 꽃잠을 방해하지 않기 위하여.

　똑같은 새벽은 하루도 없다. 또 새로운 새벽이 길을 연다. 아지의 아침밥을 위해 쇠죽 솥에 불을 때고 아침밥을 준비하고 그렇게 그렇게 달녀는 조금씩 생을 기울이고 있다. 암울한 촌구석에도 속도는 살고 있다. 그 사이 또 두 번째 아이가 태어난다. 딸이다. 그다음부터는 셋째도 아들 넷째도 아들 다섯째도 아들 여섯째도 아들. 그렇게 없던 식구들이 어디선가 자꾸 생겨나서 아들이 다섯 딸이 하나 대가족이 된다. 달녀는 그 굶주리고 상처만 살고 있는 자신의 배에서 어떻게 그렇게 많은 자식이 살고 있었는지, 태어나는 자식들이 두려워지기까지 한다. 이 험한 세상을 어찌 헤쳐나가야 할지, 그들의 운명이 어떻게 될지, 한 치 앞도 알 수 없는 운명을 가진 게 인간인데, 그만 낳고 싶은 생각이 간절하지만 방법이 없다. 여섯 번째 아기를 가지고는 없·애·야겠다는 생각이 들었다. 달녀는 무시무시한 살인을 생각하고 있다는 사실조차 모른다. 간장을 한 사발씩 들이키고 그래도 안 돼서 바위에 올라가서 깊은 물에 뛰어내리기도 해본다. 수 없이 뛰어내리고 그 짠 간장도 밥 먹듯 먹어보았으나 허사다. 생명력은 얼마나 끈질긴지 그렇게 온갖 방법을 다 동원해도 아이는 태어나 그 아이에게 미안한 생각만 들게 한다.

　아이를 볼 때마다 죄스러운 생각에 늘 미안하다. 그렇다고 어떻게 아이에게 그런 말을 하고 미안하다고 속죄할 수도 없어 자신의 인생에 추가되지 않아도 될 슬픔이 자꾸 가중되고 있다. 아이를 볼 때마다 미안 또 미안하기만 하다. 첫째 아들 이계절, 둘째 아들 이봄, 셋째 아들 이여름, 넷째 아들 이가을, 다섯째 아들 이겨울, 고명딸 하나는 이숙명이다. 딸이 둘째로 태어나 제법 동생들도 잘 봐준다. 고만고만한 두 살 터울의 자식들이 쑥쑥 뽑아 올리는 것처럼 자라는 모습을 보며 아프고 힘든 일도 모두 참아내고 있는 달녀. 왜? 이름을 그리 짓느냐고 한 번 물어보지도 못한 채 그냥 지어진 이름을 그대로 부르기만 할 뿐이다. 달녀는 왠지 자꾸 그 이름들이 싫다는 생각이 머릿속에서 떠나지를 않지만, 그것 역시 내색을 할 수 있는 일이 아니다. 그럴 때마다 아니라고, 아니라고, 고개를 흔들 뿐이다. 큰아들이 열두 살 6학년, 딸 숙명이 4학년, 봄이가 2학년이다. 다행히도 큰아들, 딸, 둘째아들 모두 공부를 잘 한다. 어려서부터 한문 공부를 시킨 탓인지 뛰어나게 머리가 좋다는 학교 담임 선생의 말을 들을 때마다 어깨가 으쓱 올라가기까지 한다. 무슨 복인가? 자식들이 모두 1등을 놓치지 않으니 자식들의 상장이 그동안 고생한 것들을 모두 녹여주고 환한 날이 돗자리처럼 펼쳐진다.

시어머니의 시집살이는 갈수록 혹독해져서 견디기 어려운데 남편의 시집살이까지 보태져서 힘들고 고단해서 금방이라도 쓰러져 죽고 싶은 생각이 들지만 죽을 것 같은 나날을 참고 견딜 수 없을 때마다 달녀는 자식들 생각을 하면서 스스로를 위로하고 산다. 자신의 몸이 닳아 초승달처럼 뼈만 앙상하더라도 자식만 잘되면 아무것도 두려울 것 없다고 자신을 다독인다. 아이들이 통지표를 가지고 오는 날은 시름을 백 배 보상해주고도 남는다. 아이들에게 무릎을 꿇고 고맙다는 경배를 올리고 싶도록 고맙고 기특하고 대견하다. 모두 1등을 한 번도 놓치지 않으니 이건 분명 하늘이 본인에게 선물을 준 것이라고. 이대로 똑똑하게 자라면 이다음에 일본을 물리치고 당당하게 외할머니를 찾고 나아가서 우리나라의 주권도 찾을 수 있다는 희망을 가져본다.

그동안 너무 많이 아프고 힘들고 상처투성이가 된 자신에게 하늘이 준 선물이란 생각이 든다. 시어머니가 매달 한 번씩 가는 석대미 치성, 내년에 흉년이 들면 시주할 곡식을 미리 고방에 저장해두는 부석사에 정성, 정초만 되면 올리는 소지, 미신스럽게만 느껴졌던 것들이 고맙게까지 느껴질 정도다. 그래서 더욱 묵묵히 어떤 괴롭힘도 견딜 수 있는지도 모른다. 아이들은 칼바람보다 혹독하고 모진 시집살이를 견딜 수 있는 원동력이 되어주며 내게도 이런 날이 있구나 싶을 정도의 행복 꽃 시절이다. 그러나 행복 꽃 옆에 또 불행 싹이 움트고 있음을 그녀는 꿈에도 생각지 못한다.

주술에 걸린 시간들

6

봄날의 끝

아이들이 건강하게 파릇파릇 잘 자라는 모습이 마치 꿈인 듯 기쁘다. 1등이란 성적을 끊임없이 날라 와 동네의 부러움을 한 몸에 받고, 동네에서 우등생 집안이란 낙인을 찍는다. 계절은 또 푸른 희망을 싹틔우면서 새봄이 시작된다. 공부하란 말 한마디 하는 사람이 없어도 스스로 열심히 해주는 희망들. 어미의 고달픈 시름을 걷어내주는 아이들을 보면 가슴이 시리도록 고맙다. 러시아 소설가 도스토옙스키의 우리에게 고통이 없다면 무엇으로 만족을 얻겠는가? 하는 물음을 대변하듯 그렇게 고통 속에서 만족 꽃이 피어나고 있다. 그러나 그 만족을 위해 너무나 큰 고통을 견뎌야 하는 일이 또 저벅저벅 걸어오고 있었다.

그날도 아침 일찍 밥을 먹고 형과 함께 학교에 갈 채비를 하던 둘째 봄이가 난데없는 어리광을 피운다. *엄마 나 오늘 핵교 가기 싫어.* 어리광인지 투정인지 여태 한 번도 그런 적이 없던 아이라 달녀는 의아해한다. *왜 그래노? 핵교서 먼 일 있었나?* 둘째 봄이를 쳐다보면서 묻는다. *아이씨더. 오늘 체육 시간이 있는데 체육은 하기 싫애서 그래니더. 그래? 체육이 하기 싫애도 핵교는 가이지. 핵교 결석 한 분도 안 했는데 그릏제? 야. 엄마 말씀대로 핵교 갈 테이가 그래 걱정 마이소. 근데 엄마! 우째 이래 엄마를 다시 못 볼 거 같제? 우째 그래 싱거운 소릴 하고 그래까? 체육이 싫기는 싫은 모양이네. 야, 아주 진짜로 하기 싫니더. 그래도 니 달리기도 잘하고 철봉도 잘하고 머든지 잘해서 체육도 1등만 했잖나. 한 분도 2등 한 적도 없잖나? 엄마가 좋아하시는 모습이 보기 좋아 죽기 살기로 했제요. 그릏나 고맙기도 하제. 우리 봄이 얼릉 형아하고 누하고 핵교 갈 준비해 핵교 가이지 그래다가 늦겠다. 야, 알았니더. 핵교 갈 준비하고 있니더. 엄마 걱정 마이소. 내가 누구이껴? 엄마 걱정해서 아프시믄 안 돼니데이. 그래믄 핵교 잘 뎅게오겠니더.*

이상스러울 정도로 다른 때 안 하던 짓을 한다. 엄마에게 와서 한 번 안아달라고 해서 안아주고 엉덩이를 툭툭, 두들기고 머리를 쓰다듬어준다. 갑자기 어미 볼에다 쪽! 하고 입맞춤을 하고는 마구 뜀박질을 해서 형 뒤를 따라 학교로 간다. *형아야 가치 가이재 혼자만 가믄 우째노.* 늦은 봄이다. 무성한 기운을 내뿜으며 논둑이나 밭둑마다 봄씨를 파종해 키운 봄빛들이 온 산천을 파랗게 덮으며 그림자마저 파랗게 자라난다. 외로운 들판을 가득 채우고 있다. 벌써 초여름이 봄을 밀어내며 다가선다. 달녀도 마구간에 눈만 껌뻑이고 서 있는 아지 고삐를 풀어 풀밭으로 옮겨 매준다. 들에 나갈 준비를 하는데 막내가 칭얼거린다. 이마를 짚어보니 이마가 뜨겁다. 열이 아이의 이마에 몰려 있다. 찬물 수건을 해서 옷을 벗기고 열을 내리다 보니 어느덧 해가 한나절이 다 되어간다. 모두 일터로 다 나가고 동네는 절간처럼 조용하다. 쉬파리들만 앵앵거리며 날아다니는 푸르도록 맑은 날. 시어머니의 말 화살 들을 각오를 하고 집에서 막내를 돌보고 있다.

다행히 칭얼거리던 막내가 조금씩 열이 내리기 시작한다. 처음보다가는 몸에 열이 많이 날아간 것 같다. 그래도 몸이 안 좋은지 깊은 잠을 못 자고 눈을 떴다 감았다 하며 엄마를 놓아주지 않고 칭얼거린다. 방에서 막내를 안아주고 있는데 시어머니는 또 온 집안에 풍랑주의보를 내린다. *할 일이 지천에 깔렸다는데 머 하느라고 일하로도 안 나가고 집구석에서 아 만 주래찌고 앉아 있노. 농사일도 다 철이 있제. 그래 집구석에서 아 만 주래찌고 누 있으믄 누가 우리 일 대신 해주기라도 할 지 알고 그래 게으름을 피우고 있나. 내가 속이 터져서 원! 아 만 품 안에 주래찌고 진종일 있어봐라. 밥이 나오나. 떡이 나오나!* 앞마당에 말을 휘익, 세숫물 버리듯 쏟아버리고는 가버린다. 그렇지만 달녀는 아무것도 할 수가 없다.

막내의 열이 아직은 다 내리지 않았기에 시어머니의 그 정도 날벼락쯤은 방 문지방을 넘어와도 가슴까지는 들어오지 못하고 되돌아간다. 시어머니의 말벼락을 뒤집어쓰고 막내를 안고 있는데 갑자기 큰아들 계절이 헐레벌떡 뛰어온다. *이 시간에 먼 일이로? 공부 안 하고 왜 집에 왔노?* 달녀의 머릿속으로 문득 불길한 예감이 휘리릭 날아 들어온다. *엄마 큰일 났어요!* 숨을 헐떡이며 말을 던지는 큰아들에게서 무언지는 모르지만 서늘한 느낌이 달녀의 등줄기로 흘러내리고 있다. *큰일이 먼데? 그래 혹삭스룹게 호들갑 떨지 말고. 숨 쉬고 천천히 말해보그라? 엄마 봄이가. 봄이가 멀 어쨌다고? 봄이가 핵교에서 쓰러졌어요. 머라고? 멀쩡한 봄이가 쓰러지기는 우째 쓰러져? 몰래요. 선상님이 빨리 엄마 모셔 오래요.*

달녀의 다리에 있던 힘을 갑자기 누군가 몽땅 빼버린다. 비틀비틀, 다리가 일어서주질 않는다. 간신히 정신을 차리고 아픈 막내를 두고 학교로 달려간다. 아무리 뛰어도 제자리다. 얼마를 뛰어 학교에 가니 봄이는 학교에 없고 교장 선생 댁에 누워 있는 봄이는 얼굴이 까맸다. *봄아, 엄마야! 엄마 알아보겠어?* 다행히 봄이는 눈을 뜨고 어미를 쳐다보더니 고개를 *끄덕인다.* 교장 사모한테 고맙다는 말도 못 한 채 아이를 업고 집으로 온다. 땀을 뻘뻘 흘리면서 제발 아이가 괜찮아지길 간절하게 빌면서. 아이가 어디가 어떻게 고장이 났는지 갑갑하기만 하다. 이웃의 의원 집에 먼저 찾아가니 하필이면 오늘따라 의원 영감은 어디로 외출 중이라 저녁이 되어서 온다고 한다. 면 소재지까지 갈려면 이십 리는 걸어야 하므로 차가 없는 그 거리를 걷는다는 건 무리다. 남편이나 의원이나 둘 중 하나가 와야 해결될 문제다. 혼자 애만 태우고 방방 뛰고 있는데도 시어머니는 이렇다 저렇다 한마디도 없다. 남편은 어디 가서 무얼 하는지 알 수도 없다.

애간장이 새까맣게 타서 죽기 직전에야 의원이 온다. 말할 기운마저 잃고 있는 아이에게 뜨거운 꿀물을 먹였지만 넘기지도 못하고 있다. 입가로 먹인 꿀물을 다시 주르륵 흘려보내고 있다. 의원 영감은 느긋하게 아무 걱정도 없는 표정으로 아이의 눈을 까뒤집어보고 가슴을 올려보고 마지막으로 등짝 밑으로 손을 넣어보더니 아무런 말도 없이 밖으로 나간다. 불안한 마음에 의원을 따라 나간다. *우리 봄이 어떠이껴? 와 아무 말씸이 없니껴? 어데가 고장 났니껴? 괜찮니껴?* 숨도 안 쉬고 퍼부어대는 질문에 의원 영감은 아무 말이 없다. 봉당에서 신발을 신던 의원은 혹삭을 떠는 달녀와 달리 아주 아무렇지도 않게 *약이 없니더. 한 닷새 지내믄 지절로 날 게씨더.* 애매한 말만 남기고 어떤 처방도 내려주지 않고 신발을 신고 부지런히 걸음을 재촉해 가버린다.

맘속에 알지 못할 불안이 먹구름처럼 밀려든 달녀. 어떤 불안과 초조 떼들이 그녀의 가슴으로 끊임없이 날아 들어오고 있다. 캄캄한 생각을 밟으며 방으로 다시 들어간다. 밤새도록 아이는 앓는 소리조차 한마디 못 낸다. 고요하고 고요한 태풍 전야 같은 밤. 혼자 어둠을 헤치기엔 밤이 너무 고독하고 조용하고 깜깜하다. 혼자 앓는 소리도 못 내고 앓고 있는 아들. 차라리 끙끙 앓는 소리라도 내면 조금이라도 안심이 되건만 숨소리조차 점점 가늘어지는 아들을 바라보는 어미의 애간장은 다 허물어져 뭉개지고 있다. 아들은 자신의 용량을 초과하는 몸을 부지하면서 무진장 애를 쓰고 있는 중이다. 안으로 안으로 숨을 껴입는 외로움. 이 싱그런 푸르름을 보지도 못하고, 죽음과 삶 사이에서 극단의 결합이 필요한 아이는 비유를 넘고 은유를 넘고 환유에 가까운 시간을 운영하고 있는 중이다. 어제부터 지금까지 물 한 방울도 넘기지 못한 채 아이는 어제와 다른 오늘의 저 시리도록 푸르른 날을 보지도 못하고 조금씩 더 조금씩 숨소리조차 거미줄처럼 가늘어져가고 있다. 아니, 용서도 인정도 공감도 할 수 없는 오늘은 오류다. 늦은 걸까? 아니 괜찮다고? 겨울도 아닌 초여름에 세상은 하얗게 눈이 덮여 세상을 온통 백색으로 물들여놓고 그 백색 속에서 무슨 짓을 하고 있는지 아무것도 보이지 않는다. 찬바람은 잉잉 울며 나뭇가지를 흔들어대고 까마귀들은 왜? 마귀마귀 마귀처럼 까까까까 악악악악 지랄스럽게 울어대면서 까만 상복을 입고 검은 울음을 떨어뜨리고 있는지. 계시 같은 환청들이 들락날락 달녀를 괴롭힌다.

이 좋은 날씨에 피가 파랗게 질린다. 치열한 실존의 삶이 끝없이 가중되는 불안이 춤을 춘다. 불안이 큰 아가리를 벌리고 시뻘건 혓바닥을 날름거리면서 춤을 춤을 추어댄다. 저 아가리 속에 예상하지 못한 불운의 기운이 번지고 있다. 의원 영감이 닷새만 지나면 낫는다는 실오라기 같은 희망을 눈덩이처럼 굴리며 나흘이 지났다. 나흘이 어째 이리도 거북이보다 느리게 지나가는지 이제 내일이면 닷새가 되는 날이다. 희망이 춤을 춘다. 희망이 큰 아가리를 벌리고 시뻘건 혓바닥을 날름거리면서 춤을 춤을 추어댄다. 누워서 주검처럼 깜깜하던 아이가 갑자기 일어나 앉는다. *엄마! 아파서 미안해 진짜진짜 마이마이. 너무 마이 미안해.* 다 꺼져 가물거리는 불씨처럼 아이는 말문을 열고 중얼중얼 희망을 준다. 깜짝 놀란 달녀는 아이의 암호 같은 말을 껴안는다. *그래그래 아프믄 안 돼. 절대로 아프믄 안 돼 인제 덜 아파?* 봄이는 고개를 끄떡이고 엄마 목에 매달린다. 손에 느껴지는 힘은 나흘 전 아침에 매달렸던 그 힘이 아니다. *우리 어리광재이 또 안 하던 짓을 하고 그랜다? 인제 살 만하구먼.* 아이는 고개를 끄덕인다. 한참을 안고 토닥이던 엄마의 말이 끝나자 봄이는 또 고개를 끄떡끄떡한다. *엄마! 아파서 미 미 미안해. 참말로 미안해. 그른데 엄마 엄마 냄새가 참 좋아. 또 막 잠이 자꾸 와서 눈을 감기네. 엄마! 나, 엄마 팔 비고 자믄 안 돼?* 달녀의 팔을 당겨 벤다. 달녀는 *다 큰 놈이 어리광은?* 하면서도 한쪽에서 기쁜 기분만큼 또 한쪽에서는 불안이 검은 먹지처럼 밀려옴을 육감적으로 느낀다. 그렇지만 전자 쪽을 믿으려 애써 그렇게 마음속 기도를 올린다. 그래 역시 의원 말이 맞긴 맞구나. 눈도 제대로 못 뜨던 아이가 힘을 내고 말을 하고 괜한 걱정을 당겨 한 것 같다는 생각을 하면서도 불안이 가시지는 않는다. *그래 알았다 베고 자그라.* 하고는 무릎에다 봄이를 눕히고 머리칼을 쓰다듬는다.

눕힌 지 채 10분도 안 되어 봄이는 머리를 땅으로 쿵 박는다. 달녀는 *녀석도 어미 품이 그리 좋은가 눕자마자 잠드네.* 아이에게 베개를 베어주려고 머리를 드는데 섬뜩한 느낌이 든다. *봄아! 봄아! 봄아!* 아무리 흔들어 깨워도 다·시·는·아·무·말·도. 봄을 잡아먹은 초여름에 봄이 저세상으로 건너가고 있다. 봄은 의원 영감 말대로 닷새가 지나고 아픔을 못 느끼도록 싹 나은 것이다. 이제 영영 아픔 슬픔 따위는 느끼지 못할 곳으로 가버린 것이다. 봄처럼 내년 봄에 다시 오지도 못할 곳으로 봄은 사라져버린 거다. 달녀는 허공을 올려다본다. 하늘에 있던 검은 구름이 떼를 지어 달녀의 가슴을 덮어버린다. 아아! 날이 저물어버리는구나. 으스러질 듯이 조여 오는 봄이의 웃음과 말 매일 아침 *엄마 핵교 댕겨올께요. 엄마 핵교 댕겨왔니더.* 문을 열고 문안에 들어서도 문을 열고 밖으로 나가도 따라다녔던 그 말들은 그대로 두고 봄이만 떠났다. 까맣게 지워진 행 한 줄이 아까워 너무 아까워, 달녀는 봄이의 영혼을 공책 속에 넣어두고 밤낮으로 읽고 읽고 또 읽는다. 집 앞에 살구나무 그늘도 울고 달도 울고 별도 울고, 이 어마어마한 불행의 털에 성냥불을 그어 다 태워버리고 싶다.

조용히 북망산천으로 날아간 봄. 나이의 높이가 아무리 다르다고는 하지만 너무 낮은 봄의 나이에 이렇게 빨리 우주로 날아가버리릴 줄은 상상도 못 했다. 고랑이 엄마 주근깨 생각이 난다. 하나도 아니고, 그 여럿을 보내면서 어떻게 견뎠는지. 이야기를 들을 때는 가슴이 아팠지만, 곧 잊어버렸는데 봄이를 보내고 나니 그 심정을 뼈저리게 알 수 있을 것 같다. 그 사람의 입장이 되어보지 않고 선불리 동정하며 가슴 아팠던 일이 미안한 생각이 든다. 날개를 부러뜨려야 했다. 아무 일도 일어나기 전에 날개를 취소하고 사라지지 못하게 꼭 매어 놓았어야 했다. 불쑥불쑥 찾아와도 괴로운 일이거늘 밤낮으로 어미를 못 잊어 찾아오는 봄이 가혹한 폭력으로 자식을 돌보지 못한 어미를 질책하고 있다. 달녀는 밤낮으로 봄이가 간 우주 저쪽에 편입되어 살아가고 있다. 머리 위에 빛들이 사라지기 전엔 이해되지 않을 봄의 죽음. 그 이후는 아무 일도 일어나지 않는다. 아니, 그 이후에 일어난 일에 대해서는 일이 될 수 없다. *엄마! 아파서 미 미 미안해. 참말로 미안해. 그른데 엄마 엄마 냄새가 참 좋아. 또 막 잠이 자꾸 와서 눈을 감기네. 엄마! 나, 엄마 팔 비고 자믄 안 돼?* 반복해서 돌아가는 녹음기처럼 밤낮으로 귀속으로 파고드는 봄의 말이 어미 가슴에 대못을 쾅쾅 박고 있다. 엄마 팔을 베고 잔다는 녀석, 엄마 팔은 안 베고, 차디찬 땅을 베고 잘 걸 생각하니 달녀는 당장이라도 무덤을 파서 데리고 오고 싶어 미쳐버릴 지경이다.

　비가 오면 비/ 비/ 비 빗소리를 타고 바람이 불면 파라람 파라람

바람 소리를 타고 달이 뜨면 달 속에 토끼가 되어 방아를 찧고 별이 뜨면 초롱초롱한 눈망울로 날이 새면 빛과 함께 봄이의 얼굴이 웃으며 나타난다. 누구든 함께 있을 땐 소중한 걸 모른다. 봄이도 그랬다. 말썽 한 번 안 부리고 늘 착하게 자라줘서 봄이의 소중함을 몰랐다. 당연한 줄 알았다. 이제는 너무 무거운 후회라 들어 올릴 수도 없다. 남은 자식의 소중함으로 생을 모두 탕진하는 데 골몰해야지. 이 땅에 봄이 왔다가 떠나면서 나의 소중한 봄을 명확한 설명 한 줌도 없이 데리고 가버렸다. 얌통머리 없는 짓으로. 봄의 목소리는 봄이가 다니던 길로 앉아 있던 자리로 놀던 마당으로 둥둥둥 떠다니며 가슴에 떨어진다. 꽃잎들은 하르르 하르르 붉은 눈물 흘리며 떨어지고 빗새는 비비비비 울음을 떨어뜨리며 가슴에 비수를 들이댄다. 봄 목소리에 꽃잎에 빗새 소리에 젖고 마르고 마르고 또 젖고 저주에 파랗게 젖는 이 늦봄 그늘은 나무 아래서 낮잠을 자고 바람은 나무 그늘을 흔들어댄다.

그녀의 체온 속에서 아직도 여름처럼 무성하게 자라는 봄. 절망감과 공포감에서 빠져나갈 궁리를 하려 했지만 어림없는 모양이다. 민첩하지도 기민하지도 못한 달녀. 그냥 조용히. 달빛이 기울고 차듯이 그냥 조용히 잊히기를 기다릴 수밖에 없다. 맨발로 유리 조각을 밟는 아픔으로 그녀는 봄을 잊기 위해 갖은 애를 쓴다. 붉은 피를 흘리는 발바닥의 한숨들. 남아 있는 자식들조차 눈에 보이지 않고 떠난 아이 생각 방에 갇혀 캄캄한 날들을 보내고 있다. 이 세상에 홀로 선 이방인. 자식은 죽고 어미는 살고 어미는 살아 있고, 자식은 죽어간 이 가혹하게 아픈 상처 그래도 꽃은 피고 새도 울고 시간은 아무 일도 없는 것처럼 앞으로 앞으로 달려가고 있다.

매일처럼 떠나간 봄이에 대한 아쉬움을 문장으로 읊으며 하루하루를 가늠해나가던 달녀. 남아 있는 자식들의 문장은 텅 빈 공간이 되어 또 다른 슬픔으로 채울까 두렵다. 봄의 배웅인지 여름의 마중인지 모를 하루하루. 그렇게 그렇게 쓸어내고 또 쓸어내고 있다. 밤마다 떨어져 내리는 별 조각 달 조각처럼 바스러지는 고통으로 밤을 새운다. 별천지 별별 천지에 별별 일들이 다 일어나 기어이 별난 별거를 만든 세상. 사람들은 아무런 표정도 없이 걸어 다니고, 시냇물은 아무런 냄새도 없이 흘러가고, 새들은 발걸음 소리도 하나 없이 공중을 걸어 다니고, 물고기들 물속에서 입을 뻐끔거리고 있다. 바람은 물 주름을 만들며 강물을 늙히고 있고, 하늘은 매일 우울우울 아가리가 큰 우울 한 마리를 키우며 벌레 썹은 얼굴을 하고 있다. 춥다 춥다 춥다 여름 추위를 외치며 진부한 감상문을 토해내는 한여름이 다 가고 가을이 되어서야 달녀는 밥알을 넘기기 시작한다. 자식들이 줄줄이 눈을 부릅뜨고 어미의 품을 불러댄다. 또 다른 어둠이 올까 봐 달녀는 어느 날부터 자신을 일으켜 세우기로 맘먹는다.

달녀의 아픔을 확 도려낸 것은 여름이다. 그동안 여름이가 살이

다 내린 것도 모르고 살다 정신이 조금 들고 보니 여름이는 살이 내려 있었다. 이른 아침에 습관처럼 아지에게 말 한마디 없이 죽을 먹인다. 방 안에 자고 있는 여름이를 보고 소꼴을 베러 가려고 방문을 연다. 달녀는 또 한 번 뒤로 넘어질 뻔한다. 여름이 눈을 허옇게 뒤집고 누워 있다. 입에는 거품을 벅적벅적 게워내며 온몸을 뒤틀고 있다. 허겁지겁 의원 영감을 찾아간다. 다행히도 의원 영감이 집에 있어 모시고 와 병을 본 의원 영감은 경기(驚起)라고 한다. 경기(驚起)엔 천마(天麻)를 캐서 달여 먹이면 나으니 천마(天麻)를 캐서 달여 먹이라고 한다. 달녀는 자신이 너무 가고 없는 봄이만 생각하다가 여름이가 그리된 것 같아서 또 가슴이 쓰라려 온다. 그녀는 천마를 캐기 위해 국망봉으로 가야겠다 마음먹는다.

달녀는 그다음 날 캄캄한 새벽에 천마를 캐러 집을 나선다. 풀이 우거지고 사람도 뜸해서 무서운 생각도 들었지만, 이것저것 가릴 처지가 아니다. 다섯 시간을 넘게 올라간 국망봉에 오르자 그녀는 갑자기 인간의 보잘것없는 삶이 눈에 들어온다. 높은 산은 끝없이 태산처럼 서서 아무 탈도 없이 서 있는데 왜 인간에겐 아주 미세한 바람에도 끊임없이 흔들리며 아파할 상처를 입히는지. 자식에게 일어난 불행이 자신이 지은 죄인 것 같아 가슴이 찢어진다. 하지만 다 부질없는 생각이라고 생각을 부러뜨리고 부지런히 천마를 찾는다. 몸에 천마가 좋다는 소문이 많아서 모두 캐간 뒤라 천마가 좀처럼 보이지 않는다. 달녀는 국망봉을 온종일 뒤져 겨우 여섯 뿌리를 캐서 부랴부랴 집으로 돌아온다. 벌써 어둠이 한발 먼저 집에 와 있다. 달녀는 깨끗한 물에 씻은 다음 달여서 아이에게 먹인다. 효과가 금방 나타나지 않아서 발을 동동 굴리며 먹인다. 자라 보고 놀란 가슴 솥뚜껑 보고 놀란다고 가슴이 두근거리고 조바심이 나서 미칠 지경이다. 다행히도 일주일 정도 지난 뒤부터 경기(驚氣) 횟수가 줄기는 했지만 그래도 한 번씩 경기(驚氣)를 할 때면 애간장이 다 녹아내린다. 몇 달간을 여름이에게 매달려 정신없는 사이에 봄이 생각이 엷어져 간다.

다행스럽게도 아이의 경기(驚氣)는 조금씩 잦아들고 아이는 그전처럼 잘 먹고 잘 놀아준다. 한숨을 돌리긴 하지만 그래도 완전하게 나은 것은 아닌지 드문드문 경기를 하기는 하는 터라 달녀는 심히 걱정스러움을 떨칠 수 없다. 그리 심하지는 않았지만 어쩌다 한번 경기를 하면 달녀는 자신이 대신만 할 수 있다면 대신 앓아주고 싶은 마음이다. 겨울이 되기 전에 천마를 더 캐다 두었다가 달여 먹여야겠다는 생각으로 또 천마를 캐러 간다. 가을 산은 경치가 아름답다. 어느 화가가 저리도 아름다운 산수화를 그려놓았단 말인가. 그녀는 잠깐이지만 경치에 취한다. 나무 그림자를 깔고 앉아 있자니 불쑥 고개를 내미는 봄이 생각나서 다시 일어선다. 천마를 캐기 위해 온 산을 헤집고 다닌다. 사람들은 알뜰하게도 캐가서 좀처럼 찾을 수가 없다. 그렇지만 지금 캐서 저장해두고 먹이지 않으면 겨울엔 캘 수 없기 때문에 온종일 헤매면서 캔다. 다행히 좀 많이 캤다. 얼른 집에 가서 돌봐야 할 아이들과 아지의 저녁과 마음이 바빠 급하게 걸음을 재촉하며 산을 막 나설 때다. 어떤 여자가 같이 가자면서 길동무를 청하고 나선다.

안 그래도 좀 무섭기도 하던 차라 그렇게 하자면서 동행을 하기로 맘먹는다. 머리에 짐도 이지 않아 무겁지도 않은데 왠지 발걸음이 무거워 빨리 걸어지지 않는다. 그동안 알게 모르게 자신이 무척 쇠약해졌음을 느낀다. 본래도 말이 없지만 잘 알지도 못하는 사람이라 그녀는 앞만 보고 걸어간다. 조금 걸어 내려오는데 그 여자가 먼저 입을 열어 말을 꺼낸다. *저 계절이 어마이 아이껴? 지를 우째 아시니껴? 그 집을 모르는 사램이 누가 있니껴? 이 좁은 산촌 구석에 웬만하믄 다 알제요. 계절이 어마이야 장에도 안 댕그고 워낙에 놀로도 안 댕그이까 그릏제. 이 산촌은 누가 누군지 훤하이더. 내가 누군지 모르제요?* 그 여자는 묻지도 않고 궁금하지도 않은 말을 혼자 씨부렁거리고 있다. *미안치만 잘 모르겠니더. 나는 연화동 사는 선화 엄마 도화살이씨더. 계절이 어마이 시집오기 전부텀 계절이네 집안하고는 잘 알고 지내는 사이제요. 계절이 할배 계절이 할매 계절이 아부지를 계절이 어마이보다 더 먼저부텀 잘 알제요. 옛날에 대단하게 살 때 그 집 신세 안 지고 산 사램이 거의 없을 게씨더. 워낙 재산도 많고 인심도 좋고, 그 집으로 시집오는 사램은 누구든지 꿀이 흐를 거라 생각했던 집안이제요. 지금이사 다 몰락했제만요.* 별 관심도 없는 말을 마구 해대는 여자를 참

수다스럽다는 생각을 하면서 아, 그릏니껴? 별 관심 없는 수다를 한 귀로 들으며 한 귀로 내보냈다. 그 집안은 어른도 좋고 계절이 아부지도 곰살스릅고 해서 계절이 엄마는 좋제요? 야, 좋니더. 달녀는 건성으로 대답을 한다. 그른데 이 갈게 머 하로 큰 산까짐 왔다 가니껴? 도화살이 묻는다. 우리 아 가 경기(驚氣)를 해서 경기(驚氣)에 천마가 좋다 그래서 캐러 왔니더. 에이구. 경기(驚氣)를 마이 하니껴? 경기(驚氣) 마이 하믄 안 좋은데 빙원에 데리가 보소. 하기사 경기(驚氣)는 빙원에도 약도 없다 하디더. 아! 참말로 우리 마에 경기를 하던 아 를 고친 집이 있는데 내 소개해주까요? 야, 그래믄 고맙제요. 연화동 윤씨네 아들 윤회가 경기(驚氣)를 마이 했는데 멀 머깄는지 인제 안 한다고 하데요. 은제 한분 찾아가 멀 머게 고챘는지 알아보소. 그 집이 어덴가 하믄 연화동 입새서부터 다섯 분째 집이씨더. 울타리 없는 집이제요. 찾기 쉽니더. 못 찾겠으믄 우리 집에 오소. 내가 갈캐드리께요. 우리 집은 연화동서 기중 꼭대기 집이씨더. 기중 웃집이 우리집이씨더. 그녀의 말이 고맙다는 생각이 든다. 고맙니더. 내 오늘은 늦어서 안 되고 내일 한분 가서 물어봄씨더. 참말로 고맙니더. 경기를 고챘다는 말에 정신이 팔려 언제 온 줄도 모르게 연화동까지 내려온다. 그 여자 도화살은 자기네 집으로 들어간다. 달녀는 부리나케 집으로 오지만 온종일 지쳐서 걸음이 점점 느려진다. 혹시라도 아이가 아프지 않을까 걱정스러워 좀처럼 맘 놓고 어디 멀리 다니기가 두려운 요즘이다.

많이 좋아졌다고는 하지만 그래도 안심할 수는 없는 일이다.

집에 오니 벌써 땅거미가 내려앉고 있다. 달녀는 쇠죽 솥에 불을 지피고 나서 저녁밥을 한다. 식구들 저녁을 차려주고 나서 자신은 밥 한술 뜰 시간도 없이 곧바로 천마를 깨끗이 씻어놓고 장작을 때서 숯을 만든다. 숯불에 얹고 약탕기에다 깨끗이 씻은 천마를 넣고 물을 알맞게 붓고 나서 닥나무로 만든 문종이로 약탕기 주둥이를 감고 봉한 다음 은근한 불로 달인다. 서너 시간은 다려야 물이 다 우려져 나온다. 달인 물을 시간 맞춰서 먹여야 한다는 의원 영감의 지시대로 가능하면 시간을 맞춰 먹인다. 어쩌다 한 번씩 경기(驚氣)를 하기 시작하면 온몸에 기운이 다 빠져나갈 정도로 심하게 몸을 비튼다. 입에 거품을 북적북적 뱉어내서 옆에서 보는 것도 고통스러워 감당할 수 없을 정도다. 가능하면 신경을 모두 여름이에게 집중시키면서 약을 먹인다. 약을 먹여 재우고 피로가 겹친 그녀도 그대로 곯아떨어진다. 잠이 그녀를 삼킨 것이다. 이튿날 새벽 그녀는 다른 날보다 더 일찍 일어나서 서두른다. 아지 죽을 쒀서 먹이고 식구들 밥을 해서 먹이고 학교 갈 아들 학교에 갈 준비물을 챙겨놓고 다시 다래끼를 들고 천마 사냥을 위해 집을 나선다.

시어머니 나벨라는 며느리 뒤통수에 대고 밀가루를 훌훌 뿌려댄다. 먼 지랄로 이 같게 날매등 산을 가노. 요새 산에 가서 할 게 머 있다고. 천마를 캘라믄 한 분에 가서 마이 캐오제 선낱은 캐와서 또 가고 또 가고 하노. 봄에나 가서 나물이나 마이 안 뜯고 바빠 곤두박질치는 게 눈에 안 뵈나. 이 바빠 둥둥거래는 갈게 에이! 푸념 가루가 그녀의 귓속으로 마구 날아서 달려들어 자신을 흠뻑 적셨다. 그러나 달녀는 그런 말 정도는 귓바퀴에서 얼마든지 막아 낼 수 있다. 시어머니의 말을 귀지로 만들어 날려 보내고 오로지 아이를 살려야겠다는 일념 하나로 부지런히 걸어서 연화동까지 간다. 모두 일하러 들에 나가기 전에 가야 만날 수 있겠다 싶어 새벽부터 서둘러서 나온 것이다. 연화동에 도착하니 이제 아침때 정도는 된 것 같다. 한적한 산동네서 집집마다 연기가 산발을 하고 굴뚝에서 빠져나와 유유히 어디론가 날아오르는 거로 봐서 아침밥을 짓고 있는 것 같다. 아직 들에 나갈 시간은 아닌 것 같아 다행이다. 다섯 번째 집이라 했지. 달녀는 다섯 번째 집으로 눈 더듬을 하면서 찾아간다. 다섯 번째 집 앞에 도착하자 마당에서 삽살개 한 마리가 깨갱깨갱 짖어댄다. 삽살개 소리를 듣고 있는데 부엌에서 할머니 한 분이 나온다. *우째 왔니껴? 야, 지는요 아래 동네 사는 계절이 엄마라고 하는데요. 머 쪼매 여쭤볼라고 왔니더. 아, 그 훈장 어른네 메느리구먼. 야. 맞니더. 얼른 오이소. 이래 일찍은 아직에 우쩬 일로 우리 집까짐 오싰니껴?* 대답을 하려는데 일곱 살은 돼 보이는 어린이가 눈을 비비며 나와서 저희 할머니 등에 기댄다. *할매.* 어리광이 덕지덕지 묻은 말로 할머니를 부른다. *에구 에구 내 새끼! 하마 일났어? 저게 가서 쉬이 해야제.* 할머니는 손자가 귀여워 어쩔 줄 몰라 하면서 손자를 안는다. 그리 체격은 안 크지만 일곱 살은 돼 보이는 손자를 얼른 업고 일어서서 쉬이를 누이러 간다. 달녀는 부러움 꽃이 안개처럼 스멀스멀 피어오른다. 손자를 키워도 한 번도 저리 살갑게 손자를 대하지 않고 무관심하기만 한 자신의 시어머니와는 너무도 다른 모습에 부러움 꽃이 피어오르는 것이다.

너무 일찍 와서 미안하이더. 다 들에 나가실까 봐서 일찌거이 서둘렀는데 너무 일찌기 나무 집에 온 거 알민서도 원체 다급한 맴에 이래 왔니더. 달녀의 겸손이 할머니에게 다가간다. *먼 소리 하니껴. 볼일이 있으믄 이우제서 밤중이믄 우뜨고 새복이믄 우뜬니껴? 그른 소리 하지 말고 얼렁 이리 올라와 앉으소.* 노인은 웃는 얼굴로 아무렇지도 않게 마루를 손으로 툭툭 두드리면서 자리를 안내한다. 고마운 마음에 염치도 없이 마루에 올라앉는다. *그래 볼일이 머이껴? 다른 게 아이고요. 우리집 아 가 자꾸 경기(驚氣)를 했싸서요. 이 집에 경기(驚氣)하는 윤회라는 아 를 고쳤다는 소문을 듣고 찾아왔니더. 맞니더. 야 아이껴.* 하면서 업은 손자에게 고개를 돌리며 말한다. *그른데 그걸 누가 말하디껴? 선화 엄마라는 사램이 말해줬니더. 선화 어마이요? 그 누무 예펜네 낯짝도 안 바세나. 선화 어마이를 어데서 만냈니껴? 아 가 경기(驚氣)를 해서 큰 산에 천마 캐로 갔다가 내래 오는데 질에서 만냈니더. 지는 선화 엄마를 모르는데 선화 어마이는 지를 잘 알고 있드라고요. 우째*

산에 왔냐 묻길래 우리 아 가 경기(驚氣)를 해서 천마가 경기(驚氣)에 좋다는 의원 영감 말을 듣고 캐로 왔다고 했디이만 자기가 경기(驚氣) 고친 집을 갈캐준다민서 그 집 아 를 고쳤으이 한분 찾아가 보라고 고맙게도 가르치줬제요. 망할 누무 예펜네. 에이! 빌어 처먹다 뒈질 예펜네! 인간의 탈을 쓰고 우째 얌퉁머리도 없이 얼굴에 철판을 깔았나? 매쳐도 단다이 매쳤구만!

주술에 걸린 시간들

7

도무지 감을 잡을 수가 없어 마구 욕 타래를 늘이는 할머니를 바라보고만 있을 뿐이다. 저렇게 선하고 인정 많은 사람의 몸에도 저런 욕이 살고 있구나! 달녀는 좋게만 보았던 윤회 할머니의 욕설을 도무지 이해할 수가 없어 혼자 고개를 갸우뚱거린다. 어제 천마를 캐러 갔을 때 만난 도화살이란 여자를 떠올려본다. 도화살이란 여자는 얼굴이 반반하고 농사일하는 여자 같지가 않았다. 묻지도 않는데 말을 걸고 친절하게도 경기(驚氣)를 고쳤다는 집도 안내를 해주고 친절한 이미지 말고는 나쁜 인상은 조금도 받지 않았던 도화살을 만나고 있는 사이 또 할머니 말이 흐른다. *저래 곱게 잘난 색시를 두고 저래 도화살 낀…* 하다가는 삭정이를 부러뜨리듯이 말을 꺾어버린다. 도대체 무슨 얘기인지 종잡을 수가 없어 그냥 멍할 뿐이다. 자다가 봉창 두드리는 소리를 하는 노인의 입에서 튀어나온 말은 꼬리도 대가리도 다 잘라버리고 몸뚱이만 퍼덕거리며 온 마당을 뛰어다녀 도대체 무슨 말인지 알아들을 수가 없다.

할매요! 도대체 먼 말씀을 하시니껴? 안죽도 아무꺼도 모르고 있구만요. 야? 대체 머를 모른다는 건지? 자세히 말씀 쫌 해주소. 그 여자가 구신이라도 되니껴? 구신은 먼? 차라리 구신이믄 낫제. 그래도 구신은 지한테 해만 안 끼치믄 산 사램도 도와주기도 하제만, 됐니더. 아아 아무꺼도 아이씨더. 머든지 모르믄 약이 되는 법이씨더. 알믄 빙이 되이 모르고 사는 게 훨씬 핀하이더. 하고는 모든 말을 깨끗이 쓸어담아버린다. *그거는 그릏고, 우리 손주 경기(驚氣)는 우왜 고쳤나 하믄 저 웃집에 사는 '신기한 의원'서 고쳤니더. 거는 침으로 고채는 의원이씨더. 이왕 왔으이 우리 집서 아직 자시고 내가 데래다 드릴 테이 집 알아놓고 가싰다가 다음에 아를 델꼬 와서 보이 보소. 우리 윤회는 한 열 분쯤 맞고 나았제요. 인제는 경기(驚氣)를 모르고 저래 건강하게 잘 크니더. 우리 손자 침에 경기할 때 울매나 놀랬는 둥. 애기 어마이 그 맴 내 잘 알 것 같니더. 신기한 의원이 다른 빙도 잘 고친다고 소문이 났제만 우리 손자 경기(驚氣) 고채는 거 보이 용하기는 참 용하디도. 우째 침 하나로 빽 하믄 거품을 물고 눈을 까뒤집고 쓰러져 발버둥 치는 빙을 씻은 듯이 깨끗이 고치는 둥 참말로 용하이더.*

달녀는 할머니의 말을 들으면서 뱃속에서는 벌써 희망과 용기가 파릇파릇 움트고 있다. *참말로 고맙니더.* 달녀는 친절하게 알려주는 할머니가 눈물겹게 고맙다. 그러나 말을 하다가 말고 말꼬리를 잘라버리고 뱉은 말을 도로 입으로 주워 삼킨 일이 자꾸만 캥킨다. 그렇다고 어른한테 다시 물어볼 수도 없는 노릇이고 답답하지만 참을 수밖에 없다. 차라리 말을 말든가 말대가리만 살짝 보여주고 모르는 게 낫다며 궁금증을 만드는 할매가 야속했지만 모르는 게 약이라고 하니 약으로 쓰자 마루에 앉아 마음을 다독이며 아이를 고칠 의원을 알아냈다는 기쁨에 차 있는데 새벽일을 갔던 자신 또래 부부가 집으로 함께 들어선다. 언젠가 산에서 한 번인가 한두어 번 본 적이 있는 낯익은 얼굴이다. *에구 계절이 어마이 아이이껴? 우왜 이까짐 걸음을 하시니껴?* 며느리 말이 땅에도 떨어지기 전에 시어머니인 할머니가 받아 시원하게 알려준다. *에구 그쎄 이 집 아 가 경기(驚氣)를 해서 우리 윤회 경기(驚氣) 우째 고치나 알라고 왔단다. 그래 내 우리 집서 아직 먹고 알캐준다고 했다. 아, 신기한 의원네 알캐주시게요? 그래. 우리 윤회도 거서 고쳤으이 이 집 아 도 신기한 의원네서 고치믄 좋찮을라 그래 알래줄라 그랜다. 그름요 경기하믄 울매나 애가 될니껴. 잘하싰네 어머이요. 내 얼릉 아직상 채려 올 테이 쪼매 기다리고 계시소.*

    윤회 엄마는 부엌으로 들어가고 윤회 아버지는 마구간으로 들어간다. 윤회 엄마가 밥을 차리는 사이 윤회 아버지는 마구를 치고 있다. 달녀는 속에서 또 부러움 꽃이 피어오른다. 아지를 사 온 후로 한 번도 마구를 거들떠도 안 보는 남편이 떠오른다. 부러움 꽃의 향기를 맡고 있는 사이 어느새 밥상이 들어온다. *아이 우째 이래 번개매로 빨리 밥상을 채래 오싰네요.* 달녀가 의아해 묻는다. *어머이가 밥 다 해놓고 상도 다 놔놓고 지는 밥만 퍼서 밥상만 들고 왔니더. 그게 머 시간 걸릴 일이 있니껴.* 달녀는 이 세상은 같은 하늘 아래 있어도 전혀 다른 세상이란 생각이 든다. 자신은 아무리 몸이 아파도 시어머니가 밥 한 번 하는 걸 못 봤는데 시어머니가 밥을 하다니! 세상엔 별천지 별별 천지가 다 있다는 생각을 한다. *찬은 없으나따나 한 술 드이소. 우리는 머 이래 찬도 빈빈차이 해 먹고 사니더.* 시어머니 며느리가 합동으로 겸손을 상위에 차린다. 따뜻하고 고마운 사람들이다. *빌말씸을요. 잘 먹겠니더. 참말로 고맙니더.* 달녀는 수저를 들어 먹기 시작한다. 농촌 밥상치고는 정갈한 음식이 보기에도 먹음직했지만, 맛도 아주 좋다. 호미고기 조림, 돼지고기볶음, 마늘 장아찌, 나박김치, 콩나물국, 부추절이, 고봉으로 담은 흰 쌀밥, 김치, 김 등 아주 화려한 밥상이다. 농촌에서 이래 잘 먹는 집을 별로 본 적 없는 그녀다.

두 부부와 시어머니 그리고 아들 하나가 식구의 전부다. 모두 한 밥상에 둘러앉아 다정 다정 정겹게 식사를 한다. 노인은 호미고기 가시를 발라 손자 밥숟가락에 올려놓아 먹인다. 김치도 매울까 봐 입에다가 쭐쭐 빨아서 손톱으로 찢어서 밥숟가락에 얹어서 먹인다. 당신은 먹지도 못하고 손자 먹이는 데만 열중하고 있다. 엄마는 아예 아들은 신경도 안 쓰고 자기만 맛있게 먹고 있다. 그렇게 노인은 손자 밥을 다 먹인 다음 당신도 밥 수저를 들고 먹기 시작한다. *찬은 없제만 마이 드이소. 야, 고맙니더.* 달녀는 아침밥보다 맛있는 윤회네 가족의 따뜻한 정만 먹어도 배가 부르다. 그렇지만 차려주는 고마움에 맛있게 아침밥을 다 먹는다. 어찌 세상은 저래 모두 사는 모양이 다른지. 당신 손자들이 그렇게 많아도 언제 손자들 밥 한 번 먹여주는 걸 본 적 없는 달녀에게는 그 풍경이 신기하기만 하다. 밥을 다 먹자 윤회 아버지는 부엌으로 가서 숭늉을 가지고 온다. 상상을 초월하는 일들이 벌어지는 이 집. 도대체 어느 집이 올바르단 말인가! 양반입네 합시고 시어머니는 아들을 부엌 근처도 얼씬 못하게 하고 자신 역시도 그러고. 서로 도움이나 소통이란 절대로 없는 자신의 집안과 달라도 너무 다르다. 달녀는 신기하기만 하다. 순환이 전혀 되지 않는 자신의 시집과 순환이 원활하게 되는 윤회네 집의 분위기가 너무 달라 부럽다. 달녀는 이 부러움의 순간에 언뜻 떠오르는 말이 있다. 오자상의 아늑하고 붓털처럼 부드럽게 하던 그 말들이 생생하게 다가온다. 처음 붓글씨를 가르쳐주면서 하던 말씀이다.

　글씨에도 도(道)가 있느니라. 맴을 가다듬고 앉아 글씨를 쓰되 먹을 갈 때 정신을 잘 갈아두어야 한다. 차분하게 정신을 가라앉혀고 모든 기를 모은 다음 문종이에 한일 자를 삼천 번 쓰는 걸로 붓글씨 시작이니 머릿속 잘 정리한 다음 잡생각을 모두 쫓아내고 붓을 중봉으로 흐르도록 손을 가지런히 해서 잡은 담에 첫 획을

그어야 한다. 이 첫 획은 아주 중요하다. 그릏지만 어쩌다 첫 획을 망쳤다고 글씨 전체를 망치는 건 아이다. 첫 획을 잘못 찍거나 첫 획이 삐뚤어졌으믄 다음 획으로 그 잘못된 획을 보안하믄 되느니라. 또 둘째 획이 잘못되었으믄 또 그다음 획으로 균형을 잡아가믄 되제. 인생살이하고 글씨하고 똑같느니라. 서로 상생해서 조화를 이룰 때 환상적인 삶이 되는 거란다. 첫 획을 망쳤다고, 둘째 획을 망쳤다고, 투덜거리믄서 다음 획으로 조화를 맞출 생각을 안 하믄 그야말로 문종이 한 장, 그러니까, 인생 전체를 망치는 꼴이 된다는 말이다. 삐뚤어지고 못나고 잘못되고 모자라는 획들을 받쳐주는 올바른 획을 그어 나가믄 결국엔 조화로운 최고의 글자와 문장을 완성할 수가 있제. 붓글씨는 공간과의 싸움이다. 가로세로 씨줄 날줄로 정교하게 공간 조화를 잘 부린 글씨를 명필이라고 하느니라. 한 획 한 획이 아무리 뛰어나도 공간을 제대로 배열하지 못하믄 그 글씨는 졸필이 되어버리는 게야. 인생살이도 마찬가지다. 지끔은 시월이 흉흉한 때라 너도나도 맴 놓고 살 수 있는 조건이 아이다. 그릏지만 주어진 환경을 타박하지 말고 앞으로 우째 헤쳐나가야 진정으로 소중한 한 분밖에 없는 인생을 잘 살다 갈 수 있는지를 궁리해야 한다. 그래야 행복 꽃을 피울 수 있고, 내가 꽃을 피워야 남들이 내가 피운 꽃을 보고 아름답고 향기롭다고 바라봐주는 거란다. 그래서 서도(書道)를 잘 깨우친 사램은 인생의 도도 잘 깨우치고 살 수 있는 뱁이다. 그래이 단디 배워두거라. 알겠나?

왜 이 시점에서 오자상의 말이 번개처럼 스쳐 가는지 달녀는 자신도 모르게 고개를 끄덕인다. *새득 어데 아프이께?* 할머니의 말에 그녀는 지난 과거를 던지고 얼른 현실로 돌아온다. *아 아 아이 씨더. 잠깐 머 쪼맨치 생각하느라고요.* 달녀는 상위에 자신의 앞에 가지런히 올려놓은 숭늉을 마신다. 구수한 숭늉에 맛있는 아침밥을 융숭하게 대접받고 나니 고맙기도 하고 미안하기도 하다. 윤회 엄마는 설거지를 하기 위해 그릇을 작은 상에 주섬주섬 모아서 얹는다. 큰 두레상에 있는 걸 작은 상으로 옮겨놓자 앉아 있던 윤회 아버지가 얼른 일어서더니 조금의 주저함도 없이 상을 들고 부엌으로 갔다. 오늘은 모두가 낯선 풍경뿐이다. 윤회 엄마가 참말로 부럽부럽 부럽다. 따뜻한 말 한마디 따뜻한 인정 하나가 사람의 마음을 저리 살맛나게 하는데 자신의 집에서는 낯설기만 한 풍경 꼭 다른 나라의 문화를 접한 것 같은 생각이 든다. 그러나 부러움마저 느낄 시간이 그녀에게는 길게 주어지지 않는다. *밥 먹었으이 의원 어른 어데 가기 전에 얼릉 가보시더.* 노인은 손자 옷을 입히며 말한다. *야, 고맙니더. 윤회 엄마 밥 잘 얻어먹고 가니더. 고맙니더.* 윤회 엄마는 부엌에서 나오며 인사를 건넨다. *잘 자시기는 멀요. 아 꼭 고쳤으믄 좋겠니더. 우리 아 도 고쳤으이 그 집 아 도 고칠 게시더. 너무 걱정하지 말고 우리 어머이 따라 가보소.* 윤회 아버지도 윤회 엄마도 부부는 나란히 노인과 함께 삽적걸을 나오도록 서서 배웅을 하고 있다. 또 한 편의 영화를 보고 있는 듯한 느낌이 든다.

윤회 할머니를 따라 부지런히 걸어서 의원 집에 도착한다. 의원 집은 외딴 언덕바지에 동그마니 외롭게 서 있는 초가집이다. 초가 집은 여름 태풍에 머리채를 잡혀 머리가 산발하자 긴장대로 지붕 을 눌러놓은 집이다. 마당도 제법 크고 살살이꽃이 마당 가득 하얗게 빨갛게 연분홍으로 피어 온몸을 흔들면서 손님을 맞고 있다. 윤회 할머니가 들어가자 의원 영감이 마루 밑으로 내려선다. 에이고 얼룽 오이소. 이 이른 이직에 우쩬 일로 또 윤회가 또 경기(驚氣)하니껴? 아이씨더. 우리 아 는 경기(驚氣) 안 한 지 오래됐니더. 다 의원님 덕분이 아이껴? 그래 하는 소리 아이껴? 오늘은 이 새득네 아 가 경기(驚氣)를 한다고 우리 집에 찾아왔길래 의원 어른 소개해드랠라고 델꼬 왔니더. 아, 예! 그르이껴, 이리 마레 올라오소. 아직은 자싰니껴? 야, 하마 그 멀리서 식전에 와서 우리 집에서 아직 먹고 왔니더. 마침 집에 계싰네요. 야, 안 그래도 지끔 막 저 아래 웃좌석에 아 가 하나 아프다 그래 거게 갈라 그래든 참이씨더. 쪼매만 늦었으믄 못 볼 뿐했니더. 농촌에 사는 사람치고는 깨끗하게 차려입고 있다는 생각이 든다. 수염을 나무뿌리보다 싱싱하게 늘어뜨려 빗고 갓을 쓰고 우뚝 솟은 코에 눈이 부리부리한 할아버지. 눈썹까지 하얗게 물감을 칠한 듯이 일률적으로 하얘서 기품이 있어 보인다. 눈썹이 얼마나 길고 숱이 많은지 눈썹 숲에서 금방이라도 새들이 알을 낳고 포르륵포르륵 날아 나올 것만 같다. 위엄

이 가득한 얼굴이다. 말에만 올라타면 천하를 호령할 장수처럼 용맹스럽게 전쟁터로 달려갈 것 같은 기백이 있어 보인다.

달녀는 편하시니껴? 우리 아 가 경기(驚氣)를 하도 해서 천마가 좋다 해서 캐다 미게고 쪼끔 덜하기는 해도 안죽은 경기를 해서 지가 속이 다 타니더. 하고 새까맣게 탄 말을 의원 앞에 꺼내놓는다. *그래 경기를 한 제가 울매나 오래됐니껴? 한 일 년 안 됐제요. 그래 오래되지는 않아 다행이네요. 그래믄, 내 오늘은 아까 말했다시피 웃좌석에 가야 돼이까 내일, 아 를 델꼬 오시는 게 어떻니껴? 야, 고맙니더. 그래믄 오늘은 갔다가 내일 델고 옴씨더. 그나저나 들어오시라 소리도 못 하고 이거 안됐니더.* 신기한 의원은 옷을 입은 채로 함께 나오면서 미안함을 표한다. *괜찮니더, 얼릉 댕개오소.* 윤회 할머니가 얼른 말을 받아든다. 윤회 할머니께 고맙다는 말을 담아드리고 집으로 오는 길에 시거리까지 의원 어른과 함께 걸어온다. 걸어오면서 의원 어른은 너무 걱정하지 말라면서 아 들은 다 그러면서 크는 거라며 큰 안심을 안겨준다. 기분이 좀 홀가분해지는 느낌이다. 한참을 걸어 집으로 간다. 모두 어디로 갔는지 막내만 마루에 앉아서 놀고 있다. 다행히 평소처럼 잘 놀고 있다. 아이는 엄마를 보더니 한걸음에 뛰어 내려와서 매달린다. 매달리는 아이를 안아서 토닥토닥 엉덩이를 두드려주니 아이는 좋아서 어쩔 줄을 몰라 하면서 품으로 파고든다. 이 바쁜 계절에 낮에 안아주기란 좀처럼 없는 일이기 때문에 아이도 기분이 무척 좋은 모

양이다. 그러나 아이가 좋아하는 것도 잠깐이다. 달녀는 그렇게 품에서 좋아하는 아이를 내려놓고 또 들로 나가야 하기 때문이다.

엄마 들에 가서 일하고 올 테이 놀고 있어. 우리 아들 착하지. 싫애 싫애. 엄마하고 놀고 싶단 말이야. 고만할 때 당연한 것처럼 엄마와 떨어지기 싫어서 억지를 부린다. 그렇지만 달녀는 아이를 달래놓고 들판으로 나가야만 함에 또 가슴에서 나오는 눈물을 참는다. *엄마 미워!* 아들의 원망 가시가 가득한 말을 집에 두고 어쩔 수 없이 들판으로 가야만 하는 어미의 마음을 철없는 아들이 알 수 있단 말인가. 달녀는 아들을 내려놓고 들판으로 향한다. 가을 들판은 온통 누런 향기로 일렁이고 있다. 올해는 비도 제때 와주고 일기가 농사를 대풍으로 지어놓았다. 나락을 베러 나가니 메뚜기들이 후드득 후드득 누렇게 고개를 숙인 벼 얼굴을 흔들어대면서 마구 뛰어다닌다. 가을비가 오기 전에 나락이 너무 익기 전에 베어 널어 말려야 했으므로 벼 밑동을 열심히 잘라내서 눕혀놓는다. 집에 와서 밥 먹는 시간을 줄이기 위해 해거름이 되도록 점심도 굶으면서 나락 밑동을 잘라 논에 눕히고 뒤를 돌아보니 꽤 많이 베었다는 생각이 든다. 뱃속에서는 배고프다고 요동을 치지만 꾹꾹 눌러 참는다. 어둑어둑 어둠이 밀려와 낫이 보이지 않을 무렵에야 아지에게 줄 꼴을 베서 지고 집으로 온다. 슬픔은 도대체 어디서 살길래 시시때때로 달려오는지 어쩌면 산다는 것은 슬픔과 동행하는 것인지도 모른다. 그렇게 하루는 또 그녀의 세포를 갉아 먹고 있다.

꼴을 지고 오는데 갑자기 울컥, 봄이 보고 싶어진다. 이런! 잊었나 했는데 시도 때도 없이 어미의 눈앞을 가로막는구나. 불쑥불쑥 눈앞에 나타나 환하게 웃어대는 봄이만 생각하면 몸속에서 피가 돌고 있는 것이 묘할 지경이다. 봄이에 대한 흔적이 핏줄을 따라 돌고 있다가 아니 세포마다 쌓여 있다가 피가 되어 거꾸로 다 쏟아져 나온다. 아무리 보고 싶고 그립고 아려와도 울지 말자. 울지 말고 참자. 가장 낮은 곳에 모여서 출렁이는 저 바다도 시퍼렇게 멍든 가슴으로도 자신의 품에 안긴 생명들을 보듬어 키우며 가끔 너무 힘들면 허연 이를 드러내며 으르렁으르렁 물거품을 토해내고 다시 또 생명들을 키우지 않는가! 삶이란 슬픔과 함께 섞여 출렁이며 살아가는 것이니 슬픔을 피하지 못하면 즐기라는 말로 위로를 삼고 살아가자 살아가자.

봄이를 떨쳐버리기 위해 어떻게 집까지 왔는지 무의식으로 꼴지게를 지겟작대기로 고인다. 순간 막내가 *엄마* 부르며 봄이를 밀어내고 뛰어온다. 순간 봄이가 사라진다. 지겟작대기를 고여놓고 막내를 덜렁 그러안고 부엌으로 들어간다. *엄마가 적 맛있게 해줄게. 응 엄마, 배고파 맛있는 거 마이 해줘.* 부엌까지 따라 들어와 부엌 바닥에 쪼그리고 앉는다. 마른 솔방울을 가지고 노는 모습이 어느 명화보다도 아름다워 보인다. *엄마가 옆에 있으이까 그릏게 좋아? 응 엄마, 엄마 냄새가 시상에서 제일 좋아. 엄마가 논에 나락 비로 가믄 엄마가 자꾸자꾸 보고 싶어 눈물이 나. 엄마 논에 나락 비로*

안 가믄 안 돼? 막내는 쪼그리고 앉아서 저녁을 다 하도록 장난을 하면서 논다. 별것 아닌 막대기 하나를 들고 마른 솔방울 몇 개를 방울방울 굴리면서 저리 행복해하고 까르륵까르륵 웃어대는 아들과 함께 놀아주지 못하는 것이 싸하게 코를 맵게 한다. 저 조그만 바람을 너무나 당연한 아이의 바람 하나를 못 들어주는 자신이 괴로울 뿐이다. 어미의 이런 맘을 아는지 모르는지 아이는 행복한 얼굴로 놀고 있다. 아이를 옆에 앉혀두고 저녁을 짓고 저녁상을 식구들에게 차려서 먹고 설거지까지 마치고 나니 눈까풀이 천근만근이다.

자려고 막내를 안고 누우니 연화동 윤회 할머니가 하던 말이 자꾸만 귓속에서 마른 귀지처럼 달그락거린다. 무슨 뼈 있는 말인데 분명. 달녀는 막내를 꼭 안고 아무 생각 없이 잠을 청한다. 불행은 당겨서 생각할 필요가 없고 행복은 상상으로라도 당겨서 하라는 글귀를 어딘가에서 읽은 듯하다. 그래 아직, 뼈 있는 말이라도 등뼈인지도 갈비뼈인지 생선 뼈인지 개 뼈인지 아무것도 아는 게 없다. 쓸데없는 일로 에너지 낭비하지 말고 일단은 아이 경기(驚氣)부터 고치는 게 급선무다. 윤회가 고쳤다고 하니 희망적 아닌가! 의원 어른도 오래 안 돼서 다행이라고 했다. 그러니 희망을 미리 당겨 덮고 행복을 베고 얼른 푹 자고 내일 날이 밝는 대로 아이를 데리고 연화동으로 갈 생각만 해야지. 어서 자자.

달녀는 자신을 달래 잠을 불렀으나 잠은 도대체 이 밤중에 어디로 출타를 가고 코빼기도 내밀지 않는다. 천장에서는 쥐새끼가 우르르 쿵쿵 찍찍 우르르 쿵쿵 찍찍. 오늘 밤따라 더 극성스럽게 무슨 운동장인 줄 알고 뜀박질을 한다. 제 세상인 양 마구 뛰어다니고 있다. 오늘 밤 따라 남편의 숨 쉬는 소리도 왜 그리 얄밉게 들리는지. 몸을 좌로 누웠다 우로 누웠다 이리저리 체위만 바꾸다가 도무지 감기지 않는 눈을 견디지 못하고 일어나 밖으로 나간다. 달녀가 나갔는데도 달은 코빼기도 보이지 않는다. 캄캄한 하늘에는 별도 하나 없다. 달과 별이 모두 심통을 부리며 숨은 것이다. 스산한 가을바람이 수르릉수르릉 몰려와 가슴을 파고든다. 어디선가 풀벌레들이 목청이 끊어져라 울어댄다. 갑자기 앞마당에 가고 없는 봄이가 환하게 웃으며 나타난다. 그 튼실하고 말 잘 듣고 공부 잘하던 봄이가, 이 밤중에 산을 넘고 물을 건너서 에미를 찾아온다. 머릿속으로 들어온 봄이는 환하게 웃으며 어미에게 말을 걸고 있다. 아 아 봄이가 왔다. 허옇게 포동포동한 달빛을 막아놓고 반짝이는 별빛을 막아놓고, 어미를 찾아 이 밤중에 잠잠한 하늘에서 내려와 어미에게 달려온다. 맨발로 구렁을 내려오고 냇물을 건너고, 밭두렁을 마구 뛰어와 풀냄새 강물 냄새 가득한 발에서는 철철 피가 흐른다. 아이의 상처를 치료해줘야겠다. 발이 없다. 겁 많은 밤바람이 얼굴은 내비치지 않고 스르룩스르락 비웃고 있다.

정신을 차리고 보니 아이는커녕 그림자도 하나 없는 밤 앞마당을 서성이고 또 서성이며 밤을 새운다. 방으로 들어와 막내 옆에 누웠으나 잠은 오지 않고 엉뚱한 생각이 또 찾아온다. 시어머니와 자신 중 누가 잘못 살고 누가 잘 살고 있는 것일까? 눈만 감으면 저 승이고 눈만 감으면 꿈속인데 그 얇디얇은 눈꺼풀 하나 마음대로 재우지 못해 두 눈을 멀뚱멀뚱 뜨고 이 밤을 새워야 한다니 한없이 나약한 자신이 한심하기 짝이 없다. 자신의 머리 위로 누군가 정신을 번쩍 들게 할 찬물 한 바가지를 확, 끼얹어주면 좋겠다는 생각이 든다. 이 밤중에 잠조차 자신을 버리고 떠나 잠에게조차 버림받은 몸이 되어 두 눈을 멀뚱거리며 밖으로 나와 몽유병 환자처럼 서성이며 잡념에 시달린다. 자식 하나도 지키지 못한 어미가 지키지 못한 자식을 그리워하며 허방이나 짚어대고 있는 자신이 너무 못나 보인다. 잠을 잃은 눈은 갈수록 말뚱거리며 여기저기 흩어져 있는 낱알 같은 잡념을 끌어들여 자신의 머릿속을 메뚜기처럼 후드득후드득 뛰어다니며 헤집는다. 주위는 더럽다고 쓸고 닦고 청소를 하면서 정작 자신의 마음 하나 쓸고 닦지 못해 이 밤을 새우며 죽이고 있다니 더 이상 있다가는 정신이 돌 것 같다. 달녀는 서성이던 걸음을 멈추고 살며시 방으로 들어온다. 막내를 안고 잠시 눈을 붙이러 잠을 불렀으나 그놈의 잠은 이 가을에 어느 얼음판에서 팽이처럼 팽그르르 돌고 노느라 정신을 쏟아 끝내 주인을 찾아오지 않는다.

방에 들어와도 아들의 발자국 소리가 사방에서 따각따각 다가와 누워 견딜 수가 없다. 아직 새벽이 오려면 멀었지만, 밤을 걷어내고 일어난다. 밤을 걷어내고 일어나서 밖으로 나와 아지의 죽을 끓이기 위해 아직 다 마르지 않는 생솔가지로 불을 땐다. 이 밤중에 아지도 자지 않고 일어서서 눈을 껌벅이면서 쳐다본다. 허깨비 같은 마음을 넣고 식구들의 밥을 짓는다. 아지의 죽을 끓이고 밥을 하면서도 아무 생각 없이 그냥 한다. 습관처럼 하는 것이다. 자신의 가슴이 타듯 밥도 타고 있는 것도 몰랐다. 밥 탄내가 밖에까지 어느새 기어나갔는지, 시어머니 나벨라의 목소리가 밤새 천장을 뛰어다니는 쥐 떼처럼 부엌으로 우르르 달려 나온다. 참 용케도 시어머니는 이렇게 이른 새벽, 아니, 정확하게 말하면 아직도 밤인데도 어떻게 일어나 있었는지 참으로 신기한 일이다. 이해할 수가 없다. 시커멓게 탄 말이 날아든다.

머 한다고 밥을 태우노. 인제 먹고살 만하다고 밥을 태우나. 젊고 젊은 것이 저따우 정신으로 멀 해 먹고 사노. 에구, 내가 복장이 터져 죽제! 캄캄한 먹물 같은 어둠을 말아 쥔 말은 부엌으로 밀물처럼 밀려들어 오더니 이내 어디론가 사라진다. 밥이 탄 것보다 시어머니의 푸념이 더 까맣게 느껴진다. *참 신기해. 우리 시어머니께서는* 혼잣말을 하고 혼자 피식 웃는다. 아궁이서 타고 있던 나무와 불잉걸들을 부지깽이가 부엌 바닥으로 다 끄집어낸다. 그리고 찬물을 잔뜩 머금은 행주가 솥뚜껑을 계속 닦아낸다. 그래도 탄내가 가라앉지는 않는다. 그렇다고 심하게 걱정되지도 않는다. 먼저 매를 맞았으니. 밥상을 차리고 밥을 푸려고 밥솥 뚜껑을 여

니 단내가 확, 치켜 올라와 콧속으로 마구 파고든다. 어쩌랴! 달녀는 윗부분 안 탄 밥알을 골라 시어머니와 남편의 밥을 푼 다음 아이들 밥을 퍼 담아 상에 올리고 불안도 한 그릇 떠서 밥상을 들고 들어간다. 시어머니 나벨라는 곁눈으로 며느리를 흘긴다. 참 기술도 좋다. 시어머니는 곁눈 흘기는 것도 기술이라는 생각이 든다. 다행히도 태운 밥에 대해서 다시 말을 꺼내지 않고 먹는다. 하필이면 이 순간에 달녀에게 윤회네 가족 생각이 낚시에 걸린 물고기처럼 파닥거린다. 시어머니가 밥을 해서 차려놓고 손자를 업어주고 손자 밥을 먹여주고 남편은 밥상을 들어주고 숭늉을 떠다 주고 그 나라는 우리나라가 아닌 완전 다른 나라다. 나는 왜? 이 나라로 시집을 와야 했을까? 어떤 인연이 있어서….

자신도 모르게 생각이 넝쿨을 벋는 사이 큰아들이 한마디 한다. *엄마, 어데 아파요? 아 아 아니. 그래믄 왜 아직도 안 드시고 그래요? 엄마 얼굴색도 영 안 좋아 보이니더. 괜찮다.* 모자의 말에 시어머니가 생선 가시 같은 말을 획 던진다. *한 게 머 있다고 아프고 안 좋아. 밥 태우느라고 안 좋제.* 자기 할머니 말이 싫었는지 큰아들이 한마디 말을 저희 할머니한테로 던진다. *할매는 왜? 엄마한테 그래 말하니껴? 엄마가 아파서 저래믄 걱정도 안 되니껴? 엄마가 밥 일부로 태운 것도 아인데 아픈 엄마한테 너무하이더.* 정면으로 저희 할머니를 쳐다보면서 또박또박 고딕체 말을 던지자 시어머니 심기가 틀린 건 당연하다. 불씨에 기름을 부어버린 아들. 바로 불이 활활 타오른다. 잘한다. 아들 교육을 저따위로 시키놓고 감히 어데라고 지 헬미한테 따지고 덤배들어! 할매요! 그게 아이 고요. 달녀는 아들의 말꼬리를 탁탁 토막 내 잘라버린다. 고만하그라! 어데 할매한테 말대답이로! 얼릉 밥 먹고 핵교 갈 준비나 하그라. 마지못한 아들은 못마땅한 표정을 지으면서 말속에 골을 잔뜩 넣어서 말한다. 야. 한마디 하고는 밥숟가락은 놓고 젓가락으로 깨작거리고 있다. 시어머니는 수저를 탕! 소리가 흩어지도록 내동댕이쳐버린다. 수저는 소리를 따라 방바닥으로 뛰어내린다. 아무도 아무 말도 없다.

수저를 놓은 시어머니는 횡 밖으로 나가버린다. 달녀에게 또 불안함이 잔뜩 몰려와 밥이 넘어가지 않는다. 그대로 얼어붙은 동태처럼 앉아서 아이들이 밥을 먹는 동안 기다렸다가 밥상을 가지고 나온다. 설거지를 끝내고 아이를 데리고 연화동으로 가기 위해 준비를 한다. 그런데 조마조마하던 불안이 푸념으로 터져 굴러오는 소리가 비포장 길을 달리는 구르마 바퀴 소리처럼 덜커덩거린다. 집구석, 잘 돌아간다. 전수 다 하는 꼬라지들하고는. 그래 시에미가 밥을 안 먹고 지헬미가 밥을 안 먹는데도 언 눔 하나 밥 먹으라는 소리 하는 눔이 없구만. 얼릉 굶어 꺼부래지라고 빌고 있구만. 걱정 말그라. 내, 너들이 그래 안 빌어도 늙어 꺼부래질 날이 그래 마이 안 남았으이께. 너는 평생 안 늙고 살 줄 아나! 누구든지 다 늙고 죽는다. 젊었다고 늙은이 그래 너무 괄세하지 마라. 시어머니의 입에서 쏟아내는 푸념은 억지를 섞어서 더 찰지게 달라붙는다. 푸념과 억지는 장맛비처럼 줄줄 흘러 바퀴를 진흙탕에 처박는다. 진흙탕에 처박힌 시어머니 말을 꺼낼 엄두도 못 내고 그냥 잠자코 듣고만 있다. 아무런 할 말이 없다.

묵묵히 여름이 세수를 시키고 고슴도치 머리를 감길 시간이 없어 물을 묻혀서 가라앉히고 옷을 입힌다. 그리고는 아이를 데리고 침을 맞히기 위해 집을 나서서 걷는다. 아이는 아이다. 상황이 그런데도 아무 일도 없는 양 어미와 함께 있는 것만 좋아서 어쩔 줄을 몰라 한다. 깡총깡총 깨금발로 뛰어간다. 비록 경기(驚氣)를 고치려고 가는 길이지만 아이가 저렇게 좋아하는 걸 보니 아이의 세상이 부럽기도 하다. 아이가 저렇게 신이 나서 뛰는 걸 보니 온 시름이 봄에 얼음이 녹듯이 다 녹아내림을 느낀다. 아이는 엄마에게 길가에 핀 꽃 한 송이를 보고도 이것 보라. 풀숲에 앉아 있는 방아깨비를 보고도 저것 보라. 끊임없이 쫑알쫑알 수수꽃다리 같은 보랏빛 말을 꽃피우며 엄마에게 말을 걸어오며 즐거워한다. 아이가 풀을 손으로 혹, 훑자 박하 향기가 하하하게 세포 구멍마다 스며든다. 냇물을 건널 때는 바짓가랑이를 동동 말아 올리고 돌멩이를 주워 저희 엄마가 못 건너오게 돌멩이를 던지며 물장난도 치고, 하얀 차돌 두 개를 주워서 차돌보다 하얀 손으로 한 손에 한 개씩 잡고 서로 부딪쳐서 불이 나는 것도 보여주고 들풀도 한 줌 꺾어주며 마냥 행복한 웃음을 날린다. 뛰는 메뚜기를 보면서도 신기해하는 동심이 뱃속에 가득한 아들. 가을 햇살도 탱탱한 귀를 반짝반짝 기울인다. 그래 내가 여기서 더 이상 무슨 행복을 바라겠는가! 지금, 이 순간! 그래 이 순간을 아이랑 둘이서 행복으로 엮자.

　달녀의 머릿속에는 행복과 불행이 새 떼처럼 날아오르고 내려앉기를 반복하고 있다. 행복만 잡아두고 불행은 날려 보내려고 갖은 애를 쓰며 자신을 달래며 튼실한 행복 줄기로 자신을 동여매려 애를 쓰고 있는 달녀는 자신에게 다가오는 먹구름을 애써 손바닥으로 밀어내고 있다.

주술에 걸린 시간들

8

이 끝없이 왔다 가는 혼란의 이음새들을 어찌 잘 땜질해서 행복이 새지 않게 할 수 있을지. 지난 시간들을 되비쳐본다. 그 많은 고난과 슬픔 두려움과 초조들을 가을비에 모두 씻어버리고 다시는 안 맞도록 파란 비닐우산을 펼쳐 들어봐야지. 그리하여 그 많은 고난과 슬픔 두려움과 초조들을 다시는 몸에 스며들지 못하게 하리라. 혼자서 자신에게 주술을 걸어본다. 칡넝쿨과 등나무는 서로 자기가 갈 길을 가면서 갈등을 만들어내고 있다. 그렇지만 그들은 아무에게도 소유권이 없는 공중으로 공중으로 벋어 올라가면서 서로의 고유한 꽃을 피워내는 칡꽃과 등나무꽃은 얼마나 거룩하게 곱고 향기로운가!

들판 가득 부서져 내리며 멸치 떼처럼 파닥파닥 반짝이는 햇살들을 본다. 내린 햇살들에게서 비린내가 난다. 밤새 내린 무서리를 말리고 새로운 풍경을 만들고 똑같던 공간을 다르게 탈바꿈시키기 시작한다. 새들이 어디선가 날아내리고 맥을 못 추던 메뚜기 떼들이 후드득 파르르 후드드 파르르 날개를 털어내며 또 다른 색깔과 어울려 환상의 선율을 만들어 우주 어느 곳으로 송신하며 날아다닌다. 새들이 어디선가 날아내리고 맥을 못 추던 메뚜기 떼들이 후드득 파르르 후드 파르르 날개를 털어내며 또 다른 색깔과 어울려 환상의 선율을 만들어 우주 어느 곳으로 송신을 하며 날아다닌다. 수억만 년 전부터 지금까지의 풍경을 찢어내고 깨끗이 정화시킨 후 또 다른 풍경을 그린다. 시시각각 새로운 시간의 문을 열고 있다. 겨울은 숱 많던 잎들을 모두 하나둘씩 땅으로 날아내리고 뼈대만 앙상하게 남은 삭막한 날들을 맨 종아리로 아우슈비츠의 독가스보다 더한 추위를 견디어내고 또 다른 희망을 만들어 인간에게 선물한다. 봄이 오면 어김없이 앙상했던 나무들은 독가스를 모두 걷어내고 또 다른 잎들을 잉태하고 낳고, 젖을 먹여서 다시 푸른 숨소리를 일렁이며 푸르게 푸르게 자라나서 사람들의 가슴속으로 파문처럼 푸릇푸릇 번져나가 새 희망을 움트게 한다. 갈대처럼 말라버린 사람의 영혼 근육의 기다림을 푸르게 가꾸고 꽃이 피도록 다스리고 있다.

손가락 하나 까딱 않고, 인간을 마음대로 조정하는 저, 천지의 기운들은 모두 인간에게 神을 자처하는 것일까? 인간은 속수무책으로 목소리를 낮추고 신에게 빌어야만 하는 것일까? 다급해지면

할 수 있는 일이란 신들에게 두 손을 싹싹 발이 되도록 빌고 온갖 머릿속에 기억된 신들을 가슴속까지 불러보는 일이다. 그렇다고 두 손을 발이 되도록 빌어도 늘 들어주는 건 아니지. 어쩌다가, 아니 자신들의 뜻대로 이곳 세상까지 목숨을 끌어가기도 하고 만들어서 내밀어놓기도 하는 저 만행. 숨을 쉬는 물건으로 만들어놓고는 목숨이 파랗게 자라기 시작하면 생의 발목을 걸어댄다. 가시넝쿨에 다 찢기게 만들고도 모자라 시궁창에 처박고 땡볕에 시들게 만든다. 잠시도 쉴 수 없는 시간의 감옥에 가두어놓고 팔짱을 끼고 감시한다. 그렇다면 그 신들에게 끌리지 않고 나 자신에게 평화를 만들고 자유를 만들고 행복을 만들고 모든 걸 만들어 쓰도록 길을 들여야 한다. 고개를 들어보니 길가에 쑥부쟁이 꽃들이 하늘하늘 웃고 있다. 어디에다 이 꽃향기를 받아둘 수 있단 말인가. 지금, 이 순간 외엔 받아두지도 다시 볼 수도 없게 만들어놓지 않았는가! 달녀는 자신에게 이 가을을 이해시키기 위해 온갖 생각을 다 당겨본다.

그래 내가 이 세상으로 오기 전에는 모든 게 다 내 생각대로 될 수 있었을지도 몰라. 옥황님께 죄를 지어 이 세상으로 귀양살이를 온 건지도 몰라! 아니 아니 아니야, 무슨 큰 형벌을 받아 확실하게 귀양 온 거야. 그렇다면 이 세상에서의 귀양살이 동안 죄의 임기가 끝날 동안 나는 무슨 책을 쓸까? 사마천은 사기를 썼고, 정약용은 목민심서를 썼지. 나는 몇 년형을 받았는지 몰라 몇 년형이라고 아무도 내게 형량을 알려준 사람이 없잖아. 너무 잔인해. 그렇다면 감옥살이를 하는 긴 겨울 동안 매일 매일 참회를 해야 가석방이란 제도를 이용할 수 있을지도 모르지. 이 모든 죄를 흰 눈처럼 깨끗이 녹이려면 절망을 희망으로 바꾸면서 견디는 것밖에 없어. 흘러가는 것들, 변화도 아픔도 인간도 모두 시간이 걸어간 발자국의 흔적이 아닌가! 모든 흔적마다 상처가 가득 고여 핏물이 흐르고 있지 않은가. 모든 역사서의 행간마다 아직도 피비린내가 고여 있듯이 말이다.

무언가 닥쳐올 먹구름을 육감으로 예·견·하는 걸까? 달녀는 아이를 혼자 걷게 하고 자신만의 망상 속을 걷다가 얼른 망상 속에서 자신을 꺼낸다. 망상 속에서 빠져나오니 아이는 혼자 엄마가 옆에 있다는 것만으로도 안심이 되는지 물레방아 한 마리를 잡아들고 놀고 있다. *방아야 방아야 아침거리 찧어라. 방아야 방아야 저녁거리 찧어라.* 방아깨비의 두 다리를 꼬물거리는 밤벌레 같은 손가락으로 잡고 놀면서 걷고 있다. 방아깨비는 아이가 시키는 대로 엉덩이를 들었다 놨다 하면서 방아를 찧고 있다. 이 거짓말 같은 해맑은 웃음을 까르륵 깔깔 맑고 푸른 가을하늘에 맘껏 날려 보내면서. 놀면서 즐거워하는 아이를 보면서 그녀의 얼굴에는 모처럼 환한 행복이 웃고 있다. 길 가득 행복 가루를 뿌리면서 아이와 함께 연화동으로 향한다.

엄마 쉬이야 마려워. 그래 급해? 그러믄 길가에다 눌까? 아이는

오줌을 참고 있었던 모양이다. 길가 자갈과 모래가 섞인 곳에 바지를 내리고 오줌을 눈다. 아이가 오줌을 누자 모래들이 아이의 오줌 줄기가 뜨거운지 놀랬는지 모두 오줌 줄기가 닿자 자리를 비켜서서 빈자리가 움푹하게 파인다. 오줌을 눈 아들은 바지를 올리고 한마디 한다. *엄마 시원해요. 그른데 오짐을 누이까 흙들이 놀래서 도망가버래니더. 그른데 그 옆에 꽃이 찌린내 난다고 인상을 쓰는 것 같았니더. 그래 우리 아들 마이 컸구나. 꽃을 생각해줄 줄도 알고.* 그렇게 모자는 연화동에 도착해 윤회네 집으로 먼저 간다. 고맙다는 인사도 할 겸 지나가는 길이기도 해 잠깐 들린다. 윤회 할머니는 손자를 데리고 깨진 사금파리를 돌 위에 걸어놓고 소꿉 장난을 하고 있다. 깨진 사금파리 밑바닥을 뒤집어 솥을 만들었다. 그 솥에다 밥이라면서 모래를 담아 밥을 하고 풀을 썰어 반찬을 만들고 한마당 살림을 차려놓고 놀고 있다. *할매요 얼릉 밥 잡수소. 오냐 알았다. 냠냠 쩝쩝 흐루룩, 으으음 맛있다. 우리 강아지도 얼릉 먹그라. 이거는 밥이고, 이거는 국이고, 이거는 반찬이고, 고로고로 머야 키가 쑥쑥 크이 고로고로 먹그라.* 싸리나무를 꺾어 젓가락을 만들어 모래 밥이랑 반찬과 국을 먹으며 진짜인 것처럼 손자하고 놀고 있다. 손자의 눈높이에 맞추어서 손자와 놀아주는 할머니와 손자의 소꿉놀이가 참으로 정겹고 부럽다. 자신이나 시어머니 누구 하나 아이들을 데리고 저리 아이와 함께 여유작작하게 놀아준 적이 있었던가! 달녀는 부러움을 꿀꺽 삼키고 아이에겐 미안 꽃을 안긴다.

저기 할매요 지 왔니더. 하고 한창 무르익고 있는 손자와 할머니의 달콤한 행복을 깬다. 달녀가 오는 걸 본 노인은 복상꽃처럼 분홍스럽게 반긴다. 그 멀리서 일찌거이도 왔니더. 아직은 자시고 오싰니꺼? 야, 아직은 집에서 먹고 왔니더. 야가 아픈 아이껴? 야, 야가 아픈 아씨더? 에고, 참하고 실하게도 생겼네. 지 어마이 닮아서 인물도 좋네요. 에이 남사시럽그러. 고맙니더, 그래 말씀해주시서. 내가 없는 말 했니껴? 자, 왔으이 얼릉 아 델꼬 의원 집에 가보시더. 내가 가치 가줌씨더. 아이씨더. 안 그래주시고 지가 혼자 가도 되니더. 접대 집 갈캐주싰잖니껴. 혼자도 찾아갈 수 있니더 힘드신데 머하로 가치 가시니껴. 말씀은 고맙재만 지 혼자 가도 되니더. 나도 할 일도 없고 하이 가치 가시더. 사양도 도가 넘음을 알고 거기서 입을 닫는다.

노인은 힘도 안 드는지 손자를 번쩍 들쳐 안고 앞장서서 걷기 시작한다. 노인과 달녀는 언덕바지 의원 댁에 간다. 말쑥하게 차려입은 노인은 마루에서 봉당으로 반가운 표정으로 내려오면서 반긴다. 얼릉 오이소. 먼 데서 오시느라 고상이 많았니더. 파랗게 반긴다. 의원의 안내를 따라 아이를 데리고 마당을 지나 마루로 올라간다. 의원은 아이의 머릴 쓰다듬으면서 잘생깄구마 장군깜이네. 하고 아이의 긴장을 말로 풀고 손 좀 이리 내보라며 이리저리 진맥한다. 우리 장군 이름이 머로? 여름이씨더. 이여름요. 아이구 똑똑

하구만. 장군은 씩씩하게 쪼매 아파도 참고 안 우는 거 알제? 야, 지는 아파도 참을 수 있니더. 절대로 안 울깨이 걱정 마소.

아이의 기를 한껏 살려 울지 못하게 예방 접종을 한 후 의원은 침을 놓을 준비를 시작한다. 아이는 침을 보자 겁이 덜컥 나는지 울음 섞인 소리로 울먹인다. *엄마 나는 침 무섭고 아파도 안 울고 잘 참을 수 있니더.* 불안을 감추지 못하고 입으로 울먹이며 불안을 막아내고 있다. *그름그름 우리 여름이 침 잘 맞고 다시는 안 아프지러. 잘 참고 말고 의원 할배도 장군감이라고 하시는데. 안 울고 참고 잘 맞을 거제. 침이 우리 여름이 보고 아파서 울걸 그를제. 야, 엄마 말이 맞니더. 침이 내를 보고 울께씨더.* 어디서 저렇게 신통방통한 마음이 우러나오는지 기특하다. *그래 좋아? 엄마가 여름이 이게라고 응원해줄게. 걱정 마이소. 우리 여름이가 장군인데 이게고 말고요. 할배도 우리 여름이 핀 들어줄게 꼭 이게야 된다. 알았제. 야, 꼭 이길께씨더.* 반은 울먹울먹하면서 소매 끝으로 울음을 닦아낸다. *엄마, 침 맞으믄 안 아파? 그름 안 아프제. 침 맞고 나믄 힘도 세지고 튼튼해져서 형아들맨치로 핵교도 다닐 수 있제. 그래믄 맞을게요.* 달려는 아이를 꼭 안고 침을 맞힌다. *자 꼭 감고 열까지 시믄 끝난다 알았제.* 아이는 눈을 감았다 떴다 하면서 침을 쳐다본다. 다행히도 꾹꾹 참으면서 잘도 맞는다. 옆에서 윤회 할머니가 칭찬을 달그락달그락 던진다. *우리 윤회보담도 더 잘 맞네. 장군이 맞네! 아이구 착해라.* 윤회 할머니의 칭찬을 들은 아이도 기분이 좋은지 *지 용감하고 씩씩하제요. 할매요!* 어린 객기를 부리며 팔을 불끈불끈 쥐었다 폈다 할머니 앞에 자랑을 한다. 윤회 할머니는 또 과찬을 알사탕 주듯이 아이에게 주신다.

신기한 의원은 아이를 찬데 눕히거나 재우지 말고 안정을 취해주라면서 주의 사항을 주고 3일 후에 또 오라고 한다. 약도 없이 침으로 가능할까? 그렇지만 달리 방도가 없으니 한번 믿어보기로 마음먹는다. *흐흠 그 선비 어른 댁 손이구먼. 지 할배 판박이구먼 그래.* 의원 어른은 달녀가 말한 적도 없는데 어찌 알았는지 아는 척을 한다. 달녀는 그리 아는 척해주는 의원이 고마워서 인사를 한다. *고맙니더. 의원 어른요. 그래믄 사흘 후에 또 옴씨더.* 말을 마치고 아이 손을 잡고 나온다. 윤회 할머니도 발자국만 남긴 채 따라 나온다. 어린이들은 아주 순수함으로 둘러싸인 물체인가 보다. 금방 만나서도 조금의 의심도 아무 적개심이나 거리낌도 없이 금방 친해진다. 둘은 경중경중 함께 손을 잡고 뛰어가더니 쑥부쟁이 앞에 앉아서 하얗게 하얗게 하늘거리며 놀고 있다. 윤회 할머니와 달녀의 눈은 길가 바위에 앉아서 두 아이가 노는 걸 지켜본다. 벌들이 앵앵 노랗게 날아다녔으나 그냥 둔다. 여름이는 어느새 벌이랑 꽃이랑 친해져서 얘기를 나누고 있다.

벌이야! 니는 왜? 꽃한테 놀러와? 꽃이 심심할까봐? 너 집은 어데 있어? 우리는 날개가 없는데 벌이야! 니는 왜? 날개가 있어? 왜? 말을 계속 애앵애앵 이릏게만 해? 나처럼 벌이야! 이케 말해봐.

응! 꽃아 니도 말해봐. 왜? 아무 말도 안 하고 그냥 웃고만 있어? 우리가 이상한 거야? 벌아! 우리가 이상한 거야? 꽃아! 엄마한테 물어봐야지. 그른데 벌이야! 니는 참말로 신나게 좋겠다. 날개가 있잖아. 니는 날아서 뛰지 않고도 저게까짐 금방 갈 수 있잖아. 우리는 막 뛰어서도 한참 가야 돼. 벌이야! 니, 나 업고 날아가믄 안 돼? 나도 날고 싶단 말이야. 우리 엄마는 내한테 날개를 안 달아줬단 말이야. 니는 좋겠다. 니네 엄마가 니한테 날개도 달아주고. 다리도 여섯 개나 달아주고. 우리 엄마는 내 다리를 두 개밲에 안 달아줬어. 그른데 신발 살라믄 돈 마이 들겠다. 나는 신 두 개 사는데도 우리 할매가 돈 마이 든다고 이래 떨어졌는데도 안 사준다. 벌아 너 할매는 돈이 많애야 되겠다 그치? 근데 꽃아! 니는 다리가 및 개야? 그래고 날개는 및 개야? 다리가 한 개밲에 없는데 우째 그래 밤에도 낮에도 서서 자고 있어? 다리 아프지 않나? 나는 쪼매만 걸어도 다리가 아픈데 니는 계속 서 있는데도 다리 안 아프나? 그래고 니도 내맨치 날개는 없제? 그래니까 니가, 나는 걸한 분도 못 봤어. 나도 날고 싶은데 니도 날고 싶제? 꽃아! 니는 눈이 및 개야? 코는 어데 있어? 입은 및 개야? 손도 못 봤어.

여름이의 말에 윤회가 말꼬리를 단다. 아이다. 머. 우리 할매가 그래는데 우리 마당 가에 포도낭구가 있는데 거게 꼬부랑한 게 덩굴손이라고 했다 머. 그래이까 손은 마이 있다 머. 하고 큰소리로 자신 있게 우쭐거리면서 말을 한다. 그른데, 이 꽃은 왜? 덩굴손이 없잖아. 그래믄 꽃은 손이 없는 거다 머. 아니다, 머! 그래도 포도 낭구에 있으이 있는 거다 머! 두 녀석은 제법 수준 높은 생물학적 공방을 주고받고 있다. 달녀는 웃음이 저절로 나온다. 아들 녀석은 자신의 말이 안 먹히자 자기의 편을 찾을 양으로 말을 주고받으며 놀고 있던 것들을 팽개치고 어미에게로 씩씩대며 달려온다. 엄마, 꽃은 손이 없는 거 맞제요? 자신 있는 투로 물어온다. 윤회 녀석 역시 제 할머니 품으로 쪼르르 달려간다. 할매요. 꽃도 손이 있는 거 맞제요? 그름그름 손이 있제. 메롱! 고 봐라, 우리 할매가 손이 있다잖나. 니는 알지도 못하민서 손 없다고 그래노.

윤회의 의기양양한 말에 여름이는 그만 울음을 터트리고 만다. 으앙으앙. 엄마 미워. 엄마 밉단 말이야. 윤회 할매는 손 있다는데 나는 손 못 봤단 말이야. 우리 할매는 손 안 가르쳐줬단 말이야! 울어대는 아이를 어찌해야 할지 달녀는 어이가 없다. 울지 마. 안 울면 엄마가 갈채주제. 응, 엄마 안 울게요. 안 울게 빨리 갈케주소. 금방 울음을 그친 아이의 눈망울은 그렁그렁 풀잎에 매달린 이슬처럼 투명하다. 꽃들도 말이야. 다 손을 갖고 있제. 다만, 필요가 없을 때는 대롱 속에나 꽃잎 속에 숨캐놓았을 뿐이야. 숨캐뒀다가 필요하믄 꺼내서 쓴단다. 포도낭구나 멀구넝쿨이나 쑤세미넝쿨이나 담재이넝풀이나 물위넝쿨매로 낭구를 붙잡고 타고 오르기도 한단다. 그른 식물들이 더 많이 있제만, 엄마도 책을 봐야 알아서 다른 넝쿨도 있구나. 하고 알아두믄 된단다. 알았제? 너도 형아

맨치 핵교 가서 공부하믄 알게 되이까 그때 선상님한테 자세히 배와 알았제. 아이는 눈물을 소맷자락으로 닦고 흐르는 콧물을 훌쩍이면서 쪼르르 뛰어서 윤회에게로 달려간다.

형아, 우리 엄마가 그래는데 형아 말이 맞대. 꽃들도 손이 있는 거래. 형아 나 저 꽃 손도 보고 싶다. 응 저 꽃은 손이 없어. 윤회의 말에 아이는 실망 섞인 눈빛을 한다. 우리 엄마가 그래는데 저 꽃도 손이 있대. 대롱 속이나 꽃잎 속에 넣어 놨다가 필요하믄 꺼내 쓴다고 했다 머. 아이다, 머! 윤회는 끝까지 자기 할머니가 옳다고 우기고 여름이는 끝까지 지어미가 옳다고 우기는 모습에 윤회 할머니는 귀엽고 사랑스럽고 우스워 죽겠다는 듯 웃어댄다. 순수한 저 어린것들의 다툼이 오랜만에 해맑은 웃음을 자아내게 해 근심 한 방울 안 섞인 웃음을 웃어본다. 윤회는 또 지 할머니한테로 달려간다. 할매요, 이 꽃에는 손이 없제요? 윤회 할머니는 어안이 벙벙해 달녀만 쳐다보면서 웃는다. 회야, 자세한 건 이다음에 니가 커서 핵교 가믄 선상님이 갈채준다. 그릏지만 꽃들도 다 손이 있어야 살제. 아! 맞다 맞다. 할매요 맞니더. 그래야 자들도 세수도 하고 옷 입고 밥도 먹제요. 또 소꼽놀이도 해야 되제요. 그릏제요? 몰랬니더 할매요. 인제 알았니더. 이 때묻지 않은 神들 덕분에 두 사람은 시간을 어린 시절로 돌려 함께 신의 세계로 돌아가서 놀고 같이 동심이 되고 있다. 아무 사심 없이 걱정도 근심도 없이 꽃과 벌과 함께 말을 주고받으며 노는 아이들. 어른들이야말로 얼마나 이기심 가득한가! 저 어린이들은 아무런 이익이나 미움이나 시기 질투가 한 방울도 없는 순수 맹물이 아닌가. 이물질이 1%도 안 섞인 순도 100%의 물. 모든 사물과 이야기를 주고받는 저 어린 영혼들이야말로 참말로 神이라는 생각이 든다.

한참을 둘이서 벌과 꽃들과 친구가 되어 이야기하면서 놀던 쑥부쟁이꽃같이 하얀 神들이 일어서서 걸어가기 시작한다. 어른들도 뒤따라 걷기 시작한다. 고 어린것이 용케도 자기네 집을 찾아가고 있다. 멀찍하게 서서 아무 말 없이 걷던 윤회 할머니 꽃살처럼 고운 말을 건넨다. 아 들이 더 놀고 싶어서 집으로 디가이 우리 집에 가서 쪼매만 더 쉬었다가 가소. 찬은 없제만. 짠지하고 먹드래도 이른 점심 한술 뜨고 가소. 친절을 저장한 말이 찰랑찰랑 달녀에게 건너온다. 이래, 너무 신세를 지믄 우짜니껴? 한 이우재서 신세는 먼 신세요. 신세라 하믄 우리가 훈장 선생 댁 신세를 마이도 졌제요. 하마 옛날얘기가 됐제만. 참 염체도 코체도 없이 신세를 참말로 마이도 졌더. 양식만 떨어지믄 맬게논 거맹크로 그 집으로 뛰가서 양식을 얻어오고. 아무리 여러 분 얻으로 가도 인상 한 분 안 쓰고 양식을 아무 조건 없이 주시던 훈장 어른이였제요. 인제 그 몹쓸 누무 왜눔들 때문에 비명횡사했제만. 결국, 따지고 보믄 그눔들이 죽인 게재요. 울매나 사램들을 못살게 굴었는 동 모르니더. 그래이 훈장 어른이 니 죽고 내 죽고 동네 살리자고. 그래 약매기 쥐기고 생떼 같은 훈장 어른도 돌아가신 거 아이껴. 그래 맨날 신세를 지고 살았는데 그 집 메느리 밥 한 끼 준다고 하늘이 벼락이라도 줄니껴. 그른 말은 하지 말고 우리 집에 가서 점심 자시고 가소. 여름이도 침을 맞아 배고플 게씨더. 우리 아 미겔라고 해논 반찬 해서 아 도 점심 매게 가지고 가소.

달녀는 고마움에 더 거절할 명분을 잃고 만다. 야. 고맙니더. 한마디 짧은 말을 하고는 함께 윤회네 집을 향한다. 윤회 할머니는 부엌으로 들어가더니 금방 밥상을 차려서 들고나온다. 반찬이 거하게 많다. 조를 적당하게 섞고 감자를 두어 개 정도 넣은 밥이 맛이 좋다. 부루를 뜯어 씻고 정구지를 넣고, 붉은 고추를 넣고, 밀가루를 풀어 고추장을 적당하게 섞어서 만든 장떡이 보기에도 침이 넘어갈 정도로 맛있게 보인다. 달녀는 염치 불고하고 장떡에 자꾸만 손이 가서 장떡만 집어 먹는다. 장떡을 좋아하시는가 배요? 있다가 갈 때 장떡 쫌 싸드릴 테이 가주고 가서 잡수소. 아아 아이씨더. 이리 얻어먹는 것도 송구스러운데 싸기는 멀요. 말씸은 고맙제만 됐니더. 여서 마이 먹고 갑씨더. 이까짓 장떡 맹글기가 기중 쉬운데 멀 그래니껴? 우리 메늘아가 이 장떡을 하도 즐기 머서 내가 한분 할 때 마이 맹글어놓고 주니더. 그래이 내 쪼매만 싸줄 게이 갔다가 안 어른도 드래고, 아 들 아부지도 주고 하소. 달녀는 무어라고 대답할 말을 잊어버린다. 밥 한 그릇에 장떡까지 먹고 나니 배가 부르다. 오랜만에 맛본 장떡 맛이다. 자신이 입덧할 때 평안 아지매가 가끔 해주던 음식이 지금도 생각만 하면 군침이 넘어갈 정도지만 장떡 한번 해 먹을 정신적 여유도 없이 살아온 것이다. 그녀는 잊었던 평안 아지매의 고마움이 새삼스레 떠오른다.

여름이도 안 먹어본 음식이라 그런지 장떡이 어른이 먹어도 꽤 매운데도 홀홀 불어가면서 잘도 먹는다. 두 모자가 다 *장떡 대장들이구먼. 그래 맛있나?* 윤회 할머니가 여름이를 향해 다정스럽게 물으신다. *야, 할매요. 참말로 대낄로 맛있니더. 엄마, 우리도 집에 가서 또 장떡 해 먹으믄 안 돼요?* 여름이는 장떡이 입에 맞는지 입을 호호 불면서도 자기 엄마에게 볼록한 물음을 던진다. *그래, 윤회 할매한테 배와가주고 가서 해주마. 야! 신난다 진짜제요. 엄마 약속요. 약속했니데이.* 누에 대가리처럼 생긴 새끼손가락을 치켜들며 어미에게로 달려온다. *그래. 꼭 해줄게.* 아이와 손가락을 걸고 약속을 걸어둔다. 아이의 얼굴이 맑은 공기처럼 신선하다. 옆에서 두 모자의 모습을 지켜보던 윤회 할머니가 또 불룩한 말자루를 던진다. *거 보소. 어린것도 저래 맛있다고 난린데. 싸 가주고 가서 자시고 내 하는 법 갈채줄 테이 해주소. 그른데 우리 아이가 참 이상하네요. 경기(驚氣)를 하든서부텀은 밥맛이 없는지 저래 밥을 마이 먹은 적이 없는데 오늘은 밥을 마이 먹네요. 엄마 윤회 형아네 밥이 맛있다요. 장떡도 억수로 맛있고요.* 철없는 아이의 말이지만 아이한테도 미안하고 윤회 할머니한테도 미안한 생각이 든다. *본새 나무 집에서 먹는 밥이 맛이 더 있니이라. 인제 침 맞으러 올 때마둥 들래서 여름이 밥 미게가주고 가소. 우리 회도 동무 되고*

좋잖니껴? 그릏제, 윤회야. 할매요, 나도 여름이가 좋니더. 여름이 도 우리 집에서 가치 살믄 안 되니껴? 윤회 할머니와 달녀는 어이 가 없어 마주 보며 웃음으로 대답을 대신한다.

달녀는 생각한다. 그래, 사람이 산다는 게 저리 어디서든 살고 싶으면 살고, 먹고 싶으면 먹고, 좋은 사람과 즐거운 말을 하고, 서 로 목젖이 보이도록 웃고, 가족끼리도 서로 정겨운 말을 주고받으 며 말의 푸른 냄새를 맡는 것이 삶 아닐까? 신들도 그리 살라고 그 리 살면서 자신을 조금씩 비우고 다른 사람의 생각과 말을 그 자 리에 채우라고 사람 人 자를 서로 기대놓지 않았을까? 서로 사람 냄새 풍기며 따뜻하게 서로에게 볕을 쬐어 곁을 어루만져주라고. 손 닿지 못하는 등짝을 서로서로 긁어주고 닦아주고, 뒤통수에 있 어서 보이지 않는 것들을 서로 등 대고 보면서 길을 안내해주라고. 그리 만들어놓은 것인데 통으로 있던 남녀를 반으로 잘라놓은 것 인데 인간들의 이기로 안 지키면 또 신들은 인간에게 어떤 형벌을 내릴까? 눈을 한 개는 뒤쪽에 붙이고, 귀도 한 개는 뒤쪽에 붙이 고, 콧구멍도 하나씩 분리하고, 입은 윗입술과 아랫입술이 서로 찾 아가야 만나도록 다시 만들지도 몰라. 그럴지도 몰라. 마음속 오 장육부를 상대가 훤하게 볼 수 있도록 만들지도 몰라. 그래서 상 대가 무슨 마음을 먹는지조차 알게 만들지도 몰라. 나무들도 태어 날 때 손과 발과 눈과 귀와 코를 사람처럼 표시 나게 만들지도 몰 라. 초목들도 한번 태어나면 영생을 살지도 몰라. 사철 먹을 것이

주렁주렁 열리게 할지도 몰라. 인간이 죽지도 병들지도 않는 죽음이란 말 자체가 사라질지도 몰라. 축지법을 써서 몇만 리를 순간에 갈지도 몰라. 자신이 태어나기 전에 전생을 다 볼 수 있게 만들지도 몰라. 길가메시가 다시 벌떡 일어날지도 몰라. 사마천이 공자가 장자가 노자가 스피노자가 무덤에서 다시 벌떡벌떡 이름만 부르면 일어나 성큼성큼 걸어 나올지도 몰라. 물 부르면 물이 달려오고, 밥 부르면 밥이 달려오고, 술 부르면 술이 달려와 입안으로 들어올지도 몰라. 생각만 하면 모든 일이 생각하는 대로 다 이루어질지도 몰라. 웃음소리도 가공될지 몰라. 냄새도 가공될지 몰라. 바람이 눈에 보일지도 몰라. 꿈을 깨면 모두 황일지도 몰라. 그게 인간의 완성된 모습일지도 몰라.

달녀가 공상을 당기면서 세상 속을 헤엄쳐 다니는 사이 여름이와 윤회는 사이좋게 재미를 모두 쏟아부으면서 놀고 있다. 윤회 할머니는 다 먹은 밥상을 들고 부엌으로 들어간다. 한참 만에 보자기에 무언가를 싸 가지고 나오신다. *이거, 많지는 안해도 가져가소. 저 여름이도 맛나게 먹디도. 가주가서 다 먹으믄 다음번에 오믄 내가 만드는 법을 알래줌씨더.* 넉넉함이 보자기 귀퉁이로 삐져나온다. 많이도 싼 모양이다. 들어보니 꽤 무겁다. *고맙니더. 이 고마운 신세를 우째니껴? 잘 먹읍시더. 힘들게 만드시가지고 우릴 이리 다 주시믄 멀 드실라고 그래시니껴? 우리사 재료가 쌨는데 또 맨들믄 되제요. 걱정 말고 가주가서 식구들 적에 한 끼 잡수소.*

고맙게 잘 먹음시더. 보따리를 받아들고 달녀는 아들을 부른다. 여름아. 인제 집에 가이제. 집에 가기 싫은데 엄마, 째끔만 윤회하고 더 놀믄 안돼요? 마자요. 가지 마요. 나, 여름이하고 더 놀고 시프단 말이래요. 두 놈이 생떼를 쓰고 있다.

윤회 할머니는 또 손자 편에 서서 말을 한다. 안죽 적때도 덜 됐는데 더 놀다 가시서 적 해 잡숴도 되잖니껴? 하고 아이들의 장단을 맞춘다. 자 마레 썩 올라앉으소. 더 놀다 보믄 저도 싫증 나믄 가자 하겠제요. 어쩔 수 없이 아이들이 노는 만큼 시간을 쓰기로 맘을 돌려먹는다. 그래믄, 쪼매만 더 놀다 가는 거야 알았제? 앗싸! 야, 알았니더. 두 녀석은 무엇이 그리 좋은지 손을 잡고 깡총깡총 토끼 새끼처럼 뛰면서 마당으로 내려간다. 하늘을 쳐다보니 또 한 계절이 자라고 있음이 실감 난다. 집에 양반 요새 잘 계시니껴? 야, 잘 있니더. 내가, 이른 말 하는 게 우습게 들래겠제만 집에 양반 잘 챙게 보소. 그게 먼 말이니껴? 그저 사나들이란 그저 멋대로 내비두믄 반드시 탈이 나는 기제요. 그래고, 동네에 본데없이 막돼먹은 여자들도 있니더. 이 우에 꼭대기 집, 도화살이란 예펜내가 있는데 그누무 예펜내는 동네 남정네들 혼을 다 빼놓니더. 얼빠진 사나눔들은 고래 알랑방구 끼민서 궁디이 얄랑거리민서 꼬랑대이 백 개 달린 백여우맨치로 사나들을 꼬아가주 댕기민서 놀아난다는 소문이 시상에 다 떠도는데 새득 혼자만 몰랬단 말이이껴? 말도 마소. 집안에 분란이 일어났다 하믄 그 도화살 낀 여자,

도화살이 안 긴 데가 없으이. 아는 사램은 도화살을 사램 취급도 안 하더이. 웃좌석 아래좌석 시거리 어데 할 거 없이 온 사방천지 꼬랑대이를 흔들고 댕기민서 사나들 알가서 돈 뜯어내고 나무 집 부부 싸움 시캐고 그래 미친 짓 하고 댕긴다더이.

가정은 없니껴? 가정이 없으믄 말도 안하제요. 남핀이 두 눈 시퍼렇게 뜨고 있는데 남핀은 죽을 똥 살 똥 모르고 밤낮으로 일만 하는 사램이씨더. 자나 깨나 일백에 모르는 무불출이씨더. 어릴 때부텀 나무 머슴살이로 큰 사램인데 아무것도 모르는 일자 무식이라더이. 그래 노이 밖에서 마누래가 멀 하고 댕기는지 알라고 하지도 않고 소맹크로 밥만 먹고 일백에 모르고. 마누래는 밥만 먹고 돌아치는 거백에 모르고. 궁합이 척척 맞제요. 선화라는 딸도 하나 있는데 들리는 소문에 의하믄 그 딸도 그 여자가 낳아가주고 왔다 하더이. 누가 눈으로 보지도 안했고. 나무 소문 미칠 안 가 사그래지니까 그만이제만 소문이 그래 돌아다니제요. 쌍빤떼기 하고 댕기는 거 보소? 어데 촌에서 농사질 여자로 보이나. 우리 아들도 고론 여자한테 홀릴까 봐 내, 에미를 꼭 붙어 댕기게 하더이. 그래이 여름이 어머이도 여름이 아부지 잘 단속하라 말이씨더. 여게서 거게가 거리가 얼마라고요? 바램 피우는 것들이 어데 거리 보고 피우니껴? 남녀 관계는 아무이도 모르더이. 시어머이도 모르고 메느리도 모른다는 말이씨더. 늙으이 말이라고 허투루 듣지 말고 내 말 맹심하고 바깥어른 단속 단디이 하소. 다, 늙으이들 말

들어 손해 볼 일은 없으이께. 야, 알았니더. 생각해주는 윤회 할머니 말이 고마워 대답은 했지만 속으로 이해는 되지 않는다. 도대체 뭘 어째 단속을 하란 말인가? 이미 마음이 갔으면 빈껍데기하고 사는 게지 보이지도 않게 날아다니는 마음을 무슨 수로 잡아온다는 말인가? 남편 마음을 꺼내 서랍 속에 넣고 잠그기라도 하란 말인가? 가까운 거리도 아니고. 이 먼 거리까지 설마? 혹시 만일이라는 것이 있지도 않는가. 달녀의 머릿속에 그 순간 재빠르게 스치는 게 있다. 갑자기 강냉이가 생각난다. 설마가 잡은 또 다른 설마? 그렇지만 설마 설마 아니겠지. 그 무뚝뚝한 양반이 설마…

주술에 걸린 시간들

9

윤회 할머니는 달녀의 생각을 눈치라도 챘는지 구멍 난 양말 뒤꿈치에 천을 오려 대서 공글려 깁듯이 말을 빨갛게 깁는다. 그저 사나들 바램기 잡을라믄 왈개믄 안 되니더. 집에서 안들이 더 잘해주고 몸도 더 잘 가꾸고 해야제. 사나들이란 그저 눈에 띄는 것만 보제 속까짐 볼 줄 모르제요. 지 마누래가 집에서 골몰에 빠자 머리도 짚북데기같이 어설프게 해가주고 댕그는 줄 모르고, 그저 나무 여자, 남자 등골 빼먹는 반반한 여자한테 눈길 돌리는 게 사나들 본심이제요. 그래이, 남편 한눈 안 팔고 여시 같은 여자들한테 안 뺏길라믄 안들이 신경 쓰는 일밲에 더 머가 있니껴? 암만 바쁘고 힘들어도 그저 의복가지도 깨끌맞게 빨아 입고 머리도 단정히 하고 분내도 풍게고 가끔 여시로 둔갑도 할 줄 알아야 되니더. 겨울 소낭구가 눈을 못 이게서 허옇게 뿌래진 거 보소. 눈에 못 이게서 뽈가졌제만 그 잔가쟁이까징 상처 입고 다 죽는 뱁이씨더. '소 잃고 외양간 고친다'라는 말 새겨노소. 가장이 한눈 팔믄 아들 꺼짐도 똑바로 크기 어룹니더. 내 말 맹심하소. 꼭 집에한테 하는 말이 아이고 우리 메느리한테도 장 하는 말이씨더. 이 나 먹두록 살아온 경험이씨더. 빌 뜻이 있는 건 아이제만 새게들으믄 손해 볼 일은 없을 게씨더. 윤회 할머니의 말을 들으면서 달녀는 불안감이 안개처럼 밀려옴을 느낀다. 그렇지만 당신 며느리한테도 하는 말이라니 노파심일 수도 있다는 생각을 한다. 그렇게 안개 속 같은 윤회 할머니의 말을 받아들고 집으로 온다.

이틀 동안 문득문득 떠오르는 비밀스러운 말 때문에 일손이 떠서 멍하게 보내고 다시 또 아이를 데리고 연화동으로 간다. 오늘 가면 윤회 할머니께서 무슨 말인가 해주실 수도 있다는 막연한 생각을 하면서도 모르면 약이라는 쪽에 점수를 더 주고 있다. 윤회 네 집을 지나쳐 가려는데 윤회 할머니가 윤회를 데리고 놀다가 달녀가 오는 걸 보고 반색한다. *일찌거이도 오시니더. 야, 쪼매 일찌거이 서둘렀니더.* 대담을 하는 사이 아이들이 서로 이름을 부르며 뛰어온다. 저렇게 순수했던 마음이 왜 어른이 되면 퇴색될까? 왜 조물주는 그렇게 만들었을까? 아무 조건도 이유도 없이 몇 번 보고 저렇게 반가워 이름을 부르며 뛰어오는 아이들이 해맑고 순수해 천당이 있다면 저런 곳일 거란 생각이 든다. 때가 묻지 않은 순수가 사는 곳이 천당일 거란 생각을 하는데 윤회 할머니가 *왜 그*

래니껴 어디 아프시니껴? 하고 생각 문을 열고 들어온다. 아이씨더 아이들 반가와하는 게 너무 기특하고 이뻐서 잠시 천당에 댕게 왔니더. 왜 아이껴 어른매로 이래 재고 저래 재고 안 하고 그저 반가와서 저래 폴짝폴짝 뛰는 거 보믄 우리 어른이 배와야 되제요. 얼른 침 맞으로 가시더. 그렇게 윤회 할머니는 동행을 자처하고 나선다. 아이들은 벌써 손을 잡고 다정하게 걸어가고 있다.

의원 집 마당에 들어서니 의원은 무언가를 마시고 있다가 반색을 하면서 얼른 오소 여게 앉아 차 한잔 마시고 침 놓시더 오늘은 시간이 많니더. 하면서 부엌으로 가더니 차를 두 잔 따라온다. 대추하고 영지버섯하고 생강하고 넣고 끓인 거씨더. 몸에 좋으이 한 잔 잡수소. 하고 권한다. 마루에 앉아 차 한잔을 마시며 의원의 얼굴이 참 평화롭다는 생각을 하고 있는데 벌 한 마리가 날아들어 앵앵거린다. 금방 쏠 것 같아 손으로 휘휘 쫓자 의원 어른이 한마디 한다.

벌은 건드레지만 안 하믄 안 쏘니더. 벌이 울매나 영리하다고요. 달녀에게 안심 넝쿨을 던지면서 의원 영감은 내가 벌 얘기해줄까요? 야, 해주소. 달녀 눈이 반짝 호기심을 보이자 윤회 할매는 벌이 벌이제 벌에 먼 얘기가 있니껴. 하면서 무심하게 말하자 의원 영감은 별 얘기는 아이고 내가 벌을 오래 키우다 보이 쪼매 알게 되고 주서들은 것도 있고 책에서 읽은 건데 별거는 아이씨더. 의원 영감 말에 윤회 할매는 미안한 기색을 하면서 아이씨더 해주시믄 좋제만 바쁘신 것 같애서 그랬니더 내같이 아무꺼도 모르는 늙은이가 알믄 좋제요. 의원 영감은 웃으면서 빌 얘기는 아이고요 그냥 사람 살이맨치로 벌이 사는 벌 문화 얘기씨더. 벌은 여왕벌과 일벌이 있는데 일벌은 내역 벌과 외역 벌 문지기 벌 수벌이 있제요. 여왕벌은 거의 양봉인들 손이나 일벌들에게 죽제요. 왜 그른가 하믄 시간이 지나 산란력이 떨어지기 때문이씨더. 알에서 보통 16일 만에 깨나고 깨나서 3일 정도 지내믄 짝짓기 비행을 떠나제요. 짝짓기 비행이 끝난 수벌은 장례식을 치르고 로얄제리를 먹으민서 4~5년 더 살제요. 짝짓기 비행 길에서 새 먹이가 되기도 하고 집을 못 찾아 죽기도 하니더. 그래 무사히 집을 찾아온 여왕벌은 첨에는 알을 쪼매씩 낳다가 나중에 1천 5백 개에서 3천 개 정도의 알을 낳제요. 그룿지만 불구가 되기도 하고 산란을 멈추어 여왕벌로서 역할을 못 하믄 일벌들에게 잔인한 죽임을 당하기도 하고 기르던 주인들에게 떼죽임을 당하기도 하니더. 산란력이 떨어지믄 꿀을 마이 뜰 수 있는 강군 육성이 힘들기 때문이제요.

한 여왕 밑에 3만에서 5만 마리 정도의 벌이 있니더. 여왕벌이 산란을 마이 해서 벌통이 좁아지믄 벌들이 종족 번식을 위해서 새 집을 구해 일벌들을 데리고 이사를 하제요. 이걸 봉분이라 그래니더. 이때 아주 재미있는 일은 먼저 정찰병들이 이사갈 집을 보고 여왕벌이 일부 가족들을 데리고 이사를 하니더. 원래 있든 통에서 멀리 떨어지지 않은 곳에서 뭉쳐 두세 시간 많으믄 네 시간 이상

머물민서 숨 고르기를 하니더. 분봉 벌의 군사들이 하나로 뭉쳐 물고 나온 먹이를 소화시켜 에너지를 보충하믄 모든 비행 준비가 끝나서 새로 봐둔 집으로 이사하기 위해 날아가제요. 먹이가 풍부할 때 분봉을 해야 되니더. 분봉 날은 먹이를 잔뜩 먹고 나가기 때문에 첨에는 멀리 못 날고 주빈에 뭉치 있다가 날아가제요. 모기가 사람 피를 뽑아 먹으믄 무거워서 못 나는 거하고 같제요. 사램도 배부르게 먹고 나믄 걷기 어룹잖니껴. 곤충이나 사램이나 조물주는 아주 공평하게 맹글어놓은 것 같니더. 태어난 지 20여 일 지나믄 약 2킬로 거리를 날제만 먹이가 부족하믄 더 멀리 4킬로까지도 날아가 먹이를 구하니더. 그 쪼매하고 앙징맞은 몸집으로 먼 거리서 꿀을 잔뜩 물고 낑낑거래민서 벌통 안으로 못 들어가고 주변에 앉아 숨 고르기를 하는 걸 보믄 참말로 안타깝고 애처룹니더.

그래서 그렇게 열심히 꿀을 물어나르는 벌을 위해서 위령탑이래도 세워줘야 한다는 생각도 들제요. 꿀벌 한 마리가 꿀 1kg을 따기 위해서 울매나 많이 날아댕게야 하는 등 사람들은 상상도 못 하고 그 꿀벌의 노동을 착취해서 달다고 몸에 좋다고 먹어대니 인간은 참말로 어째 보믄 잔인한 동물인지도 모르제요. 꿀벌이 꿀 1kg을 따기 위해서는 지구 열한 바퀴 도는 거리를 날아댕긴다니더. 그래고 또 내역 벌들은 겹겹이 사다리를 맹글고 소지도 하제요. 외역 벌들이 따온 꿀을 저장할 수 있도록 서로 몸을 연결해서 사다리도 만들고 저장한 꿀 수분을 날래 보내고 오랜 기간 상하지 않고 보관하는 일을 담당하제요. 사램도 바깥일을 보는 사람을 바깥양반이라 하고 집안에서 일하는 사람을 안사램이라고 하듯 꿀벌들도 이릏게 역할이 다 따로 있니더. 또 내역 벌은 여왕벌이 산란을 잘하두룩 벌집 청소도 하고 새끼 기르는 일도 하제요. 한 마리 새끼가 태어날라믄 어른 벌 여섯 마리의 도움을 받제요. 또 세균이 침범하지 못하도록 프로폴리스를 이용해서 틈을 막아 잡균이 침투하지 못하게 하는 일도 하니더. 죽은 벌이 있으믄 벌통 밖으로 물어내고 소지도 깨끗하게 하제요. 사램이 죽으믄 산에 묻듯이 벌들도 죽으믄 집 밖으로 끌어내니더. 또 여름에는 문 앞에 서서 날갯짓을 해서 벌통 안으로 신선한 공기를 주입해 온도를 내래고 개울가에 가서 날개에 물을 묻혀 와서 벌통 안 온도를 내래기도 하제요. 전부 날개를 움직여서 온도를 올리고 내래제요. 참말로 위대하고 대단하다고 생각하니더. 사램 못지않은 일을 고 쪼매한 몸띠이로 다 해내믄서 힘을 합해서 살아가제요. 문지기도 있는데 우리 사램이 재산을 지키기 위해 경비를 세우드끼 문지기 벌도 다른 통의 벌이나 말벌 겉은 다른 침입자가 못 들오게 침입을 감시하제요. 문지기 벌은 거의 노병들이 담당하고 있제요.

수맹을 다한 벌들은 집에서 멀리 떨어져서 생을 마감하제요. 수벌은 일반 벌보다 덩치가 크고 먹이도 마이 먹제만 수벌 역할은 종족 번식뿐이라서 짝짓기를 하고 지 발로 떨어져 죽기도 하제만 통 속에 남아 있던 수벌들은 일벌들이 쫓아내서 굶어 죽게 되니더. 잔인하제요. 대부분 수벌은 종족 번식에 힘 한 번 사용하지 못하고 죽는 불쌍한 벌들이제요. 벌은 하루에 9회에서 14번 정도 날아댕기민서 꿀을 딴다네요. 참으로 부지런한 곤충이제요. 벌이 꿀을 따로 갔다가 집을 찾을 수 있는 건 빛의 각도를 기억하고 있다가 집을 찾아오기 때문입니다. 그릏기 때문에 벌통을 서로 바꿔놓으믄 바꿔놓은 통으로 들어가는 것이 아이고 원래 자리에 있던 통으로 들어가니더. 그리고 신기한 건 벌도 청색과 노란색을 구분할 줄 안다니더. 그래서 벌통은 대다수 노란색과 청색을 마이 칠하는데 짙은 나무색을 칠해도 집은 잘 찾아온다니더.

벌들은 통 속에 배설하지 않고 밖에 나와서 배설을 하이 우째 보믄 참 영리한 곤충이제요. 월동 중에도 따뜻한 날을 골래서 밖에 나와서 탈분을 하고 통으로 디가니더. 특히 봄에 활동이 많애지믄 먹는 만큼 탈분도 마이 해서 벌 가까이에는 온통 노랗게 벌똥 천지가 되제요. 그른데 그 벌똥이 꽃맨치 이쁘니더. 벌들은 먹이를 마이 저장해놓고 월동에 들어가기 땜에 추운 겨울철에는 벌들이 통 속에 뭉채 있으민서 겉에 벌과 뭉채 있는 속의 벌들이 서로 교대를 하민서 온도를 유지하기 때문에 식량만 충분하믄 추워서 얼어 죽는 경우는 드물제요. 사램도 추울 때는 서로 그러안고 자믄 그 온기가 따뜻하듯 벌들도 서로에게 정을 나누민서 살아가제요.

꿀벌 수맹은 유밀기에 태어난 벌은 20~30일 정도로 짧니더. 노동력이 요구되기 때문이제요. 여름 벌은 두 달 정도 살고 가을에 태어나서 월동을 하는 벌들은 5~6개월을 살제요. 좋은 먹이를 먹고 노동을 안 하믄 수맹이 연장되기도 하제요. 벌통이 말벌들 공격을 받으믄 벌 한 통이 순식간에 망가지니더. 말벌들은 정찰병에 의해서 페로몬 냄새로 군사를 동원해서 단체로 협공을 하기 때문이제요. 공격해서 죽인 꿀벌들은 말벌의 새끼 먹이가 되니더. 약육강식의 사회는 곤충에게도 예외가 아니제요.

그릏지만 작은 꿀벌들의 저항도 대단하이더. 많은 숫자가 매달리서 말벌을 공맨치 똥그랗게 에워싸서 열을 발산해서 질식을 시캐서 죽여 방어를 하제요. 떼를 지어서 자기들보다 큰 공격자를 이겨내는 무리 중 하나제요. 말벌들은 43도가 되믄 질식사한다니더. 꽃에 왜 꿀이 나오는지 아니껴? 꽃은 자신의 종족 번식을 위해 꿀을 분비해 벌이나 곤충한테 먹이로 주고 대신 수정을 하게 하기 때문이씨더. 사람들한테 물건을 들 수 있는 손이 있듯이 벌들은 뒷다리에 화분을 걸 수 있는 걸개가 있어 꽃에 꿀을 묻해서 뒷다리에 걸어 나르니더. 사람들은 머리에 이고 등에 지고 손에 들제만 벌들은 걸개에 걸어 나르민서도 중간에 떨어지는 일 없이 단디 걸어 날라 작은 벌집 안에다 꾹꾹 눌러 저장해두었다가 식량으로 사용하제요.

벌들은 화분을 채집할 때 처음 앉은 꽃과 같은 꽃에서만 화분을 채집하니더. 처음에 매화꽃에 앉았다고 하믄 다른 꽃에 앉지 않고 매화꽃에서만 꿀 채집을 해 돌아오제요. 꿀 종류를 사람이 아는 것 같제만 알고 보믄 벌들의 일편단심 그 마음 때문에 꿀 종류를 나눌 수 있제요. 꿀 종류는 지방마다 피는 꽃에 따라 다르제요. 주로 우뜬 낭구가 마이 사는 데서 꿀을 채집하느냐에 따라 아까시 꿀 잡꿀 밤꿀 피나무 옻나무… 등 수없이 많은 종류의 꿀이 생산 되제요. 꿀은 관목꿀은 잘 소리지 않는데 초목꿀은 잘 소리니더. 유채꽃이나 메밀꽃 같은 꿀은 잘 소리제요. 사램들은 하얗게 소린 꿀을 설탕이라 생각하제만 그게 아이씨더. 꿀에는 각종 미네랄과 아미노산 비타민을 비롯 많은 생리 합성 물질 2백여 가지나 풍부 하게 들어 있어 피로 해소 피부 미용 빈혈 예방 다이어트 살균 효과 발육 촉진 건강 회복에 많은 도움이 된다고 알래졌제요. 벌은 의리도 있어 자신들을 키우던 주인이 죽으면 온몸에 하얀 띠를 두르고 댕기제요. 사램보다 어뜬 면으로는 더 의리가 있제요.

여기까지 말을 마친 의원은 내가 괜한 말을 했니더. 마당을 가리키며 저눔들을 키우민서 책을 보고 마이 연구하다 보이 쪼매 알게 됐니더. 씨잘데기 없는 말을 마이 해 미안하이더. 아이씨더 좋은 말씸 고맙니더. 생전 듣도 보도 못 한 얘기 잘 들었니더. 윤회 할머니와 달녀는 처음 듣는 벌에 관한 이야기를 듣고 서로 마주 보며 대답한다. 그사이 노는 게 싫증 났는지 여름이가 온다. 엄마, 언제 침 맞아요? 아 참, 침 놀 생각은 안 하고 딴짓만 했네요. 이리 와서 침 맞자. 야! 그렇게 아이는 자상스럽게도 말하는 의원의 안내를 받으며 침을 맞는다. 윤회 할머니는 밥을 먹고 가라고 했지만, 자꾸만 머릿속이 실타래처럼 헝클어진 기분이 들어 바쁜 일이 있다고 핑계를 대고 아이를 데리고 집으로 향한다.

아이와 걸어오면서도 걱정을 건네는 윤회 할머니 말이 채를 맞은 팽이처럼 돈다. 달녀는 구불구불한 길을 걸어 내려오면서 마음도 곱창처럼 구불구불거리고 있음을 어쩔 수 없다. 도대체 무슨 말인지? 알쏭달쏭 빨랫줄에 맺혀 떨어지기 직전인 빗물 같은 말을 이해할 수가 없지만 일단 모르기보다 알아두는 것도 나쁘지는 않겠다는 생각을 한다. 무슨 일이 있다는 건지 있을 거라는 건지? 달녀는 윤회 할머니 말을 이해하면서도 자꾸만 귀에 거슬린다. 방울방울 위태롭게 달린 말을 떨어뜨리지 않고 들고 오느라 어떻게 집까지 왔는지 모르게 집까지 온다. 아직도 해는 한참을 남았고 들에는 가기 싫다. 어제까지만 해도 나락이 바스러져버릴까 걱정이 앞섰는데, 오늘은 나락이 바스러져 못 먹게 되건 말건 일손이 떠서 일하러 나가고 싶지가 않다. 이유가 무엇인지도 자신도 알 수 없다. 아니 더 정확하게 말하면 무언가 잡히지 않는 바람 같은 말 그 뒤에 숨은 비밀을 속 시원하게 알 수 없기 때문이다. 말 뒤에 숨은 그 무엇 때문이다.

달녀는 오랜만에 아이들에게 간식이란 걸 해 먹인다. 어미로서 간식 한 번도 챙겨 먹이지 못하고 밤낮으로 일에만 매달려 살아온 자신이 한없이 밉다. 감자를 썩혀서 가루를 만들어놓은 감자 녹말로 팥을 삶아 넣고 감자 송편을 만들어 찐다. 말갛게 쪄진 감자떡이 눈을 쫀득쫀득하게 만든다. 그 순간 또 봄이 얼굴이 다녀간다. 감자떡을 유난히 좋아하던 봄이. 아이들이 하나같이 맛있게 볼이 터지라 먹는 사이에 달녀는 봄이에게로 달려가고 있다. 봄이는 아직 달녀의 가슴에 집을 짓고 수시로 드나들며 살고 있다. 수천 년 전에도 어떤 곳에서 이렇게 살았을지도 모를 일이다. 그때도 봄이를 잃고 이렇게 가슴 먹먹한 삶을 살았을까? 그때 그 햇살 그 바람 그 집 그 아이들이 와서 다시 이렇게 모여 앉아 감자떡을 쫄깃쫄깃 맛있게 먹으며 저희끼리 놀거리를 장만해 쉴 새 없이 재잘거리면서 웃고 떠들며 놀던 곳을 오늘 또다시 놀고 떠들고 있는지도 모른다.

마당에는 병아리들이 삐약거리며 햇살을 쪼아댄다. 햇살을 모이로 알고 쪼고 쪼고 또 쪼는 병아리. 저 병아리와 사람이 똑같은 것이 아닐까? 햇살 속에 햇살이 묻히고, 바람 속에 바람이 묻히고, 달빛 속에 달빛이 묻히고, 인간의 말속에 말이 묻혀 푹푹 거름처럼 썩어 다시 햇살로 바람으로 달빛으로 인간으로 태어나 인연 따라 이렇게 다시 내 주변에 모여 나의 피로 살로 뼈로 태어나 사는 건지도 모를 일이다. 뜬구름 같은 생각을 하고 있다. 아이들 간식으로 감자떡을 해 먹이고 나니 아무것도 하기 싫다. 아지 죽도 쒀야 하고 저녁도 해야 하고 할 일은 태산인데 오늘은 정말로 이상야릇하게 아무것도 하기 싫다. 아이들은 엄마의 기분과는 상관없이 감자떡을 맛있게도 먹고, 배가 부르고, 엄마가 옆에 있어 기분이 좋은지 서로 뒤엉켜 장난을 치면서 재미있게 놀고 있다.

재미나게 놀고 있던 계절이가 아! 참, 맞다. 나, 엄마한테 보여줄 게 있어요. 하면서 저희 방으로 뛰어가더니 공책을 들고 와서 들이 민다. 이게 머로? 엄마 이거 한 달 동안 쓴 일기장 검사를 한 거씨 더. 한 달 동안 일기를 기중 잘 쓴 사램 오늘 선상님이 발표해주싰 는데 지가요 1등으로 일기를 잘 썼대요. 그래서 선상님께서 작기 장을 3권이나 상으로 주싰어요. 나, 참 잘했제요? 아이는 싱글벙글 다알리아꽃처럼 입을 벙긋거리며 신이 나서 어쩔 줄 몰라 하는 표 정이다. 공책을 받아 펼쳐보니 또박또박 정자로 쓴 글씨가 국민학 생 같지 않고 잘 정리된 필체다. 그동안 아이들 공부에 신경 한 번 못 써주고 늘 무엇을 위해 이리도 허둥거리면서 살았는지 아들에 게 미안한 생각과 부끄러운 생각이 한꺼번에 들이닥친다. 빨간 색 연필로 별 다섯 개를 그려 넣고 참 잘 썼어요. 앞으로도 계속 빠지 지 말고 일기를 꼬박꼬박 잘 써서 일기장을 잘 모아두세요. 이다 음에 홀륭한 사람이 되면 그때 다시 꺼내 보세요. 계절이는 꼭 홀 륭한 사람이 될 겁니다. 담임. 그동안 이것저것 정신없어 아이한테 아무것도 신경 써 주지 못해 핑 눈물이 돈다. 아이들이 볼까 봐 눈 물을 얼른 추스른다. 에고. 우리 아들 참 잘했네. 엄마가 신경도 못 써줘서 미안하구나. 아이씨더. 나는 우리 엄마가 시상에서 제 일 자랑시럽니더. 선상님께서도 그랬니더. 엄마는 홀륭한 사람이 라고요. 그래고 우리 집안도 홀륭한 집안이래서 지가 이다음에 참말로 훌륭한 사람이 될 거라 그랬니더. 그래민서 머리도 쓰다듬어 주싰니더. 이분에도 열심히 공부해서 우등상 탈라니더. 안죽도 우리 반에서 지보다가 공부 잘하는 아 는 없니더. 그래이 엄마 기다래보소. 언제 컸는지 시간은 어김없이 계절이를 제법 어른스럽게 키워놓고 있다.

그새 지 동생들하고 노느라 정신없던 딸내미 숙명이가 또 무슨 공책을 들고 온다. *엄마, 우리도 공책에 시험 봤는데 봐라. 100점이다. 다 100점은 내 혼자밲에 없다. 엄마, 잘했제요?* 지 오빠한테 질세라 난리를 치면서 공책을 턱밑에까지 들이민다. *그래, 우리 딸 최고네.* 한번 꼭 안아주고 등을 토닥거려준다. 이제 성이 차는지 또 공책을 들고 동생들한테로 나간다. 다른 때 같으면 기분 전환이 될 텐데, 아들과 딸이 상들을 받아다가 턱밑에 바쳤는데도 아이들이 나가고 나니 또다시 심란해진다. 도대체 이놈의 머리는 기쁨도 건성이다. 망가진 생각들이 방 안에 그득하게 쌓인다. 저녁을 해야지. 누가 해줄 사람도 없고. 안 하고 살 팔자도 못 되고. 막내가 잠이 오는지 눈을 비비면서 품을 파고들어 온다. 안아서 머리를 쓰다듬으며 토닥거려주니 금방 잠이 든다.

잠자는 막내 얼굴에는 평화가 가득 내려앉아 쌔근쌔근 맑은 숨을 쉬고 있다. 아이를 살며시 눕힌다. 막내를 눕히는 순간에도 봄이가 또 달려든다. 이렇게 눕힌 지 10분도 안 돼서 영원히 잠들어 어미 곁을 떠난, 마음 가득 낀 시름과 곁을 떠난 아들의 그림자를 지우기 위해 밖으로 나온다. 오랜만에 아지에게 말을 걸어본다. *아지야. 그간 잘 지냈지? 니도 알다시피 내가 그동안 일이 너무 많아 니한테 너무 격조했구나. 미안테이. 그른데 지끔 내 심정도 왜 이래 복잡하기만 한지 내 자신도 모르겠다. 왜 그른지 자꾸만 불안해. 그래고 아무것도 일이 손에 안 잡힌다. 그래이 니도 미안하제만 오늘은 죽 말고 생여물을 먹고 자. 알았제. 미안한데 지끔은 우쩔 수 없구나.* 어그적 어그적 걸어가서 꼴 한 단을 풀어 아지에게 준다. 다행히 아지는 그 선하고 큰 눈을 깜빡이면서 꼬리를 휘휘 좌우로 흔들며 대답을 한다. 휘잉휘잉 콧김을 펄럭이며 꼴을 잘도 먹는다. *고맙구나. 아지야. 니라도 내 맴을 알아줘서. 나 밥하로 갈게. 잘 먹어줘서 고맙구나.* 아지는 알아들었다는 듯 눈을 껌뻑이면서 생꼴을 맛있게도 먹어댄다. 다행이구나. 멍하니 서서 아지가 생꼴을 먹는 것을 한참 바라보다 저녁을 해야겠다는 맘을 안고 안 방 부엌으로 간다. 늘 드나들던 부엌이 다른 부엌처럼 낯설고 모든 게 엉켜 있는 것처럼 보인다. 마른 삭정이만 골라서 불을 땐다. 얼른 저녁밥을 해서 식구들에게 차려 먹이고 푹, 모든 걸 잊고 좀 자고 싶은 마음뿐이다.

부지깽이로 불만 이리저리 쑤시면서 찬도 없이 저녁상을 차린다. 아직 때 이른 저녁이지만 시어머니에게 먼저 차려드린다. 남편은 온종일 아니 날마다 어디에서 무얼 하고 다니는지 깜깜한 날이고 무얼 하고 다니는지 간섭도 알려고 하지도 않고 살아왔다. 오늘 역시 마찬가지다. 언제 올지도 모른다. 그리고 보니 윤회 할머니 말씀처럼 그동안 남편이 어디서 무얼 하는지 몇 시에 들어오는지 도통 알려고 하지도 않았고 무관심했었다는 걸 새삼스레 깨닫는다. 남편이기보다는 동거인? 그 말보다 적절한 단어를 찾아보니 하숙생, 그 말이 썩 잘 어울린다는 생각을 한다. 밥을 놋그릇에 퍼서 뚜껑을 덮어 부뚜막에 남겨두고 아이들 밥을 퍼서 먹인다. 설거지도 설경설경 마친다. 배고픈 생각도 없고 그냥 자리에 들어와 드러눕는다. 벌써 잠이 올 리는 없고 자꾸만 우울해지는 마음을 어찌 수습해야 할지 모르겠다.

밖에서 놀고 있던 아이들이 또 방으로 들어와 배 속에 있던 깔깔거리는 웃음을 온 방에 쏟아놓으며 떠들고 논다. 그러나 자신의 기분 속까지 뚫고 들어오지 못하는 웃음들은 그냥 방바닥에 나뒹굴고 있을 뿐이다. 웃음들끼리 엉켜서 놀고 있다. 감정들이 다 어디로 출장을 떠났는지, 조용히 눈꺼풀만 닫고 있다. 어느새 눈꺼풀 사이를 뚫고 들어온 까만 감정이 작두날처럼 날을 번뜩이며 그녀에게 칼을 겨누고 있다. 와르르 무너지는 희망 빛. 어쩌면 나는 이미 한계선처럼 한계치에 와 있는지도 모른다. 지금 일어난 모든 것들이 인생을 송두리째 뽑아버릴지도 모른다. 접어두었던 슬픔들이 다시 새록새록 싹을 틔워서 자신을 구렁텅이로 끌고 간다는 느낌을 지울 수가 없다.

달녀는 생각한다. 이 시대를 사는 산촌녀들은 하나처럼 모두 행복하지 않고 행복해질 거란 기대도 없다. 인생에 푸르른 행복싹들을 모두 싹쓸이해 간 그것이 무엇이란 말인가! 이런 불행 씨들은 대체 어디서 날아온단 말인가? 의지하는 모든 것, 그러니까, 자신의 운명을 송두리째 맡기고 호적까지 파 가지고 와서 목숨을 걸고 시집 씨앗을 낳아 길러주고, 소처럼 일하고, 그렇다면, 행복이 온다는 희망이라도 던져줘야 하는 것 아닌가! 남편, 순진하고 우직한 산촌녀들의 남편들은 늘 남 편일 뿐이다. 남편이라고 이름 짓지 말고 내편이라고 지었다면 달라졌을까? 인생의 절반을 뭉텅 잘라 한순간에 무너지게 하는 사람들. 도대체 그들은 무슨 권리로 여자들의 인생을 송두리째 뒤집어엎고도 뻔뻔스럽게 자기네 갈 길을 묵묵히 가고 있단 말인가? 까닭도 알 수 없다. 행복을 푸른 보자기에 수놓으며 가난과 외로움과 헤어지기 위해 애썼던 날들. 눈 쌓인 겨울 산에서 새파랗게 쏟아지는 희망을 날마다 손발이 동상에 걸리도록 베어 날랐다. 태산같이 높고 험한 산에서 사지의 그림자가 볼과 입술에 입맞춤할 때도 가느다란 희망파람들을 잡고 견뎌온 사람들. 몸과 영혼이 천근만근 물먹은 솜처럼 늘어져 살아가는 발걸음이 무거워도 산속에서 발갛게 홀로 익어가는 산딸기 숨소리 소리소리 붉게 마시며 몸과 영혼의 허기를 견뎠다. 힘내라고! 등 뒤에서 살며시 안아주며 속삭이던 희망을 작약꽃처럼 터트리며 견디고 또 견디도록 달빛이 늘 따라다녔다. 문득, 길들을 밝히다 그림자도 남기지 않고 흔적 없이 사라져버린 빛이 그리워 가슴 시린

날. 여기저기서 물속이든 나뭇가지든 가리지 않고 밤마다 내려와 어둠을 밀어내며 놀아주던 달들이 흔적 없이 다 닳아 초승달이 되어 가슴이 움푹 파진 날. 오늘이 꼭 그런 날인 것이다.

추위로 떠는 저녁엔 하늘에 별들도 함께 떨었다. 땅 어디에 내려 앉지 못하고 서성이며 글썽이는 별빛이 외로워 창문 두드리는 소리는 어깨 들썩이는 탄식 소리로 깊이깊이 새겨진다. 삶의 아픔을 치료할 행복에는 언제쯤 저 푸르른 자유의 날개가 돋아날까? 풀 한 포기 없는 저 하늘을 날개들은 자유로이 날아다니지 않는가! 사는 것은 달의 뒷면에 숨은 신비한 기호를 캐내는 일은 아닐까? 아니면 젖은 달 가슴속에 있는 무서운 비밀을, 그러니까 끔찍한 혼돈을 밝혀내는 일은 아닐까? 두렵다. 살면 살수록 불안과 의심과 고통의 줄기만 푸르게 자라나고 어스름이 깔린 시간이면 부드러운 바람과 구름 조각들이 머릿속으로 스며들었다가 아침이 되면 서서히 실체를 드러내는, 포근한 햇살은 아무 연구도 발표해주지 않는다. 숲도 꽃도 바람도 폭포도 달빛들도 어떤 비답도 들려주지 않는다. 그저 답답함을 하소연하면 고개만 *끄덕끄덕* 살래살래 들어주는 것만으로 치료가 된다는 믿음인지 그 통속을 알 수 없는 일이다. 부정도 긍정도 하지 않는 묵묵함으로 계절에 따라 그저 푸른 피와 푸른 몸짓들만 피웠다 지웠다, 반복하며 그렇게 서 있는 주변부들. 가족이란 이름으로 테두리를 씌워놓고 찌푸린 눈살 거만하고 폭력적인 말, 경멸 같은 시선, 냉담한 태도를 소낙비처럼 맞고 살아야만 하는지? 하고 신에게 물으면 신답게 생명 바퀴만 굴리며 그림자처럼 적막한 묵음 경전만 읽고 있다.

그때마다 돌아서서 자식이라는 희미한 희망등을 들여다본다. 자신의 가슴에서 부는 바람처럼 슬픈 운명 씨들이 세포 구멍마다 스며든다. 두 손바닥을 낡아 삐걱거리는 대문에 얹고 손등에 얼굴을 대고 울어본다. 내가 졌다 졌다 졌다 졌다. 어디선가 북 우는 소리가 들린다. 둥둥둥둥 삶을 견디는 일은 무덤 곁에서 밤을 새우는 비석보다 더 창백한 일이다. 이 세상에 우글거리는 비굴들은 다른 곳으로 떠나지 않고. 왜? 산촌녀들의 가슴에 틀어박혀 단 한 사람에게도 생략하지 않고 돌덩이처럼 자리를 잡고 있는지? 기쁨을 앗아가 뒤틀린 날들 자신들의 표류하는 마음을 붙들어 매며 수직으로 부는 바람을 곡선으로 막아야 하는지? 그럴 때마다 차갑고, 창백하고, 가혹하게 불어대는 수직 바람의 숨소리를 들으며 상처받고 신음하고 불안해해야만 하는지. 비참한 자신을 빚어준 신을 원망할 힘조차 잊게 만드는 그 어떤 신기루. 눈앞엔 온통 앞을 분간할 수 없는 먹구름이 짙게 깔리고 있다. 먹구름 아가리에 곧 먹히고 말아도 누구 하나 구해줄 손 없이 외롭게 벼려진 자신의 숨소리가 물레방아 돌아가듯이 운명을 돌려야만 한다.

당산나무 가지에는 끝없는 전설들이 걸려 앙상앙상 울고 있다. 산촌녀들 마음속 당산나무 가지에는 여승의 뒷모습보다 창백하고 슬픈 울음이 살고 있다. 모든 것을 벗어던지고 어딘가로 근심도 걱정도 불안, 초조도 없는 햇볕 따스한 그 어떤 곳으로 달아나서 몇 달쯤 푹 잠자고 싶다. 상처 입고 불안해하며 비통과 울분으로 가득한 내면을 환기시키고 슬픔을 탁월하게 치료해줄 능력자는 어디에도 존재하지 않는단 말인가. 행복은? 참삶은? 어디에 있단 말인가. 달녀는 자신의 운명을 향해 더 험한 세상이 험난한 일들을 장전하고 출렁출렁 건너오고 있음을 육감적으로 아는 걸까? 칼바람보다 더 세찬 바람이 갈기를 휘날리며 그녀를 향해 달려오고 있음을 예견하는 걸까?

주술에 걸린 시간들

10

어둠도 내일의 밝음을 기약하며 내리니 아무리 힘든 시간 또한 내일의 영롱하고 아름다운 빛을 기다리며 이를 물고 버티는 것이 진정한 삶인가? 내일의 행복을 위해 오늘을 이렇게 숨죽이며 견뎌야 하는가? 저 먼먼 산 뒤 어느 구석에 있을 행복을 찾기 위해 지금을 희생하는 삶이 진정한 삶인가? 무관심으로 사라지는 숨소리들 꺼지지 못하고 또 내일의 대문을 열어야만 하는 숙명 같은 숨소리는 도대체 누가 관장하는 걸까? 숙명을 관장하는 신이나 그 무엇을 찾아 천둥이 울고 새가 울고 그들의 울음을 빌려 뱃속 가득한 울음을 다 쏟아내고 나면 속이 좀 후련할까?

젊은 물기들은 짓눌리는 억압 속에서 바싹 말라버린다. 싱싱하던 숨소리도 화석처럼 굳어버리면 다시는 되돌릴 수 없다. 그들, 군림자들 몸에서는 지독한 독 냄새가 풀풀 날아 나온다. 바람으로 빚어지고 흙으로 다져진 혀 속에 감춰둔 붉은 경을 배롱나무가 매롱매롱 혀를 내밀며 읽는다. 될 대로 돼라. 될 대로! 바람이 철썩이며 본질의 무게를 삼키고 있다. 거품을 토해내며 생지랄 같은 혼란한 현실은 어두운 밤을 끌어낼 생각도 없다. 모래 위에 지은 집 같은 자신의 인생이 연갈색 바람에 다 부서지는 밤. 누군가 자신의 길이 잘못된 길이라 되돌아오길 종용한다. 되돌아간들 아무것도 좋은 기억이 없는 시간인데. 어쩌라고어쩌라고 빌어먹을! 환장할! 니에미랄! 날들은 왜 이리 진딧물처럼 매달려 떨어지지 않는지? 단말마의 비명이 귓전을 맴돈다. 달빛은 밤새 달녀의 마음을 헛바늘이 돌도록 핥지만, 고통을 줄여주지는 못한다.

이웃과 주위, 그 소백산과 태백산 정기를 품은 산기슭에서 온통 슬픔 싹이 방금 면도한 남자의 턱에서 수염이 자라듯이 파르라니 자라나고 있다. 싱싱한 슬픈 빛 슬픈 보랏빛! 신들은 이 슬픈 상처의 넝쿨을 키워놓고 푸른 날들을 다 갉아먹고 있다. 유령이 아니고 미치광이가 되지 않고는 이 가슴에 박힌 이 깊숙한 가시들을 어찌할 것인가! 저주받은 슬픔의 갈기들이 갈기갈기 시퍼렇게 날을 세우고 생을 통째로 삼켜버릴 눈 허리 휘어진 신들이여! 환상과 현실의 집 두 채를 지어놓고 한 번도 다녀간 적 없는 다리를 놓고 있는 건지 실패의 생들이 일탈의 궁리와 깨달음의 나날을 다 먹히고 있다. 문둥이 같은 찬가를 부르며, 보리깜부기 같은 꿈을 꾸며, 햇살이 묻은 양지를 깔고 앉아 조막손을 소매 단 속으로 감추고 있는, 생들은 단 한 번도 양지의 삶을 번역한 적 없이 그늘에서만 살았던 것이다.

　구부러지거나 부러지거나 지켜야만 하는 삶 낮은 목소리로 낮비가 온다. 낮비가 온다. 실패한 날들은 어디서 보상을 받으라는 건지 푸른 감정으로 가득한 풀들만 푸른 바람에 일렁이고 있다. 자궁문은 블랙홀이다. 블랙홀을 무사히 통과한다는 것은 얼마나 장엄한 일인가. 안부를 묻는 엽서 한 장 띄울 수 없는 그 어떤 곳. 봄이는 거기에 갇혀서 종신형을 받고 있다고 생각하니 추루룩추루룩 흘러내리는 슬픔 고랑 물소리가 이 우주를 슬픔의 바다로 만들고 있다. 슬픔 바다에 떠내려가고 자신은 무엇을 잡고 헤어나야 한단 말인가. 야윈 소리로 밤새 달려드는 위험한 손짓 깜부기 같은 봄이의 마지막 말이 골수를 짜내고 있다. 윤회 할머니의 별 뜻 없는 말을 들은 후부터 고통보다 더 고통스럽다. 아직 아무것도 정확한 것이 없는데 안정을 잃어가며 생활 전체가 흔들리는 자신을 이해할 수가 없다. 방황으로 이렇게 공상으로 시간을 메우기만 해도 되는 건지, 다른 방법은 없는지조차도 생각하지 못하고 있다.

판도라 상자

　아무도 용의 비늘을 건드린 적 없다. 아무 잘못도 하지 않았건만 사흘 밤낮 동안 세상을 흔들며 우주를 한입에 집어삼킬 듯 으르렁 거리며 용솟음치던 비바람이 그 너불거리는 붉은 혀를 빼물고 턱, 나자빠진다. 태풍은 허연 이빨을 드러내며 으르렁 크르릉 닥치는 대로 물어뜯어 한 해 동안 애써 지어놓은 농사가 장례식장으로 변해버렸다. 누렇게 서서 토실토실한 고개를 숙이고 일렁일렁 황금빛 희망을 주던 들판을 봄부터 가을까지 농부들의 피땀을 사흘 밤낮 동안 뼈 하나도 남기지 않고 통째로 다 먹어치워버렸다. 남의 나라를 짓밟아대는 일본 놈들과 동류항이다. 소백산 자락은 허망한 눈 부리로 허탈함에 빠졌다. 보고 또 봐도 흔적조차 남기지 않고 쓸어간 논과 밭엔 망연자실이 가득하다. 남은 목숨들 햇살 한 모금이라도 구해보고자 먹구름을 잡고 안간힘을 써야 하지만 마을 사람들은 그마저 포기한 듯하다.

허망함 속에서 알곡 빠져나간 껍질 같은 몸을 웅크린 채 떨고 있는 소백산 기슭 산촌 동네. 아침 들판엔 나락 대신 누런 절망이 바글바글 모여들고 있다. 저 멀리서 젖은 비구름 냄새가 비구비구비구비구 역하게 몰려오고 있다. 슬픔과 절망이 골골마다 시퍼렇게 넝쿨 진 소백 골짜기. 단 사흘 태풍의 만행은 평생 황무지를 개간해서 일구어놓은 논밭과 어렵게 목숨을 얻어 태어난 사람들의 목숨을 한순간에 모두 삼켜버렸다. 목숨과 피와 땀을 강탈해 간 허탈함에 온 동네가 급류와 흙탕물에 빠져 허우적거리는 아침. 쨍그랑 깨질 것같이 맑고 투명한 하늘은 시치미 뚝, 떼고 언제 무슨 일이 일어났냐는 듯 아무렇지도 않게 하루를 열고 있다.

　가을바람은 온 동네를 절망으로 흔들고 있다. 빈 골목들과 신작로 길들을 모두 부숴버려 형체도 알아볼 수 없다. 길조차 찾을 수 없는 비장함에 바다에 둥둥 떠서 물맴을 도는 물너울처럼 그 자리서 맴돌고 있는 동네 사람들. 소백의 핏줄인 물줄기들은 희망을 모두 다 떠내려 보내고 발조차 동동 구르지 못하는 처지가 되고 말았다. 붉은 참혹! 검은 참혹! 푸른 참혹! 고장 난 수도꼭지처럼 줄줄 흘러내리는 참혹함에 살아남은 자들의 안도도 모두 삭제되고 없다. 들쥐조차 먹을 것을 찾아 참담한 들을 피해서 쥐구멍에 있다. 흙더미가 사체로 여기저기 무더기무더기 나뒹군다. 안쓰러운지 햇살이 가만가만 빛을 쬐어 말려주고 있다. 망연자실한 사람들 앞에 미친 바람은 긴 눈썹을 흩날리며 망자처럼 떠돌고 있다. 보랏빛 기대와 검은빛 상실 사이에서 가을은 으르렁카르릉 카르릉캉카르릉 보랏빛 기대와 푸른 희망을 모두 물어뜯어 만신창이로 만든 이 허허로운 공백을 어찌 감당할지.

　이 큰 천형의 재앙 앞에 모두들 침묵을 둘둘 두르고 안부 말조차 건네지 못하고 눈으로만 살고 있는 아침, 무시무시한 재앙 앞에 선 사람들은 어찌 해볼 수 없는 운명에 허우적거리고 있다. 살아남은 자들의 고통은 어쩌면 죽은 사람보다 더 큰지도 모른다. 조재기란 한 동네에서만 사람 40명을 끌고 가고 짐승 50여 마리를 끌고 갔다. 집 아홉 채를 부숴버리고 황무지를 개간한 수백 마지기 논들은 모두 물살의 밥이 되었다. 집집이 피해 상황은 산자의 입에서 입으로 황당함과 슬픔이 되어 둥둥 떠돌아다닌다. 조재기는 집들이 산 바로 아래에 위치하고 냇물이 많이 흐르는 곳이라 뒷산이 무너지면서 피해가 심해 비참함이 하늘을 덮고 있다. 한 동네에 피해만 이 정도니 몇 개 면 전체를 합하면 그 피해는 다 헤아릴 수 없을 만큼 참담할 것이다.

박살난 집의 피해 상황은 박살난 할머니 박살난 아버지 박살난 어머니 박살난 고모 두 명 박살난 그리고 박살난 동생 둘 소 세 마리까지 숟갈 몽둥이 하나도 남기지 않고 싹 쓸어가버렸다. 집이 어디에 있었는지조차 모를 정도로 흔적 없이 잔인하게. 시체 한 구도 찾지 못했다. 슬픔의 풍경을 휘감고 돌아가는 박살난 가족, 낯익은 것들은 모두 공중분해되고 말았다.

진저리 집은 진저리 할머니 진저리 할아버지 진저리 어머니 진저리 삼촌 소 다섯 마리까지 다 쓸어가고 열 살 난 진저리와 진저리 아버지 둘만 간신히 살아남았다. 두 부자는 산사태가 무너지기 직전에 논둑이 터졌다는 소릴 듣고 논둑을 막으러 간 사이에 산사태가 집을 덮쳤다. 차라리 함께 못 죽은 게 죄라며 진저리 치며 울부짖는 진저리 아버지의 울음은 짐승의 울부짖음보다 더 가혹하게 들렸다.

피해자 집은 피해자 언니 피해자 오빠 피해자 그리고 피해자 여동생 또 불개 여섯 마리도 다 쓸어가버렸다. 집터도 흔적 없이 다 떠내려갔으나 친척 집에 다니러 간 피해자의 아버지와 어머니는 자신들의 자식들이 쓸려간 것도 집이 날아가버린 것도 아무것도 모르고 있는지 알고 있는지도 모르는 상태다. 어쩌면 모르고 있는 시간이 길수록 조금이라도 불행의 시간을 줄이는 일인지도 모를 일이다.

피바다네 집은 그야말로 피바다가 되었다. 피바다 아버지 피바다 어머니 피바다 아내 피바다와 피바다 아들 다섯 불개 한 마리 소 세 마리 집까지 깨끗하게 물살이 다 훑어가버렸다. 피해자네와 친척 간이 모두 낭패를 당한 것이다. 그야말로 씨도 안 남기고 모조리 훑어가버렸다.

한순간 집은 한순간의 아내와 한순간의 두 딸과 돼지우리를 모두 거두어 가버렸다. 한순간은 혼자 남는다. 한순간 역시 비가 마구 쏟아지자 밭둑이 무너질 것을 걱정해 밭에 나가 밭둑이 밀려 무너지는 걸 삽으로 막고 있는 사이 산사태가 밀려오는 바람에 목숨을 붙든 것이다.

한심해 집은 한심해 할아버지 한심해 할머니 한심해 어머니 한심해 아버지 한심해 고모 둘 한심해 형 둘 한심해 그리고 한심해 동생 셋 소 우리 전체와 흑염소 두 마리 불개 세 마리가 모두 흔적도 없이 사라져버렸다. 언제 있기나 했나? 싶을 만큼 흔적도 없이 사라져버린 한심해네는 기별해줄 가까운 친척 한 사람도 모르는 상태다.

이 망망대해 같은 슬픔에 빠진 동네. 태풍은 그야말로 한 동네를 아수라장으로 만들어놓고 떠났다. 많고 적고 차이지 몇 개 면 소재지 전체가 급작스럽게 닥쳐온 이 천재지변 앞에 아무런 대응도 못 하고 속수무책으로 당하고 만다. 모두 만나면 인사가 피해 안부다. 사람이 죽지 않고 전답만 소실되거나 짐승이 모두 떠내려 간 집안은 입도 열지 못할 정도로 참혹하다. 참혹과 혼란이 온 동네를 지배하고 전부를 흔들어대고 있다. 일 년의 굶주림을 혹은 평생의 굶주림을 감당해야 할 산촌 사람들의 인생. 밤이면 늑대 울음이 흐르륵측측 츠르륵흑흑 날카로운 이빨을 세우고 부엉이 울음은 부부부 엉엉엉 갈기갈기 찢어지는 울음을 토해낸다. 그러나 가을은 아무것도 모르는 척 제 갈갈만 휘적휘적 달려가고 있을 뿐이다. 아무런 죄도 없는 듯 자연스럽게 걸어가고 있다. 나뭇가지마다엔 잠언들이 매달려 겨울을 기다리고 고통스러운 맘조차 선물이라 여겨야 한다며 살아 있는 가지마다 열매를 붉게 익히고 있다.

아프다는 말들조차 묻혀버리는 시간. 혼신의 힘으로 부르짖어도 막막한 절망의 메아리로 돌아오는 막연함. 아픈 고통의 피로 얼룩진 마음들이 모여 돌 같은 침묵으로 뒹굴어 다닌다. 까마귀보다 검은 아픔이다. 날마다 기적 같은 하루하루를 삶아 빨아 말리고 해진 곳을 깁고 다듬이질로 구김살을 펴가면서 살아내야만 하는 동네. 아무리 큰 재산을 아니 전 재산을 다 앗아간들 목숨하고 바꿀 수야 없지 않은가! 서로가 서로에게 살아남은 자들이 죽은 자를 보며 위로를 보태고 있다. 달녀는 이 막막함을 보면서 생각한다. 인간은 작은 불행을 크게 여기고 연연하며 고민하다가 더 큰 불행이 오면 그때야 그 불행쯤은 아무것도 아니라며 그 불행을 밀어내고, 다시 조금 더 큰 불행에 연연하며 고민하다가 또 더 큰 불행이 오면 그때는 또 큰 불행을 밀어내고 더 큰 불행에 연연하고 고민한다. 이렇게 보잘것없고 바보 같은 영혼이 머리를 가득 채운 것이 만물의 영장이란 말인가?

새들이나 날짐승들은 배가 부르면 더 먹지 않는다. 인간처럼 쌓아놓지도 않는다. 그렇게 가볍게 가볍게 사는 덕분에 새 눈물은 늘 푸르고 새 종아리는 늘 가늘고 새 날개는 하늘을 훨훨 날아다닌다. 인간은 먹고 남으면 모아서 곳간을 만들어 재앙을 쌓아둔다. 그래서 늘 곳간에는 재앙들이 우글거리고 사는 것이다. 그러나 지금은 그야말로 끼니를 걱정해서 낭패를 맞아야 한다. 이제 어디서부터 무엇을 해야 하는가? 길 위에서 길을 잃고 헤매는 사람들. 이 막막하고 암울한 때 나락은 바람이 다 눕혀서 벨 일도 없고 들판에 할 일을 생각조차 할 수 없다. 달녀는 어쩌면 이 재앙이 또 다른 모습의 복으로 돌아오지 않을까? 재앙 숲을 보면서 희망을 건지려는 생각에 잠기고 있다. 그러다가 벌떡 일어서는 마음속 시 한 수를 꺼내 든다. 서산대사가 입적하기 전에 읊었다는 시 한 수를 읊어본다.

서산대사의 해탈 시

근심 걱정 없는 사람 누군고

출세하기 싫은 사람 누군고

시기 질투 없는 사람 누군고

흉허물 없는 사람 어디 있겠소

가난하다 서러워 말고

장애를 가졌다 기죽지 말고

못 배웠다 주눅 들지 말고

세상살이 다 거기서 거기외다

가진 거 많다 유세 떨지 말고

건강하다 큰소리치지 말고

명예 얻었다 목에 힘주지 마소

세상에 영원한 것은 없더이다

잠시 잠깐 다니러 온 이 세상

있고 없음을 편 가르지 말고

잘나고 못남을 평가하지 말고

얼기설기 어우러져 살다 나가세

다 바람 같은 거라오 뭘 그렇게 고민하오

만남의 기쁨이건 이별의 슬픔이건

다 한순간이오

사랑이 아무리 깊어도 산들바람이고

외로움이 아무리 지독해도 눈보라일 뿐이오

폭풍이 아무리 세도 지난 뒤엔 고요하듯

쓸쓸한 바람만 맴돈다오 다 바람이라오

버릴 것은 버려야지

내 것이 아닌 것을 가지고 있으면 무엇하리오.

줄 게 있으면 줘야지

가지고 있으면 뭐 하겠소.

내 것도 아닌데 삶도 내 것이라고 하지 마소.

잠시 머물다 가는 것일 뿐인데

묶어둔다고 그냥 있겠소.

흐르는 세월 붙잡는다고 아니 가겠소.

그저 부질없는 욕심일 뿐

삶에 억눌려 허리 한번 못 펴고

인생 계급장 이마에 붙이고 뭐 그리 잘났다고

남의 것 탐내시오.

훤한 대낮이 있으면 깜깜한 밤하늘도 있지 않소.

낮과 밤이 바뀐다고 뭐 다른 게 있겠소?

살다 보면 기쁜 일도 슬픈 일도 있지마는

잠시 대역 연기하는 것일 뿐.

슬픈 표정 짓는다고 하여 뭐 달라지는 게 있소.

기쁜 표정 짓는다고 하여 모든 게 기쁜 것만은 아니오.

내 인생, 네 인생 뭐 별거랍니까?

바람처럼 구름처럼 흐르고 불다 보면

멈추기도 하지 않소.

그렇게 사는 겁니다.

　이 시 한 수로 달녀는 가슴을 쓸어내려 빗질을 하고 서산대사의 말씀을 몸 세포마다 모종하며 일상으로 돌아갈 준비를 하고 있다. 차마 죽지 못하고 울타리를 타고 올라 붉은 울음을 토해내며 동네 사람들을 위로하며 함께 울어주는 장미를 보며 달녀는 고맙다고 다독이다 쓰다듬는다. 향기를 폴폴 불어내며 힘내라고 힘내라고 온몸을 흔든다. 힘을 얻어 마음을 쓰다듬으며 방으로 들어가니 아들이 또 경기(驚氣)를 하고 있다. 눈을 허옇게 뒤집으며 입에 거품을 벅적벅적 내놓으며 온몸이 뜨거운 불에 오징어처럼 뒤틀리는 아들의 몸을 보며 아무 도움도 못 주는 무능력한 어미인 자신이 원망스럽고 안타깝고 세상에 어떠한 부족한 수식어와 단어를 다 갖다 붙여도 모자랄 만큼 죄스럽다. 달녀는 할 수 있는 일이란 게 고작 아들에게 어떤 처방이나 나을 방법도 못 구하고 고작 하는 일이 경기(驚氣)가 떨어져 나가길 기다리며 아들이 낫기를 간절하게 기도하는 일뿐임에 절망을 느낀다.

　낙엽이 휘날리고 추위가 극성을 부리기 전에 아이의 경기(驚氣)

가 낫도록 해야 한다는 조급한 마음에 미신이라고 믿던 일을 또 해본다. 장독대에 정화수를 떠놓고 시어머니 나벨라를 흉보던 그녀가 그 시어머니가 되어 두 손을 비겁하도록 싹싹 비비면서 제발! 우리 아들에게서 경기가 떠나가게 해달라고 빌고 또 빈다. 경기(驚氣)도 놀랐는지 경기(驚氣)가 또 아이한테로 달려든다. 그동안 온 동네를 쓸고 간 태풍 때문에 약도 못 먹이고 침도 못 맞히고 소홀한 틈을 타서 그놈의 경기가 또 기승을 부리면서 아이한테 달려드는 것이다. 서둘러서 아이를 데리고 연화동 의원 댁으로 향한다. 다행스럽게도 꾀병처럼 아이는 언제 아팠냐는 듯 환하게 웃으며 어미의 손을 잡고 따라나선다. 가는 길은 다 유실되고 남아 있는 논 귀퉁이를 따라서 간신히 걸음을 옮긴다. 어디에 숨어 있다가 나타나는지 가을바람이 살랑살랑 꼬리를 흔들면서 따라온다.

윤회 할머니의 쌉싸름한 말이 바람을 타고 그녀의 이마에 주름을 날라대고 있다. 여승의 뒷모습보다 서러운 앞날이 달려오고 있다. 들판엔 누렇게 익은 향들이 쓰러져 마구 뒹굴고 있다. 이 풍년다운 가을을 한입에 다 삼켜버리는 신들이 참으로 잔인하다는 생각을 한다. 새 떼들은 먹이를 잃은 들판을 기웃거리며 서러운 눈물을 포리포리포라리 리리리리포라리 날리고 있다. 한 번 떠나간 봄은 다시 돌아올 생각도 않고 여름이는 가을에 경기(驚氣)를 잃고 있다. 소백산 젖줄 같은 말만 이어붙인 삶. 해답 없는 생각들에 때 아닌 소쩍새 우는 소리가 솥 작다 솥 작다 환청으로 섧게 우는 슬픈 가랑잎 같은 시절이다. 달녀는 여름이를 앞세우고 슬픔으로 누운 벌판을 지나 연화동으로 향한다. 먹을 것도 없는 벌판에 새떼들은 혹시나 하는 마음에 떼로 몰려들어 눈을 굴리며 햇살을 쪼아 먹고 있다.

엄마 새는 왜? 손이 없어요? 어미 손을 잡고 가던 아이가 뜬금없는 질문을 한다. 응, 손이 없는 대신 사람에게 없는 날개를 주었제. 그래믄 엄마 날개하고 손하고 바꿀 수도 있어요? 아이의 엉뚱한 물음에 말문이 막혀 대답이 궁해진다. 이 어린것한테 어찌 대답을 해줘야 시원한 대답이 될지. 아니 태어난 이상 바꿀 수는 없제. 여름이는 날개가 좋아? 야, 날개가 있으믄 맨날맨날 윤회네 집에도 날아가고, 저 멀리도 날아가보고 참 재미있을 것 같더. 그래 그래믄 너도 공부 열심히 하고 책 마이 읽고 훌륭한 사램이 되믄 날아다닐 수도 있제. 참말로요? 아싸! 신난다. 엄마 나 열심히 공부하고 책도 마이 읽어서 훌륭한 사램 될래요. 그래서 한분 날아보고 싶어요. 쥐눈이콩보다 더 까만 눈동자를 초로롱초로롱 굴리며 호기심을 반짝인다. 그럼 그래야제. 공부 열심히 하고 책 마이 읽을라믄 아프지 말아야 하니까 얼릉 침 맞자. 얼릉 나아서 책도 마이 읽고 공부도 열심히 하고 그래자. 야, 근데요 엄마! 그래믄 왜? 새는 발꼬락이 니 개밖에 없어요? 나는 발꼬락이 다섯 개나 있는데요. 그건 아마도 엄마도 잘은 모르재만 새가 낭구가지에 앉을 때 떨어지지 않고 안전하게 하려고 사램하고 달리 새 발꼬락은 한 개가 뒤쪽에 붙어 있는 거 같다. 네 개인 건 공중을 날 때 조끔이라도 무게를 덜기 위한 게 아일까? 새들은 공중을 날아댕개야 하니까 뱃속에 오짐이나 똥도 마이 안 담아둔단다. 그래고 새는 손이 없는 대신 먹이를 잡기 좋게 부리를 달아주었제. 아하! 그래믄 새를 만든 사램하고 사람을 만든 사램하고 같은 사램인가 봐요? 그래믄 같은 사램이 만들었겠제. 그래이 짐승한테 없는 것 사램한테 주고 사람한테 없는 것 짐승한테 주고 그랬겠제. 아하! 그릏구나. 엄마는 왜? 모르는 게 없어요? 모르는 게 없는 게 아이고 모르는 거 빼놓고 다 아는 거야. 그래고 사람은 착한 맴을 가지고 살믄 안 보이는 거 없이 다 보인단다. 맴속까짐도. 그래이까 착하게 아프지 말고 살아야 해. 알았제? 야, 엄마. 진짜진짜 하늘맨치 땅맨치 착하게 살래요.

팔을 둥그렇게 말아 세상을 감싸는 흉내를 낸다. 저 해맑은 아이한테 고놈의 병균이 왜 매달려 괴롭히는지 또 답답한 마음이 밀려온다. 들판은 젖가슴을 다 풀어헤치고 누워 우리 인간들에게 산더미 같은 참회와 교훈을 서술하고 있다. 굶주림 위에서 일어서야 하는 이유를 어제의 有가 내일은 無로 변할 수 있다는 변론을 늘어놓고 있다. 익은 겸손을 가르치고 있다. 아이의 질문에 진땀을 빼고 눈이 참담한 들판을 보며 또 심란한 마음을 어쩌지 못하며 걷는 사이 연화동에 도착한다. 윤회네 집으로 먼저 간다. 변함없이 윤회 할머니가 반겨주신다. 첫인사는 역시 피해 안부다. 말하기도 마안하제만 거게도 피해가 컸제요? 야, 전멸이씨더. 올해 농사는 다 접었니더. 우리만 그른 것도 아이고 전부 다 베락을 맞았으이 우째니껴. 때리기만 하제 베락을 맞지도 않는 저 육시랄 하늘에서 한 짓을 사람이 우쩰 수 있니껴? 올해 잘 넘기믄 또 내년이 있잖니껴? 사람 잃은 집하고 논밭 떠내래간 집들이 안됐제요. 참말로 안부가 늦었니더. 윤회네는 피해가 마이 없니껴? 다행인지 불행인지 우리 논은 태풍이 피해 갔다이더. 그릏치만 사람 사는 일이 우째, 우리만 괜찮다고 어데 괜찮을 수 있니껴? 모도가 난리가 나서 아우성을 치는데. 이웃을 보믄 복장이 까맣게 타들어가니더. 사는 게 사는 게 아이씨더. 이웃이 핀안해야 다 핀한 기제요. 연화동도 전멸이씨더. 우리 논은 움푹 디간 징커리논이라 그나마 베락은 피해간 거 같니더. 달녀는 윤회 할머니 말을 받아 손바닥에 놓고 곰곰 생각한다. 저 노인 말속에는 아주 소중하고 따뜻한 인간미와 나눔의 미학이 들어 있다고.

두 녀석은 동기간이라도 만난 듯 반가워서 얼싸안고 한바탕 난리를 치더니 어느새 소꿉장난하며 도란도란 놀고 있다. 우리 여름이 침 맞으로 가야지. 야, 엄마 가께요. 하고 일어서니 윤회도 덩달아 일어서서 같이 가겠다고 나선다. 윤회 할머니는 치맛자락을 툭툭 털면서 아 어마이가 맴이 핀해야 아 도 얼릉 낫제.

주술에 걸린 시간들

11

아들 메느리가 식전에 들에 가서 안죽 안 왔니더. 아직밥을 못 미게서 아직밥 미기야 하니더. 미안하지만 오늘은 혼자 댕게오소. 대가리 꼬리 다 잘라버린 말을 던지고는 우리끼리 다녀오라고 한다. 두 녀석은 누가 먼저랄 것도 없이 함께 신기한 의원 댁으로 팔짝팔짝 깨금발을 뛰며 손을 잡고 뛰어간다. 의원 어른은 마루에서 하얗게 한복을 입고 책을 읽고 앉아 있다. 아이들을 본 의원 어른은 얼굴이 나팔꽃처럼 환하게 퍼진다. *얼룽 오그라. 일찍 왔구마. 멀리서 일찌거이 오시느라 욕 봤니더. 일로 올라오소.* 웃음이 가득 번져 수염까지 바람에 나부끼는 억새꽃처럼 하얗게 곱다. 눈 속에는 평화로움이 번져 나왔고 마룻바닥을 통통 두드리는 손이 시골에 사는 사람 손 같지 않게 참 하얗고 곱다는 생각을 한다.

아이는 제법 어른스럽게 고개를 꺾어 인사를 한다. 기특이 햇살에 반짝인다. *엄마. 오늘은 엄마 저짝에 있어도 내 혼자 침 맞을 수 있니더.* 하면서 제법 어른스럽게 철이 든 말을 한다. 그리곤 의원 어른을 향해 *의원 할배요. 지 혼자도 침 맞을 수 있니더. 내 씩 씩하제요?* 제법 씩씩하게 의원 어른 옆으로 바짝 다가가 앉는다. 의원 어른은 만면에 미소를 흘린다. *그름그름 그동안 더 마이 컸구 만. 인제 침 맞고 나서 핵교 가자. 공부 잘해서 장군 되이지. 장군 이 될 사램은 침이 한 개도 겁 안 나제. 씩씩하게 잘 맞제. 자 얼릉 맞자.* 아이를 달래 기분을 맞춰놓고 데리고 방으로 들어간다. 윤회를 데리고 밖에서 기다린다. 아이는 혼자서도 씩씩하게 콩당콩당 뛰어노는 걸 보고 있는데 *엄마 침 다 맞았어요. 나 대개 씩씩하제 요?* 하고 어미를 쳐다보며 칭찬을 찾으며 아이가 나온다. *그름 씩 씩하고말고. 시상에서 우리 여름이가 제일 씩씩하지. 우리 여름이 최고다.* 엄지손가락을 들어 보이며 칭찬을 던지자 좋아서 팔딱팔 딱 뛴다.

조금 있자 의원 어른은 사탕 두 개를 가지고 나오신다. *자 안 울고 아프다 소리도 안 하고 씩씩하게 침 잘 맞았으이 이거 상이다.* 아이 들에게 눈깔사탕 하나씩을 나누어주신다. 사흘 후를 약속하고 의원 어른 댁을 나온다. 아이들은 여전히 손을 잡고 자갈길을 잘도 걷는 다. 길가에는 적홍색 꼬투리에 십자로 벌어진 빨간 열매가 허공 가 득 불을 켜 들고 꽃보다 예쁘게 걸려 있다. 노박덩굴 또는 *다래몽뎅* 이라고도 불리는 열매다. 가을이 되면 붉게 익은 열매와 노란 꼬투리가 서로 조화롭고 예쁘게 잘 어우러진다. 그래서 금홍수(金紅樹)라고도 하고 다른 이름도 가지고 있다. 십자로 벌어진 노란 꼬투리에 빨간 열매가 태풍으로 어두워진 벌판을 환하게 비추고 있다. 가을 길을 비춰주면서 모두 다 잃고 시름에 잠긴 채 남아 있는 모든 것에게 위로를 주고 있다. 저것들은 겨울이 되면 허기로 굶주리며 먹이를 찾아 헤매는 뭇 산새들의 먹이가 기꺼이 되어주고, 봄이면 또 새의 뱃속에서 빠져나와 번식을 시도하겠지. 열매를 한 방울 따서 잘근잘근 씹어본다. 달짝지근하면서도 쓴맛이 살짝 내비치는 오묘한 맛이다. 소백산 자락 생명들이 잠든 겨울에 꽃처럼 피어 사람들에게 약재가 되기도 하고 예쁜 꽃꽂이 장식도 되어주며 인간과 더불어 산촌에서 살아가고 있는 노박덩굴.

노박덩굴은 마을 어귀나 밭둑 울타리가 야산 둑에서 무리를 지어 산다. 봄이면 파릇파릇한 냄새가 가득 찬 새순을 똑똑 잘라내서 끓는 물에 살짝 데쳐 봄나물을 해 먹기도 한다. 새순은 계란형인 미인형이다. 잎 가장자리에는 작은 톱니가 가지런히 배열되어 어느 명장의 연장보다 정교하다. 이렇게 치밀하게 짜인 자연은 화가도 그릴 수 없는 묘한 자태를 자랑한다. 5, 6월이면 피는 연둣빛 꽃보다 가을 열매가 더 예쁜 나무다. 빨갛게 잘 익은 열매를 따서 말려서 곱게 빻아서 가루를 내어 차로 만들어 마시면 그 맛 또한 일품이다. 여성들이 달거리를 할 때도 생리통을 멈추게 해주는 효과도 있다고 하고 익은 씨는 염증, 방부, 종양을 죽이는 데 쓰인다고 한다. 또한, 뿌리는 말려서 달여 먹으면 암세포를 죽이는 효과도 있다고 한다. 어느 것 하나 버릴 것 없는 다래몽뎅이를 자칫 잘못 발음하면 다리몽뎅이가 된다. 잠깐 모든 근심을 다래몽뎅이에 얹어놓고 정신을 빼앗기고 있다.

산촌에는 병원이 없어 의원들이 처방하는 풀뿌리 처방전이 최고의 처방전이다. 예쁜 열매에 마음을 뺏긴 사이 아이들은 길가에 앉아 꽃들과 놀고 있다. 두 아이를 데리고 윤회네로 간다. 모두 들에서 일하느라 이제야 아침을 먹었는지 우리가 들어서니 밥을 다 먹고 막 밥상을 치우려는 중이다. *침 잘 맞해 오싰니껴?* 윤회 엄마가 반가운 눈길을 보내며 묻는다. *야, 덕분에 잘 맞해가지고 왔니더. 지, 오늘은 지 혼자 씩씩하게 침 맞았니더. 잘했제요?* 중간에 말을 새치기하면서 아이는 자랑스런 표정을 굴리고 있다. *아유 참말로 잘했네. 그래 씩씩하게 혼자 침 맞았단 말이제? 여름이 인제 다 컸구나.* 윤회 엄마의 칭찬에 아이는 얼굴이 환해지면서 어깨를 으쓱 치킨다. 마루에 앉자 윤회 할머니는 화롯불에 구운 감자를 꺼내놓으며 먹으라고 권한다. 껍질을 벗겨서 석쇠에 얹어서 화롯불에 노릇노릇하게 구운 감자가 보기만 해도 군침이 넘어갈 정도다. 하나를 젓가락에 꾹 찔러 내밀면서 자신의 손에 들려주며 먹기를 권하는 윤회 할머니가 고맙다.

올해 우리 감재가 참 잘돼서 분도 마이 나고 맛도 참 좋니더. 한 분 잡사보소. 우리 아들하고 메느리는 밥 먹고 이 감재를 안 먹으

믄 큰일 나는 거 매로 감재를 잘 먹니더. 주는 감자를 받아들어 한 입 베어 무니 온통 포실포실 분 덩어리다. 그렇게 감자 분만큼 포실거리지도 못한 하루가 어디론가 사라지고 있다. 감자를 맛있게 얻어먹고 잘 먹었다는 인사를 남겨두고 집을 향해 발걸음을 옮긴다. 눈을 감고 다니고 싶은 들판을 보면서 오느라 먼 길을 언제 온 지도 모르게 아이를 데리고 집에 도착한다. 또 해야 할 일들이 산더미처럼 기다리고 있지만, 아무것도 할 엄두가 나지 않아 우두커니 마루 끝에 앉아 있다. 시어머니 말 화살이 자신의 심장을 정조준하고 있다. 뱃속이 청승 씨만 가득 자라는지 청승이 팔잔지 에구 내 팔자야! 팔자 도둑은 못 한다디이만 참말로 청승 떠는 팔자는 할 수 없구먼.

잔인한 시간

저쪽 세상을 떠나 우울증과 허허증까지 중병에 걸린 산골 마을의 가을은 망연자실 바닥으로 추락한 민심을 희망의 날로 바꿀 기세는 어디에도 보이지 않는다. 불행한 날들을 행복한 날로 조율할 어떤 계책이나 노력도 보이지 않는다. 만나는 사람마다 서로 말을 아꼈고 만나기조차 꺼렸다. 마음도 몸도 바닥까지 추락했다. 하늘

은 늙은 폐병 환자처럼 창백하고 파리했다. 핏기 없는 하늘은 금방
이라도 바람에 쓸려 흔적 없이 날아가버릴 것 같이 위태롭다. 논밭
이 쓸려나간 자리에 서서 멍하니 초점을 잃고 서 있는 사람들. 얼
굴에는 너덜너덜 찢어진 감정이 펄럭인다. 입에서는 단 김이 풀풀
묻어나온다. 겉으로 보는 상황보다 사람들의 속에 더 많은 정신이
문제를 일으키고 있다.

　이 상황은 어느 신의 손을 잡아야만 탈출할 수 있을까? 사람들은
당산나무에 가서 비는 일조차 하지 않고 있다. 어려움이 있을 때마
다 달려가서 빌던 당산나무, 그 나무조차 사람들에게 버림을 받고
홀로 바람에 흔들흔들 외로움을 달래고 있다. 숨어서 들판을 지켜
보던 노을은 피 울음으로 온 하늘을 물들이면서 어디론가 가고 있
다. 피 울음은 강물마저도 온통 붉게 물들인다. 붉은 시간을 살아
내야 하는 산촌의 한물간 배경 음악 같은 운명. 늘어난 테이프처럼
지지지지지지지지 돌아가고 있다. 아들은 침 맞는데 힘들고 지쳤는
지 오자마자 잠을 베고 눕는다. 달녀는 살아 있는 이상 피할 수 없
는 일상을 건너가기 위해 부엌으로 들어간다. 또다시 예외 없는 일
상이 스며든다. 시어머니 나벨라는 맹장처럼 쓸데없는 잔소리를 혀
밑에서 꺼낸다. 언제나 쓸개즙처럼 쓴 말이 온 입안을 쓰게 물들인
다. *어데 갈라믄 아 를 델꼬 가든가. 진종일 지 에미만 찾는 아 를
두고 정신이 나갔제. 어데가 자빠졌다가 인제사 기어들어 와. 내가
내 밍에 못 죽제. 에이…* 시어머니의 말이 귓바퀴를 짓누르며 지나

간다. 시어머니 말은 늘 비포장도로를 달리는 것처럼 울퉁불퉁하다. 먼지가 풀풀 나서 숨을 쉴 수가 없다.

 야속한 생각을 하다가 문득 머릿속으로 번개처럼 스쳐 가는 생각이 떠오른다. 아차! 그러고 보니 막내 녀석이 종일 엄마를 찾았겠구나. 거기까지 생각이 달려나가자 얼른 막내를 찾아 방으로 간다. 아이는 울다가 지쳤는지 두 팔을 모아 얼굴을 대고 자고 있다. 다리를 구부리고 웅크리고 자는 모습에 안쓰러움이 개미 떼처럼 바글거린다. 아이 눈물이 흐른 자국 따라 땟국물이 주르르 흘러내린 자국, 허겁지겁 아지 죽을 끓여서 여물통에 퍼주고 저녁을 해서 식구들을 먹인다. 저녁을 먹고 설거지를 거른 채 막내를 안고 토닥토닥 잠을 부른다. 다행스럽게도 잠은 얼른 대답하며 품으로 기어들어 온다. 포근하게 자고 있는 아이 얼굴에 평화가 거미알처럼 바글바글한다. 눈꺼풀이 분리되자 또 하루가 문 앞에서 기다리고 있다. 오늘은 일은 뒤로하고 모처럼 막내하고 시간을 좀 보내야겠다는 생각을 한다. 방에서 아이와 잠깐 생각을 앉히기도 전에 시어머니의 인진쑥보다 쓴 말이 또 방문을 열고 들어온다. *논에 나가 넘어졌으나 땅코 나락 쪼매래도 일으키 세울 생각은 안 하고, 방구석에서 머 하고 있노! 입은 싸 봉하고 살라고 그래나. 나락 및 알갱이래도 건재야제, 입에 풀칠이라도 할 거 아이라.* 쓴 물이 온 방을 물들여서 도저히 방에서 막내를 데리고 놀아줄 수가 없다. 그랬다. 어찌 보면 시어머니의 말이 옳다. 올겨울 무얼 먹고 살아야 할지 미처 생각하지 못한 날들이다. 아니 거기까지 생각의 끈이 닿지를 못하고 뒤숭숭 이것도 저것도 손에 잡히지 않고 아이 경기 치료하는 시간 외에는 아무것도 할 엄두를 못 내고 지냈다.

달녀는 또 아이와의 시간을 반납하고 논으로 나가야 했다. *막내야 엄마가 막내하고 놀아줄라 그랬디이만 할매가 나락 일으캐 세우라네. 엄마 논에 나가 나락 일으캐 세우고 올 테이 혼자 놀고 있어. 나도 엄마 따라 논에 갈래. 혼자 심심하단 말이야. 그래. 그래자. 엄마 따라가서 논둑에서 메뚜기 잡고 놀고 있어 알았제. 야, 진짜로요? 야호 신난다.* 저렇게 신이 나서 얼굴이 밝아지는 아이를 집에만 두고 다닌 생각을 하니 마음이 쓰라리다. 막내를 데리고 논으로 나간다. 하늘은 있는 힘을 다해 햇빛을 뿌려대고 있다. 바람에는 제법 서늘함이 섞여 날아든다. 그 어린것이 엄마랑 같이 간다는 것만으로도 신나서 야단이다. 깡충깡충거리며 콧노래를 부르며 어미의 치맛자락을 잡고 따라 걷는다. 막내를 논둑에서 놀고 있으라고 일러준다. 논에 넘어진 나락들을 일으켜 세우기 시작한다. 진흙투성이가 된 나락 이삭들을 일으킨다. 한 포기, 한 포기, 일으켜 세워 흙을 털어주고 막대기를 세워 묶어준다. 막대기에 지탱해서라도 따가운 가을 햇살에 몸을 말리며 덜 채운 몸속을 잘 채워 여물기를 간절히 바라면서. 날마다 이른 아침을 먹고 아이를 데리고 나간다. 일주일을 일으켜 세웠지만 일의 진도는 나가지 않는다. 워낙 흙이 많이 묻어서 흙 터는 데 시간을 다 잡아먹는다.

날마다 막내는 논둑에 앉아서 잘도 놀아줘서 고맙다.

　잠깐 허리를 펴는 시간에 아이가 노는 옆으로 가본다. 아이는 개미 한 마리를 풀잎에 올려 길을 만들어주고 손바닥에서 팔에까지 개미가 지나가게 길을 만들어주면서 개미와 이야기를 하면서 논다. 엄마에게 보채거나 일을 방해하지도 않는다. 무엇이 그리 즐거운지 메뚜기와 놀다 개미와 놀다 콧노래를 불러가면서 혼자 무어라고 소리를 지르면서 놀기도 한다. 이 상황에도 평화가 잠깐 다녀간다. 일을 하다가 아이가 또 어디서 무얼 하면서 노나 하고 허리를 펴고 주위를 살피니 아이가 보이지 않는다. 하늘은 얄밉도록 아무 일도 안 저지른 것처럼 시치미 뚝 떼고 먼지 한 모금도 없이 푸르다. 여름 떫은맛을 모두 삼킨 달달한 바람들이 일렁일렁 묶어놓은 벼의 몸을 말리고 있다. 어딘가에서 놀고 있겠지. 다시 허리를 굽히고 볏단을 일으켜 세워서 묶기 시작한다. 얼른 한 포기라도 더 묶고 어둡기 전에 아이를 데리고 집으로 가기 위해서다. 허리를 굽히던 달녀는 기겁을 하고 뒤로 물러선다. 뱀들이 똥 무더기처럼 한데 엉켜 둥그렇게 몸을 감고 모여 있다. 걸음아 나 살려라, 뛰어서 논 밖으로 나온다. 밖에 나온 길에 오늘은 일을 그만하고 집으로 가기로 맘먹는다. 주위를 불러봐도 아이가 안 보인다. *막내야! 막내야!* 대답이 없다. 집엘 갔나. 집으로 걸음을 부지런히 옮기다가 뭔가 번개처럼 스치는 것이 있다. 아이가 조대흙을 파가지고 사람 모양이나 과일 같은 것을 만들며 놀던 곳이 생각난다. 발걸음을 뒤로 돌린다. 혹시나 하고 그리로 가본다. 예상대로 아이는 거기 앉아있다. 옆에 가보니 흙을 파서 장난감 사람을 만들어 줄로 세워놓고 있다. 잠시라도 바싹 마르던 가슴이 촉촉해진다.

우리 이쁜 막내 잘 놀았어? 인제 그만 놀고 집에 가이지. 야 엄마 쪼끔만 더 만들믄 되니더. 엄마도 한분 만들어보소. 참말로 억수로 재밌니더. 아이가 놀고 있는 가까이 바짝 다가가 앉는다. *와! 사램을 마이 만들었네.* 조대흙을 뭉쳐서 사람을 잘도 만들었다. 많이도 만들어 세워놓고는 싱글벙글하며 묻지도 않은 설명을 하기 시작한다. *이거는 할매 이거는 아부지 이거는 엄마 이거는 사연이 누나 이거는 계절이 형아 이거는 숙명이 누나씨더. 인제요. 여름이 형아하고 가을이 형아만 만들믄 다 만드니더. 엄마 쪼끔만 기다리소.* 아이는 얼굴에 페인트칠한 것처럼 흙을 묻히고 있다. 흙으로 분장을 했다. 그리고는 신이 나서 손가락을 펴서 일일이 설명을 한다. 설명을 끝내고는 다시 만들기 시작한다. 엄마가 온 것도 잠시 잊은 건지, 엄마 보라고 만드는 건지, 어미에게 한마디 말도 없이 자신의 일에 열중한다. 할 수 없이 기다리기로 한다. 누에처럼 통통한 손가락으로 어찌 저렇게 날렵하게 만들 수 있는지. 이다음에 막내는 커서 예술 쪽으로 솜씨가 있을 것 같다는 생각을 하면서 달녀는 실웃음을 짓는다. 세심하게도 만들어 온갖 꽃과 풀잎을 꺾어서 옷까지 만들어 입혔다. 할머니에게는 하얀 차돌맹이 어린 것을 촘촘히 박아서 옷을 만들어 입히고, 아버지에게는 솔방울을

주워서 솔방울 잎을 하나하나 따서 정교하게 옷을 만들어 입혔다. 엄마에게는 토끼풀 잎으로 옷을 만들어 입히고, 머리엔 왕관도 만들어 씌웠다. 차돌 목걸이도 걸어놓았다. 계절이 형에게는 무궁화 꽃잎으로 옷을 만들어 입혔다. 사촌 누나에게는 질경이 잎으로 만들어 입히고, 숙명이 누나에게는 살살이꽃잎으로 만들어 입혔다. 여름이 형에게는 구절초 꽃잎으로 옷을 만들어 입히고, 가을이 형에게는 까투리 복숭아 잎으로 만들어 입혔다. 자신에게는 논바닥에 쓰러져 다 익지도 않은 벼 알갱이로 옷을 만들어 입혔다. 아주 그럴듯하게 보인다. 미리 만들어놓은 건 꽤 꼬덕꼬덕하게 굳었다.

달녀는 들여다보면서 묘한 기분이 든다. *막내야! 왜 이렇게 가족을 전부 다 맹글어? 아 그거요. 보고 싶을 때 볼라고요. 잘 맹글었제요. 엄마 옷을 시상에서 최고로 이쁘게 맹글라 했는데 잘못 맹글었니더. 다음에 다시 맹글어볼게씨더.* 아이는 자신의 옷을 배 위로 홀떡 걷어 올리더니 만든 가족들을 하나하나 침착하고 조심스럽게 한 손으로 옷을 잡고 한 손으로 담는다. 어찌 저렇게 어린 나이에 잘 만들 수 있을까? 대견스럽기도 하고 한편으로 얼마나 가족들하고 노는 것이 그리웠으면 저렇게 놀이에서도 가족들 얼굴을 만들까 싶어 가슴이 싸하다. *엄마 내는 발을 몇 개 맹글었는지 아니껴? 몇 개 맹글었는데? 내 발은요 열 개 맹글었니더. 왜? 엄마보고 싶으믄 빨리 갈라고요. 발이 많애야 빨리 엄마한테 뛰어갈 수 있잖니껴. 그릏구나. 그래고 엄마도 발을 열 개 맹글었니더. 그*

래고 *찌찌도 열 개 맹글었니더. 왜 맹글었나 하믄요. 엄마도 발이 많으믄요. 일을 빨리 하고 내하고 놀아줄 수 있으이까요. 찌찌 두 개는 계절이 형아 꺼, 두 개는 숙명이 누나 꺼, 두 개는 여름이 형아 꺼, 두 개는 가을이 형아 꺼, 두 개는 내 꺼. 인제부텀은 형아들이 내 젖 만져도 안 울게씨더. 내 꺼 따로 만들어놨니더. 엄마 내꺼 다른 형아들 주믄 안 돼요. 알았제요.* 하나하나 자신의 가족들을 조심스레 주워 옷에다 싸면서 입으로는 연신 어미를 보면서 장난기 가득한 말을 한다. *그래 니 말대로 하마. 절대로 우리 막내 찌찌 형아들 안 주마. 엄마 약속해야 돼요. 약속! 그래 약속!* 아이랑 새끼손가락으로 약속을 건다.

얼마나 오랜만에 잠시라도 아이 곁에서 아이의 눈을 마주 보면서 아이 말에 귀를 기울여주는 것인가. 모두 옷에다 싸다가는 가다가 떨어뜨릴 것 같은지 아이는 옷에서 몇 개를 덜어서 엄마에게 준다. *가다가 깨지믄 안 되니더. 그래이까 엄마 이것 쫌 들어주소.* 몇 개를 덜어내는 손에 조심이 가득 묻었다. *엄마 깨지믄 안 돼. 조심조심 걸어야 돼.* 조심히 아이가 주는 것을 받아든다. 해는 아직 아쉬운 표정으로 넘어가지 않고 서 있다. 걸어오는 동안도 아이는 걱정이 되는지 엄마 조심조심해야 된다면서 어미 단속하기 바쁘다. 막내는 자신이 만든 것이 무슨 보물단지나 되는 듯이 조심스럽게 다룬다. 기특하기도 하고, 신기하기도 하고, 우습기도 하다. 그렇게 조심스럽게 가지고 온 인형을 방에다 소중소중 꺼내 나란

히 진열해놓는다. 자신이랑 엄마를 제일 앞에 세워놓고, 그 뒤에
계절이랑 숙명을 세우고, 그다음에 여름이랑 가을이를 세우고, 제
일 뒤에 할머니랑 아버지를 세운다. 아이의 진열을 보고 있자니 웃
음이 터져 나온다. 애써 입속으로 다시 집어넣는다. *막내야! 왜 엄*
마랑 너랑 제일 앞에 서 있어? 궁금증을 참지 못하고 아이한테 물
어본다. 아이는 조금의 망설임도 없이 대답을 준다. *아, 그거는 왜*
그른가 하믄요. 엄마는 내 옆에 있어야 마이 볼 수 있어서요. 엄마
냄새가 참 좋아요. 그래이 엄마 어데 가고 없을 때 냄새 맡을라고
그래니더. 맙소사. 할 말을 잊어버린다. 얼마나 엄마가 그리우면 저
렇게 엄마를 옆에 세워둘 생각을 할까. 참으로 아이에게 많이많이
미안하다. 달녀는 속으로 가끔씩이라도 아이랑 놀아주어야겠다고
다짐한다. 저리 꿈에도 그리는 일인데 어찌 보면 너무 쉬운 일인데
엉뚱한 곳으로 늘 신경을 닳아 없애며 아이를 돌보지 못함에 죄스
런 생각이 든다.

붉은 저주

어둠은 밝음을 이기지 못하고. 밝음은 어둠을 이기지 못한다. 길
이를 재도 높이를 재도 넓이를 재도 무게를 재도 똑같은 어둠과 밤

이 엎치락뒤치락 씨름하며 시간을 갉아먹는다. 봄은 여름에게 밀려나고, 여름은 가을에게 자리를 내주고, 가을은 겨울에게 밀려나고 겨울은 다시 봄에게 자릴 빼앗긴다. 불행은 행복을 이기지 못하고 행복은 불행을 이기지 못한다. 물레방아처럼 돌고 도는 삶, 모두 평행선상인 이 우주의 길 위에서 동행할 뿐이다. 영원한 건 아무것도 없다. 돌고 돌아가고 있을 뿐이다. 어지럽다. 우주는 그렇게 인간에게 먹이를 주어 키우고, 먹이를 빼앗아 죽인다. 둥글게 돌고 돌며 톱니바퀴처럼 존재하는 것들을 씹어 삼키며 돌아갈 뿐이다. 그 지구의 법칙에 따라 아이도 그날 이후 눈만 뜨면 자기가 흙으로 만든 가족들을 매일 만족스럽게 쳐다보며 논다. 형들이 놀리느라 만지기라도 하는 날이면 꼬집어 뜯고 머리카락을 당기고 울고불고하며 난리를 친다. 그게 재미있는지 형들은 일부러 찰흙 사람을 만지는 척하며 아이를 놀리곤 한다. 눈만 뜨면 찰흙 사람이 잘 있나 확인하는 게 가장 먼저 하는 일이다. 떼를 쓰고 울다가도 그럼 저 찰흙 사람 버린다고 하면 뚝 그친다. 막내를 달래는 최고의 명약이요 즉효약이 되어버린다.

그렇게 애지중지하는 것이 예삿일이 아니었음을 알아야 했다. 미련한 어미는 그걸 조금도 눈치채지 못했다. 아니 상상도 못 했다. 아이의 소중한 진심을 이 세상에 마지막 선물을 이용해서 아이를 조롱했다. 무관심으로 일관하고 형이나 누나들까지 아이를 놀리곤 했던 것이다. 미련에는 약도 없다는 말이 이때 가장 잘 어울리는 말이다. 그날 아침도 햇살은 어김없이 찾아왔다. 일찍 일어나 아침을 먹고 논에 나갈 준비를 서두른다. 늦잠을 자고 있는 막내를 깨워서 논에 같이 가자고 한다. 무슨 일인지 막내는 좋아하는 기색이 없다. 따라나설 생각도 않는다. *엄마 나, 오늘은 논에 나가기 싫어. 엄마도 논에 안 가면 안 돼요?* 안 하던 짓을 하면서 어리광을 어리굴젓을 먹듯이 던진다. *엄마도 그렇고 싶은데 안 가믄 안 돼. 우리 막내 진짜 미안하네. 태풍이란 것이 뛰어와서 나락을 다 넘어뜨려버렸잖아. 나락이 마이 아프단다. 그래서 엄마가 얼릉 가서 나락 일으켜 세워서 호 불어줘야 안 아프고 낫는 거야. 알겠지? 엄마 말. 그래도 엄마 일하로 가는 거 싫은데. 엄마랑 집에서 놀고 싶단 말이야.* 아이는 말을 치마꼬리 붙잡듯 붙잡고 어미를 쳐다본다. 가지 말라는 애원이 눈에 가득 고여 있다. 그 애원에 가슴이 서늘해지지만 외면한다. 아이도 안 가면 안 된다는 엄마의 설명에 시무룩해져 고개를 푹 숙인다. 정말 싫다는 의사 표시. 그걸 어쩔 수 없다고, 매정이 칼날처럼 달려들어 단칼에 잘라버린다. 칼날 같은 말과 시무룩해하는 마음을 그대로 앉혀두고 뒤가 당기는 걸 뿌리치고 나락을 일으켜 세우러 간다. 어쩌랴! 제일 비겁한 것이 목구멍인걸.

　겨울에 먹을 식량 걱정에 발걸음은 논을 향한다. 아이의 어리광 따위는 어쩌면 별로 중요하지 않게 생각했다는 것이 옳을 것이다. 하늘에 떠다니는 구름을 잘라 구름빵을 만들고, 바람을 잘라 물을 만들 수 있는 기술은 없을까? 어쩌면 구름으로 빵을 만들어 먹으면 하늘을 둥둥 떠다닐 수 있을지 모른다. 아이가 신나서 하늘을 날아다니며 엄마와 맘껏 놀 수 있을지도 모르는데, 주어진 대로밖에 아무것도 할 수 없는 자신이 밉다. 한 포기라도 더 건져야 한다는 생각으로 석연찮은 아이의 말을 남겨둔 채 발은 어느새 논으로 향한다. 한 포기라도 더 일으킬 욕심으로 점심도 거른 채 이 허리가 지도록 일을 한다. 뱃속에서는 배고프다 꼬르륵거리며 요동을 친다. 창자에겐 미안하지만 어쩔 수 없다. 한 끼 정도 굶는 건 문제가 될 수가 없다. 가을 해도 피곤했는지 비츨비츨 게걸음질을 한다. 부지런히 일하고 일찍 집으로 갈 채비를 한다. 허기를 견디기 어렵다. 기운도 다 빠져나가고, 이 가을에 온몸이 땀으로 흠뻑젖었다. 도저히 더 이상 일을 할 수 없다. 누워서 자신을 쳐다보며 신음하며 애원하는 나락. 못 본 척 손은 일을 외면하고 낫도 논둑에 둔 채 그냥 집으로 돌아온다.

발은 걸음의 속도를 한없이 줄이고 있다. 땅속으로 꺼질 것처럼 기운도 없고 정신조차 가물가물해지는 몸을 간신히 이끌고 집으로 온다. 그런데 엄마가 오는 기척이 나면 맨발로 뛰어나와야 할 막내가 뛰어나오지 않는다. 낮잠을 자는가 싶어 방으로 들어가본다. 아이는 웅크리고 누워서 눈을 감고 잠을 자고 있다. 안도의 숨소리 뒤에 달려드는 아이의 숨소리 리듬이 평소와 다르다. 언덕을 오르는 가파른 숨소리가 귓속으로 달려든다. 이마를 짚어본다. 이마가 불덩이다. 아이를 둘러업고 의원 어른네로 뛰어간다. 논에서 올 때는 하나도 없이 다 빠져나갔던 기운이 어디 숨어 있다가 속속들이 뛰어나온다. 의원 어른은 두꺼운 돋보기를 끼고 아이 배를 걷어 올리고 이마를 짚는다. 눈을 까뒤집어보고 진찰하더니 쑥부쟁이 말린 걸 준다. 이걸 가주가서 연한 불로 약탕기에 달여 미게소. 그래고 찬 수건으로 몸에 열을 쫌 닦아주소. 그래믄 열이 내릴 게씨더. 의원 어른요 침은 안 주니껴? 우리 아 괜찮은 거제요? 대체 왜 이래 열이 나니껴? 빙밍이 머이껴? 쉴 새 없이 물어대는 내 급한 심정과 달리 의원은 느긋하게 한마디 던지고 만다. 고뿔이씨더. 빌 탈 없을 께이 이거나 닳이 미게소. 그래고 내 시키는 대로 해보소. 의원의 말 톤이 이상하게 신통치가 않다. 고뿔이라고. 아이를 업고 오면서도 늑골 사이로 찬바람이 자꾸만 쳐들어온다. 제발 의원의 말대로 고뿔이길. 아무렇지도 않길. 아무렇지도 않게 빨리 열이 도망가고 다시 건강해지길. 업고 오면서도 애절하게 빈다. 머릿속으로 온 마음으로 빌고 빌며 무슨 정신인지도 모르게 집으로 온다.

아이는 축 늘어져서 꼼짝도 않고 등에 붙어 있고, 등엔 긴장이 흥건하게 젖는다. 마음은 급해서 날아가는데 발걸음은 질경이 잎처럼 땅바닥에 달라붙는다. 그 얼마 되지 않는 짧은 거리가 몇백 리는 되는 느낌이다. 있는 힘을 다해 아이를 업고 집에 와서 아이를 방에다 편하게 눕힌다. 아이는 버드나무 가지처럼 축 늘어진다. 기운을 누가 다 빼앗아 갔는지 아이는 눈도 뜨지 않는다. 장작불을 피워서 숯을 만들어 약탕기에 약을 앉힌다. 불을 입으로 불기 시작한다. 어지럽도록 불어도 신통찮아 부채로 부친다. 왜 이렇게 더디게 달여지는지 애가 다 마른다. 간절한 애원과 기도를 넣고 약을 달인다. 급한 마음에 조금 덜 달여진 약을 입김으로 후후 불어 식혀서 먹인다. 몇 모금 마시더니 고개를 절레절레 흔든다. 다시 눕힌다. 찬 물수건으로 몸을 발가벗기고 닦아낸다. 춥다는 말도 아프다는 말도 없이 새파래진 입술이 떨고 있다. 기운은 흔적 없고 눈은 고요하게 감겨 있다. 고요가 온 방에 넘치도록 쌓이고 있다. 시간이 열을 조금씩 덜어내는지 열이 조금씩 식어가고 있다. 열이 완전히 내리진 않았지만 한 가닥 희미한 희망이 보인다. 펄펄 한 열들은 자리를 뜨고 미열은 떠나지 않고 서성이고 있다. 미열과 싸우는 소리 끄응 끙 끄응 끙끙 난다. 얼굴조차 벌겋게 용을 쓰고, 눈은 한 번도 뜨지 않고 감고 있다. 눈까풀이 파르르 떨린다. 아이의 숨소리에서 단내가 풀풀 묻어나온다. 밤새도록 물수건으로 열을 닦아내면서 아이의 상태를 살피느라 밤을 꼬박 새운다. 아침이 도착하고 또 약을 데워서 먹인다. 약을 먹여도 열은 또다시 아이의 몸속에서 활개를 친다. 무슨 미련이 남아 완전히 떠나가지 않고 아이의 몸을 집요하게 괴롭히고 있는지 답답할 뿐이다.

그렇게 암흑 같은 시간에도 초침은 앞을 향해 간다. 이틀이 지난다. 아이에게 기생하고 있던 열은 떠났다. 밥 먹자는 말에 고개만 가로로 흔든다. 밥 먹을 생각을 하지 않는다. 쌀을 으깨어 미음을 끓여서 조금씩 떠먹인다. 그것조차도 절레절레 고개를 흔들며 입 밖으로 밀어 낸다. 결국, 국물만 몇 숟가락 입으로 떠 넣다가 포기한다. 처음엔 두 손으로 엄마 옷자락을 꼭 쥐고 있더니 그것마저 귀찮은지, 아이는 옷 자락도 스르르 놓아버린다. 옷자락 잡을 힘마저 빼앗아 가버렸단 말 인가. 열이 떠난 자리에 또 무엇이 쳐들어왔는지, 기운을 차리지 못하 고 싸우고 있다. 답답하고 조급한 마음이 종소리처럼 울려 퍼진다. 막막하다. 달녀는 지푸라기라도 잡는 심정으로 평안 아지매네로 달려 간다.

주술에 걸린 시간들

12

평안 아지매는 언제나 환하다. 살구꽃보다 환한 아지매가 오늘도 한 포기의 희망을 주었으면 좋겠다. 신이 아지매에게 아들을 고칠 비방을 알려주면 좋겠다. 달거리를 할 때 놀라서 울고 있을 때 명쾌한 해답으로 위로를 주고 치료를 해주던, 지금도 아지매에게 그런 지혜가 있기를 간절히 바라면서. 세상이 던져놓은 그물에 걸려서도 팔딱이며 즐길 줄 아는 아지매. 어둠의 터널에 늘 비늘처럼 반짝이는 햇살을 만들어주는 아지매. 어렵고 고달픈 일이 호박넝쿨처럼 뻗어서 웃자라도 사랑이란 전지가위로 전지를 해주는 평안 아지매. 아지매의 그물에 걸리면 아무리 힘든 일이 있어도 꽃길이 될 것 같다. 푸르게 숨 쉬는 휴식 같은.

오랜만이라우야. 그래 어케 디냈니? 내래 궁금했디 안 했니? 언제나 그렇듯이 가뭄에 쩍쩍 갈라진 들판에 내리는 단비 같은 목소

리. 그러고 보니 아지매네 안 온 지도 꽤 오래된 것 같다. 늘 슬프거나 힘들거나 위로가 필요할 때만 찾는 아지매다. 아지매. 막내한테 열이 쳐들어왔니더. 그래서 막내가 마이 아프이더. 의원 어른 댁에서 가져온 약을 달여 메기서 열은 떨어져 나갔니더. 그런데도 눈을 안 뜨고 기운 없이 축 늘어져 있니더. 먼 일인 동 차도가 보이질 않니더. 더런더런. 그래 어카니? 이 동네 아 들이 와 다 한꺼번에 아프니야. 이 마을에 벌써 넷이나 아프다는데. 막내까지 아픈 이거 무슨 던염병 아인지 모르갔다우야. 고저 도심해야 한다우. 밖에 데리고 나가디 말고 딥 안에서 약 덩성껏 먹이라우. 달 보해두라우야. 이거이거 일 났구먼 고래. 먹을 거 다 거둬가고. 어며다고 어린 아 들까디 이래 아픈디 모르겠다우야. 예삿일이 아니라우. 고도 고도 도심 도심. 또 도심하는 수밖에 없다우. 아픈 딥 아들이래 약도 없고. 다들 큰일 났구먼 고래.

평안 아지매 말을 들으니 등줄기에서 서늘함이 지나간다. 알 수 없는 불안감이 분수대처럼 뿜어져 오른다. 뒤쪽에 붙어서 볼 수도 없는 서늘한 등줄기가 자꾸만 불안을 키운다. 아지매 지 가니더. 그래 고도 얼른 가라우야. 가서 달 간호 해야디. 달못하면 큰일난다우. 날래 가라우야. 아이디 가을이래 아직 어린데 내가 데리고 와야겠다우. 던염병이믄 큰일 아니간? 내가 가서 가을이 데리고 와서 봐두야겠다우; 평안 아지매는 앞서가는 달녀의 뒤를 부지런히 따라가면서 말을 하지만 아지매 말을 뒤통수에 붙이고 허겁지

겁 집으로 달려온다. 발걸음은 모래주머니를 단 것처럼 무겁고 불안은 새털처럼 가볍게 날아든다. 다급한 발은 신발을 한 짝은 마당에 벗어던지고 한 짝은 처마 밑에 벗어 던진다. 방으로 들어와 마음을 아들 옆에 앉힌다. 숨소리가 할딱할딱 하 르 르 하 르 르 땅바닥으로 땅바닥으로 고개를 처박으며 날아내린다. 아이를 안아 본다. 엄마가 안으면 눈을 떠야 하는데 눈을 뜰 생각조차 하지 않는다. 습관처럼 아이는 젖가슴을 더듬더듬 더듬어 젖 위에 손을 얹는다. 손에도 기운이 다 빠진 것 같다. 아무 말도 하지 않는다. 그 간단한 말 엄마란 말도 하지 않고 애를 새까맣게 태우고 있다. 살강살강한 가을 햇살 속에 드러누운 아이. 혼자 무슨 계략이라도 꾸미는 걸까? 가을과 함께 어디로 떠날 계획을 하고 있는 걸까? 엄마와 눈도 마주치지 않는다. 엄마 몰래 무슨 음모를 꾸미고 있는지. 평안 아지매는 막내의 모습을 보더니 *가을아 햄미하고 우리 딥에 가다우. 내래 가을이 데리고 가니 막내 달 돌보라우.* 평안 아지매가 가을이 손을 잡고 나가면서 말을 했지만 그 말은 귀 밖에서 맴돌고 답답하고, 무섭고, 두려운 생각만 달려든다.

덜덜 달달 사시나무 떨듯 한겨울 추위보다 더 떨면서 아이를 불러본다. *막내야! 막내야! 눈을 떠보그라. 눈 안 뜨면 니가 만든 사람들 모두 엄마가 형아들 다 준다. 그래도 돼?* 떼를 쓰다가도 자기가 만든 조대흙 사람 말만 나오면 기겁을 하던 아이다. 그러던 아이가 조대흙 사람 말을 하고 누구를 준다고 해도 눈도 안 뜬다. *엄*

마 쫌 봐. 막내야 눈 뜨고 엄마 보라고! 아무리 다급한 목소리가 뛰어가 아이를 흔들어도 아이는 눈을 뜨지 않는다. 햇빛 못 본 새 싹처럼 가느다란 숨소리를 자꾸만 입속으로 입속으로 끌어들이고 있다. 몇 번을 갸르릉 갸르릉 갸르르…. 가래 소리를 끓여대더니 정신이 드는지 아이는 살그머니 눈을 뜬다. *어어어엄마!* 모깃소리만 한 목소리가 아이의 입술을 열고 밖으로 나온다. 순간 한숨이 휴 하고 입술을 통과한다. *괜찮아? 으으응.* 아이의 눈까풀이 살며시 열리더니 엄마를 쳐다본다. *물이라도 주까?* 고개를 끄덕인다. 물을 한 숟가락 떠서 입속으로 넣어주자 아이는 사탕을 빨아 먹듯 물을 빨아 먹는다. 그래도 얼마나 다행인가. 몇 번을 그렇게 먹이자 아이는 엄마를 빤히 쳐다본다. 있는 힘을 다해 자리에서 일어난다. 한 걸음 걷더니 휘청, 주저앉는다. *어데 갈라고? 아직 마이 걷고 움직이믄 안 돼. 엄마가 업고 갈게. 오짐 마려워서 그래?* 아이는 고개를 가로로 가로로 젓는다. *그래믄 쪼끔 더 누 있다가 죽이라도 머꼬 일나. 안 그래믄 어지러와서 넘어져. 어어 엄마. 나 일나고 싶어요. 형아들하고 누나하고 놀고 싶어.* 다 꺼져가는 목소리가 밖으로 엉금엉금 기어 나온다. *그래. 죽 먹고 나믄 기운이 들 거야. 그러믄 형아들하고 누나들하고 놀아. 알았제.* 눈은 반쯤 뜨고 고개를 끄덕인다. 배밀이를 해서 윗목으로 간다. *왜 머 필요해? 엄마. 저거 우리 식구들 가주고 놀고 싶어서요. 그래. 그래믄 가만히 누 있어. 엄마가 가져다줄게.* 아이는 고개를 끄덕인다. 다시 눈

을 감고 눕는다.

달녀는 평소에 애지중지하던 거라 조대흙 사람을 모두 조심을 묻혀서 가져다가 아이에게 준다. 아이는 눈도 뜨지 못하더니 조대흙 사람을 보더니 하나씩 들어서는 쪽쪽 입을 맞추더니 엄마를 쳐다본다. *엄마한테 제일 많이 뽀뽀했어요. 엄마가 제일 좋아요. 그래 엄마도 우리 막내가 제일 좋아. 그래이까 얼릉 약 먹고 나아서 엄마랑 잠자리도 잡고, 메뚜기도 잡고, 물레방아도 잡으민서 놀자 알았제? 야. 신난다요 엄마.* 아이는 기운이 좀 도는지 조대흙 사람을 가지고 논다. *엄마 나가서 죽 끓애 올게. 혼자 쪼매만 놀고 있어. 엄마 안 먹어. 그냥 엄마하고 놀고 싶어요. 그래도 죽이라도 먹어야 기운을 차래지. 엄마가 퍼뚝 죽 끓여 올 테이 놀고 있어.* 아이는 입을 삐죽이 내밀며 말이 없다. 그렇지만 정신이 조금 나아지고 기운이 눈까풀을 이길 만큼이라도 있을 때 미음이라도 한 숟가락 먹여야 한다. 금방 죽을 끓여서 가지고 올 생각으로 아이를 두고 자리를 뜬다. 아이는 가지고 놀던 조대흙 사람을 손에 들고 문을 열고 나가는 어미를 멍하니 바라본다. 눈길을 치맛자락에 동여매고 나온다. 급한 마음에 쌀을 불리지도 않고 절구에 찧는다. 우선 급한 대로 두 숟가락만 넣고 물을 부어서 끓인다. 왜 이렇게 빨리도 안 끓는지. 느리기만 한 죽이 야속하다. 죽을 끓여서 찬물에 조금 담근다. 먹이기 좋게 식혀서 방으로 들어간다.

그사이를 못 참고 아이는 또 잠이 들었다. 엄마라고 만든 조대흙 엄마, 토끼풀 옷을 입은 조대흙으로 만든 엄마를 품에 안고 자고 있다. 잠을 깨운다. 조금이라도 먹일 생각으로 아이를 살며시 안자 아이가 눈을 살며시 뜬다. 여전히 숨은 몰아쉬고 있다. 미음을 한 숟가락 떠서 입에 넣자 주르르 옆으로 흘러내린다. *머야 기운이 나. 막내야 먹고 자.* 도무지 눕혀놓고는 못 먹일 것 같아 아이를 곧추세워 안는다. 감각도 감성도 모두 제거된 듯한 서늘함이 순간 다가온다. 젖가슴으로 손을 올리지도 않는다. 이상하게도 목덜미로 차가운 기운이 찌르릉찌르릉 지나간다. 안고 미음을 떠 넣으려 하자 아이는 고개를 축 늘어뜨린다. 딸깍. 순간 정전이 되듯 암흑이 밀려온다. 딸깍이란 말만 던지고 숨소리는 다시 나지 않는다. 숨소리가 생을 마친다. 어밀 한 번 쳐다보지도 않고 숨소리는 어디론가 사정없이 날아가버린다. 세상이 석탄광 내려앉듯 풀썩 내려앉는다. 그 어린 막내를 앞세우고 가래도 떠나고 열도 떠난다. 너무 고요하다. 아니 싸늘하도록 적막하다. 암흑으로 세상을 뒤덮는 정체도 모르는 어둠. 아이를 안아서 입으로 숨을 불어넣어보지만 아무 소용이 없다. 손바닥보다 작은 볼기짝을 이리저리 마구 때려본다. 아이는 잔인하도록 엄마를 외면하고 만다. 아프다는 비명 한마디 없이 때리는 대로 맞고 있다. 환하게 웃는 모습모습모습. 잠이 든 것 같은 모습을 도저히 이대로 떠나보낼 수는 없다. 아이가 너무 깊은 잠에 들었을 거야. 달녀는 아이를 조심스럽게 눕힌다. 고요하게 꿈속을 날고 있다. 꿈을 꾸고 있는 거야. 모든 게 꿈이란 말이야. 이것도 잠을 깨면 꿈일 거야. 이 밤이 지나고 날이 새면 막내도 일어나 논에 따라 나갈 거야. 또 조대흙으로 사람을 만들고 메뚜기랑 놀고 개미랑 노는 하루가 시작될 거야.

그러나 그건 달녀의 간절한 바람일 뿐이다. 이튿날 한나절이 지나도 막내의 숨소리는 돌아올 생각도 않고 꿈속만 유영하고 있다. 그의 영혼은 육체를 떠나 너무 멀리 헤엄을 쳤다. 그래서 다시 집을 찾지 못하고 영영 미아가 되어버린 것이다. 그렇게 봄이를 보낸 상처가 아물기도 전에 겨울이를 보내야 했다. 또 목적지도 모른 채 어디론가로 보내야만 한다. 주소가 어딘지도 모르고 환경이 어떤 곳인지도 알지 못한 채. 악마가 이끄는 대로 이끌려 가버린 아들. 달녀는 멍하니 앉아서 아이를 바라본다. 엄마를 아니 가족을 흙으로 만들 때 이미 예감했어야 한다. 미련 곰탱이 같은 엄마. 아이는 이미 죽음을 예감하고 가족을 만들어 함께 갈 준비를 했던 것이다. 품에 꼭 안고 숨을 놓은 토끼풀 옷을 입힌 엄마. 자기의 운명을 이미 알았기에 다 쓰러진 벼 알맹이로 자신의 옷을 만들어 입힌 것이다. 이 예언 같은 행동을 어미가 되어 몰랐다니. 아무리 생각해도 자신은 엄마 자격이 없는 것 같다. 배 위에 있던 엄마는 그대로 배 위에 얹은 채로. 아이는 온 가족을 데리고 먼 여행을 떠난다. 막내가 만든 조대흙 사람을 모두 무덤에 나란히 묻어준다. 여름이 경기(驚氣)를 하는 바람에 어린 겨울이에게 너무 관심을 못 가져준 것이 병이 나게 한 원인인 것 같다. 자책감이 온몸을 짓누

른다. 찢어져 너덜거리는 가슴에 소금을 뿌리는 것같이 쓰리고 아
프다. 아이에게 마지막 길을 안내해야 한다. 아이 하나도 못 잡고
보내는 지지리도 못난 어미.

별빛 차갑게 울어

간담이 서늘해

눈뜨고 창문 여니

별빛이 차갑게 흐느낀다

잎새 하나

목 버리고 있다

달빛이

몸을 씻겨 수의 입히고

귀뚜리 두어 마리

목관(木棺) 짜는 소리

가을이

맨발로 달려온다

담에 기댄 자투리별이

곡을 하고 있다

멀리서

살살이꽃이 손사래 치고

괭이 터 고르는 소리

우주 밖으로 밀어내고 있는

상달 보름밤

훈조선 하늘 문이 열리고 있다

　그래 별빛이 우는 걸 보니 우리 막내는 별이 되었을 거야. 슬프지 않다. 슬픔의 도가 넘었나 보다. 슬프다는 생각도 없다. 잘 가그라. 부디 좋은 곳에 다시 태어나라. 좋은 엄마 만내서 배고플 때 젖 제대로 얻어먹고, 엄마 보고 싶을 때 제대로 보민서, 종일종일 온종일 엄마 품에서 엄마 손을 잡고 까르르 까르르 뽀얀 젖내 가득한 웃음을 목젖이 보이도록 웃으며 행복에 둘래싸여 살 수 있는 곳에서 태어나그라. 봄이믄 흐드러지게 핀 꽃잎을 따서 향기도 맡아보고, 그리워서 그리워서 엄마가 그리워서 조대흙으로 가족을 맹글어 놓고 보는 일은 없어도 될 그른 곳에서 태어나그라. 언제든지 엄마 손을 잡고, 가치 거닐민서 엄마 냄새를 맴껏 맡을 수 있는, 그른 곳에서, 부·디·부·디, 그른 곳에서 다시 태어나라. 엄마는 젖이 불어터져 아프도록 니한테 젖을 못 미겠다. 이유 없이 생배를 많이도 많이도 곯렸구나. 천하에 몹쓸 어미였다. 젖이 아픈 만큼 배가 고팠을 내·아·들·아. 엄마와의 연을 단 5년도 못 가주고 태어난 내·아·들·부·디·다시는 나 같은 건 엄마라 부르지도 말그라. 다시는 뒤도 돌아보지 말고 잘·가·거·라. 훠어얼 훠어얼. 자유로이 니가 맹근 발 열 개와 인제사 엄마가 만들어주는 날개로 날아서 어데든 네가 닿고 싶은 곳에 내려앉아라. 평안하고 꽃들이 만발한 꽃향기 가득한 궁전 같은 곳에 영혼을 내려놓아라. 그래고 내 같은 엄마 말고 좋은 엄마 만나렴. 아니, 엄마를 증오해라. 맴껏 증오해라. 그릏지 않으믄 증오란 단어가 다 닳아 없어지게 증오하그라. 증오가 증발하고 없어질 때까지 증오해. 마지막까짐 배고픔을 이기지 못해 젖가슴이 그리워 엄마의 젖가슴 위에 손을 얹고 엄마를 너의 가슴에 얹어놓고 간 막내야! 어데로 갈 건지 모르제만 부·디·잘·가·거·라. 안·녕.

다시는 너를 생각하지 않으마. 어미를 미워하고 증오하고 짓밟아서 좋은 곳에 갈 수만 있다면, 니가 원하는 곳으로 갈 수 있기만 하다면 어디든지 짓밟고 가거라. 열 개의 발로 맴껏 짓밟고 걸어가그라. 진짜 안녕. 인제 엄마는 너의 모든 것을 잊을 것이다. 아니 잊어버릴 것이다. 그래이 다시는 너의 머릿속에 엄마를 그리워하고 보고 싶어 울지 마라. 조대흙으로 엄마를 맹글지도 말그라. 다시는 이 가문에서 얼쩡거래지 말그라. 부디 엄마의 정을 듬뿍 받고 열 개의 발을 가진 엄마를 만내그라. 엄마를 늘 곁에 두고 살 수 있는 곳으로 가그라. 그래서 좋은 엄마한테 젖배 곯지 말고, 맴껏 배부르게 먹고 쑥쑥 자라 부디 행복하그라. 인제 인제는 정말 정말 안녕! 안녕! 안녕히!

아이를 안고 아이에게 마음의 편지를 읽어준다. 신들은 참으로 인정머리라는 것이 바늘 끝만큼도 없다. 어찌 단 얼마간의 이별 연습 기간도 주지 않고 어느 날 갑자기 싹둑 인연 줄을 잘라버리는 것인지. 일찍 끊어질 줄이라면 아예 주지 말아야지. 잔인하고 가혹한 신을 쥐어뜯고 싶도록 원망을 하며 형인 봄이가 잠든 곳에 겨울이도 나란히 방을 만든다. 자루에 있는 겨울이를 꺼내 재운다. 목이 아플까 구름 베개를 만들고, 새소리 잘라서 자장가를 만들고, 바람을 베어내어 옷을 만들고, 보드라운 햇살을 잘라 이불을 만들고, 달빛을 반죽해 국수를 만들고, 조대흙으로 만든 식구들을 나란히 보초 세운다. 조대흙으로 만든 엄마는 배 위에 이승에서 안고 있던 그 자리에 얹어준다. 곱게 곱게 무겁지 않은 흙으로 지붕을 만들어준다. 자식을 앞세운 죄인이 된 달녀는 삶을 부러뜨리고 싶다.

나뭇가지들은 몸통을 제멋대로 마구 흔들어대고 있다. 몸통을 두고 떨어져야 하는 잎들의 이별 연습, 물소리 바람 소리 새소리의 소유권을 모두 가진 것 같았던 인간, 그 인간은 목숨줄 하나도 마음대로 못 하는 것이다. 보이지 않는 가위로 한 계절을 잘라 또 한 계절을 잇는 신. 희망을 오려내어 절망을 덧대어 깁고, 절망이 너덜거리면 또 희망을 덧대어 깁는다. 없던 아이를 제조해내고 있던 아이를 없애고를 반복하는, 저 심술궂은 神! 감탄사를 사람들의 입에서 빼내고, 웃음과 울음을 마음대로 조절하며 즐기는, 보이지 않는 검은 손. 신이 사람을 만들었는지, 사람이 신을 만들었는지, 울지도 못하는 어미의 슬픔 넝쿨은 온 지구를 덮고도 남는다. 몇 억 광년을 달려온 달은 울지 않는다. 속으로 속으로 울음을 삼키느라 가슴은 다 젖고, 살 다 내린 초승달이 되고 다시 또 일어난다. 어둠도 문고리를 닫아걸고 흐느낀다. 까맣고 단단한 고집, 밤하늘에 달빛마저 뼈만 앙상하다. 바람이 나뭇가지를 흔들어대며 통곡을 하는 바람에 나무들도 몇 잎 남지 않은 잎마저 모두 놓쳐버리고 만다. 만물이 할 말을 잊고 헤맨다. 부질없는 일들만 아무렇게나 흩어져 낙엽으로 나뒹굴어 다닌다.

고개를 꺾어 하늘을 올려다본다. 온통 하양 천으로 뒤덮인 하늘. 아이가 논둑에서 놀 때는 맑고 푸르기만 하던 얼굴. 그곳에 먹다 남은 김칫국물을 쏟아놓은 듯 여기저기 붉은 얼룩이 져 있다. 슬픔은 매일 매일 북어 알처럼 많은 슬픔 알을 슬어놓고, 그 알들을 모두 새끼로 부화시키고 있다. 꼬물꼬물 꼬리를 저으며 부화되는 슬픔을 쫓아낼 기력조차 다 소진한다. 아이를 쓰레기 버리듯 산에다 버려두고 내려온 달녀, 불행 다리를 건너고 또 건너느라 가을을 모두 다 먹어 치운다. 그러나 산 자식은 살려야 하겠기에 경기(驚氣)를 하는 여름이를 데리고 침 맞히는 일에 전념을 다 쏟고 있다. 그 외엔 어떤 일에도 관심을 알곡 거둬들이듯이 모두 거두어들인다. 다행인지 불행인지 가을이는 평안 아지매가 데리고 가서 데리고 오질 않는다. 병이 전염이라도 될까 봐 그렇게 아이를 봐주는 아지매가 고맙지만 고맙다는 생각조차 잊어버리고 멍청멍청 하루하루를 지내던 어느 날이었다. 그날도 어디선가 또 다른 먹구름이 자신에게로 날아오고 있음을 알지 못한다.

먹구름이 몰려옴을 알 턱이 없는 달녀. 의젓하게 침을 맞고 칭찬을 갈망하는 아들에게 건성으로 칭찬을 손에 들려서 집으로 데리고 온다. 집에 도착하니 마루에 낯선 사람 둘이 앉아 있다. 두 사람 뒤에는 그림자도 같이 동석을 하고 있다. 도시스럽게 생긴 남자와 서양스럽게 생긴 여자와 둘이다. 그렇지만 그림자는 도시스럽거나 서양스럽거나 상관없이 통일된 모습을 하고 그들이 움직이는대로 졸졸 따라 흉내만 내고 있을 뿐이다. 앵무새는 말이라도 흉내내지, 그림자는 말 따위는 관심 없이 자기가 속해 있는 물건을 따라 꼭두각시놀음만 할 뿐이다. 무슨 일인지 궁금증을 담으며 마루에 올라선다. 이 집 메느리 되시니껴? 야. 그른데요? 누구신데요? 아, 우리는 사연이를 데리고 있던 집 사람인데요. 아 그르시니껴? 그른데 먼일로? 다른 게 아이고요. 사연이 때문에 왔니더. 미안치만 사연이가 몸이 안 좋아서요. 도저히 우리 집에 둘 수가 없어서 델꼬 왔니더. 그게 뭔 소리이껴? 하마 아픈 지 1년 가까이 됐니더. 나을지 알고 기다리고 빙원에 델꼬 댕기민서 치료를 해도 차도가 없니더. 그래서 우쩰 수 없이 델꼬 왔니더. 대체 우리 사연이 어데가 아프다는 말씀이이껴? 우리 사연이는 지끔 어데 있니껴? 아가 방에 디가는 것 같디도. 미안하이더. 어데 큰 빙원에 델꼬 가서 검

사를 새로 한분 해보시는 게 좋을 것 같더. 그래믄 우리는 그만 가니더. 달녀가 사연이를 보러 급하게 방으로 들어온 사이 그들은 흔적도 없이 걸음을 내빼고 없다. 방에는 사연이 누워 있다가 문 여는 소리가 나자 용수철처럼 튕겨져 일어난다. 멍하니 사람을 바라보는 눈에 또 죽음의 그림자가 보이는 것 같다. 아들의 죽음으로 놀란 가슴이 아직도 제자리를 못 찾고 헤매고 있는데 또 가슴은 암내 내는 소처럼 길길이 날뛰기 시작한다. *사연아! 엄마!* 사연이는 작은엄마를 엄마라고 부르던 습관대로 부르며 엄마 품에 와락 뛰어든다. 순간 다행이란 생각이 든다. 엄마 품에 뛰어들 정도면 괜찮을 거란 생각에 안도의 숨을 내쉬면서 아이에게 묻는다. *어데가 아파?* 사연은 일어나 앉아 울음보를 터뜨린다. *아이. 엄마 안 아파. 엄마가 하도 하도 보고 싶어서. 집에 오고 싶어서 아픈 척했어.* 달녀는 안심을 내쉬면서 사연을 부둥켜안고 흐느낀다.

둘은 떨어질 줄 모르고 끝없이 끝없이 가뭄에 홍수가 나도록 운다. 이 설움 저 설움이 모두 한꺼번에 펑펑 쏟아져 나와 방안을 가득 채운다. 눈물 냄새가 꼬리를 흔들며 온 방을 헤엄치며 다닌다. 그래그래그래. 얼마나 다행이야. 사연아 잘했어. 잘 왔어. 이제 엄마하고 살자. 달녀는 혼잣말처럼 중얼거린다. 놀란 가슴을 쓸어내린다. 안고 있던 팔을 풀어 사연이를 다시 한번 품에서 떨어뜨려놓고 자세히 얼굴을 들여다본다. 저렇게 멀쩡한 사연이 어떻게 아프다고 데리고 왔는지 알 수가 없었다. 저 어린것에게 왜 이렇게 큰 아픔을 주는지 이해가 되질 않는다. *참말로 아픈 게 아니였제? 참말로 안 아파요. 엄마가 보고 싶어서. 너무 엄마가 보고 싶어서 1년 동안 말을 안 했니더. 그랬디이 주인아저씨하고 아지매가 날 빙원에 델꼬 갔어. 그래도 말을 안 했니더. 밥도 먹기 싫고 집에만 가고 싶다고 했제요. 그랬디이만 집에 델따준다민서 데리고 온 거씨던.* 사연이는 혀를 굴리며 말을 안으로 집어넣을 듯이 우물거린다. 꼭 무슨 죄인이라도 되는 듯 말을 더듬거린다. 이제야 돌아가는 상황을 알 것 같다. 어린것이 고향에 살구꽃과 복숭아꽃 배꽃이 보고 싶어 가족이 그립고 가난한 집이 그리워 향수병에 걸린 것이다. 말 줄기는 가늘지만 말이 빳빳하게 뼈가 들어 있는 것으로 보아 어디가 아픈 것 같지 않다. 어린것이 얼마나 숨이 막히고 힘들었을까? 얼마나 집이 그리웠으면 시어빠져 떨어지는 살구와 벌레 먹은 복숭아 같은 욕과 독살스런 말만이 사는 할머니가 보고 싶어 남의 집에서 아무 말도 안 하고 말없이 병원을 따라다니며 연기를 하다가 집으로 달려왔을까? 얼마나 죽을 만큼 집이 그리우면 아픔을 가장하고 집으로 달려왔을까? 또 어디에 남아 있던 눈물인지 쏴쏴 소리를 내며 안에 흘러내리더니 기어이 왈칵, 눈물 꼭지가 열리고 만다.

그래그래 마이도 집이 보고 싶었구나. 인제 아무 걱정 하지 말그라. 걱정하지 말고 집에서 엄마랑 사는 거야. 눈물을 봇물 터지듯 쏟으며 코를 훌쩍이면서 고개를 끄덕인다. 아기처럼 안아서 등을

쓰다듬는다. 이런 아이를 남의 집에 보냈으니, 달녀는 또다시 짠하다. 살이 찌는 체질은 아니지만 안아보니 뼈만 앙상하게 느껴져 양파를 까는 것처럼 눈이 매워 온다. 마당에는 햇빛이 눈부시게 쏟아진다. 대낮을 식욕 왕성하게 갉아먹고 있다. 한바탕 울고 난 사연은 지쳤는지 누워서 잠이 든다.

조금 있으니 시어머니가 오고 낯선 신발을 보고 움찔 놀란다. 그때 마침 잠자던 사연이 문을 열고 밖으로 나온다. 사연을 본 시어머니는 금방 얼굴빛이 달라진다. *사연이 니가 우쩬 일이로? 별일 없제? 먼 일 있나? 혼자 여게를 우째 왔노?* 숨 쉴 틈도 주지 않고 몰고 간다. 시어머니의 폭풍 같은 질문에 사연이 있는 그대로 자기의 심정을 모두 말한다. 이야기를 다 들은 시어머니는 얼굴빛이 금방 아프리카 사자처럼 변해 아이에게 고함을 질러댄다. *아프지도 않은데 오고 싶다고 와? 고까짓 것도 못 참고 집에는 왜 와. 당장 다시 가라. 거게 있다가 시집갈 일이제. 그래 집에 오고 싶다고 아프다고 거짓뿌렁을 하고 집에를 와? 집에 오믄 꿀이 나오나. 엿이 나오나 머하로 오노? 당장 그 집에 새로 가! 여게 니 에미가 있나? 애비가 있나? 형제지간이 있나? 거게 있으나 여게 있으나 아무도 없기는 마찬가진데 조용히 거게서 말 잘 듣고 있을 일이제. 나도 어린 게 우째 그래 거짓뿌렁을 하고 어른을 쏘개고 집에 와! 누굴 닮아서 저 모양인 동!* 하고 뒷마당으로 가버린다. 사연인 겁을 먹고 두 팔을 무릎에 괴고 두 손으로 눈을 막고 나오는 눈물을 막으

며 흐느끼고 있다. 곧 하늘에서도 소나기가 쏟아질 것 같아 달녀
는 불안한 마음이 든다. 조용히 사연일 그러안고 토닥이자 아이는
방이 꺼질 듯 흐느낀다.

주술에 걸린 시간들

13

　참으로 매몰차고 얼음장 같은 할머니다. 목소리에 서리가 하얗게 묻었다. 고드름보다 더 차갑고 뾰족한 말이다. 아버지도 어머니도 없이 고아나 마찬가지인 아이를 그것도 자신의 친손녀를 저리 냉정하게 대할 수 있을까? 얼음 공장처럼 냉정하고 차가운 성품이 주위도 다 얼어붙게 만든다. 고드름이 주렁주렁 달린 말. 달녀는 시어머니 나벨라의 마음속을 한번 해부해보고 싶다는 생각을 한다. 마음속이 어떤 구조기에, 식물성이 아닌 동물성으로 어떻게 저렇게 감정도 동정도 애정도 정이란 한 숟갈도 안 들어 있을까? 감정이나 동정 측은지심 같은 건 모두 삭제된 인조인간이란 생각이 든다. 사연이 저희 할머니의 얼음보송이같이 차가운 말을 듣고는 두 손으로 얼굴을 움켜쥐고 방으로 뛰어 들어간다. 달녀는 뒤따라간다. 방바닥에 앉아서 무릎을 세우고 무릎 위에 팔을 올려놓고 얼굴을 묻고 흐느껴 울고 있다. 울음마저도 큰 소리로 울지 못하는 저 슬픔 덩어리. 검은 슬픔이다.

괜찮아. 괜찮아. 울지 말그라 울지 마. 지끔은 할매가 화가 나서 저러시지 쪼끔 지내믄 할매도 화가 풀래서 괜찮아지실 거야. 걱정하지 말고 그 집에 가기 싫으믄 집에 있어라. 엄마랑 같이 살자. 사연이는 서럽게 흐느끼던 어깨를 세우고 눈물을 손바닥으로 문지른다. 달녀의 품 안으로 안기면서 또다시 흐느낀다. 갈기갈기 다 찢어져 너덜거리는 가슴에 황사 바람이 불어닥치고 있다. 시어머니의 푸념은 저녁 밥상에도 쏟아진다. 밥과 반찬에 푸념이 돌처럼 씹혀 도저히 못 먹게 만들고 만다. 모두 입맛을 빼앗기고 눈동자만 굴린다. 할머니 입에서 쏟아지는 불처럼 활활 타는 말에 사연은 하얗게 질려 떨고 있다. 밥상 앞엔 두 부류, 갑과 을만 존재한다. 가족애란 동류항은 아무리 찾아도 찾을 수 없다. 무소불위의 권력 앞에 할머니는 갑질을 하고 사연이는 을이 되어 대치하지만 아무도 어떤 토도 달지 못하는 이 잘난 양반 선비 집안.

달녀는 밥을 먹지 못하고 할머니에게 고개만 숙이고 있는 사연을 보며 밥상을 확, 그냥 뒤집어 엎어버리고 싶다는 생각이 든다. 객지에서 마음고생으로 멍들었을 사연이 집에서도 멍들어야 하면 어디에 마음을 두란 말인가? 밥이 다시 논으로 가서 환골탈태를 하도록 시어머니 밥을 빼앗아 쏟아버리고 싶은 심정이 된다. 그렇지만 자신도 시어머니의 밥이 아닌가. 어떤 대항도 할 수 없다. 숟가락에 담겨서 뱃속으로 들어가야 하는 운명이다. 참으로 신기한 일이다. 아이를 여섯이나 낳아도 따뜻한 미역국은커녕 차가운 냉미역국 한 그릇도 안 가져다주던 시어머니. 그런 시어머니가 며느리나 손녀딸의 아픈 속은 갖은양념을 넣어서 팔팔 잘도 끓여댄다.

사연아 속상해하지 말그라. 아파하지도 마라. 할매가 겉으로는 화가 나서 저래시지만 속으로는 안 그러실 거야. 그래이 심한 말씸 하시고 역정 내시고 하셔도 니가 쪼매 더 참그라. 야, 엄마. 참을게요. 엄마가 옆에 있어서 참을 수 있어요. 그렇게 달녀에게서 아무 허락도 받지 않고 한 식구를 빼앗아 가고, 아무 허락도 받지 않고 또 한 식구를 데려다주는, 비상구 없는 블랙홀 같은 신의 장난. 적멸보궁을 향해 죽은 듯 산 듯, 그렇게 어떤 험하고 힘든 난간이 있더라도 모두 이겨내고 숨 가쁘게 올라가야만 하는 게 자신의 업보인가? 스스로에게 업보니까 이겨내야 한다고 달래며 위안을 물 길어 올리듯이 길어 올린다. 업, 그렇다. 그래서 인간은 태어나서 아기 때는 업으로 젖을 빨고 커서는 직업을 가지고 업을 닦다가 업이 소멸되면 인간도 사라지는 건지도 모른다. 산도 비틀거리고, 강도 비틀거리고, 모든 것들이 막힌 길을 뚫지 못해 공허하게 비틀비틀 비틀리고 있다. 남편은 집을 떠나 객지에서 지내던 조카가 왔는데도 아무 반응도 없다. 아니 침묵이다. 아무리 '침묵이 금'이라지만 저 침묵 속에는 얼마나 많은 금이 가득 쌓여 있는지. 도대체 집안 일에는 어떤 것이든 침묵으로 일관한다. 모든 일을 침묵이 삼켜버리고 만다. 아이들에게도 아내에게도 도무지 침묵의 문을 열지 않는다. 어쩌다 아주 간혹 자기 어머니와 한두 마디, 그것이 아주 값비싼 침묵 한 조각을 꺼내 인심을 쓰는 것이다.

다만 일을 하기 위해 태어났는지 생각이 들다가도 그것도 아니라는 생각이 든다. 검은색인가 하면 어느새 흰색 얼룩이 질 때도 어쩌다 있으니까. 집안일을 하다가도 누군가 부르면 불에 덴 살처럼 후닥닥 뛰어나간다. 간다 온다 말도 없이 후다닥 나가버린다. 집안에 누가 아픈지, 누가 무엇을 하고 지내는지에는 도무지 묵묵하다. 죽은 아이에게도 조금이라도 연민의 정이 있는지, 없는지, 무심의 속을 도무지 알 수가 없다. 접시에 빠져 죽은 파리 한 마리 건져 마당에 던져버리듯이 아들의 죽음을 취급한다. 어쩌다 한 번 아주 어쩌다 한 번 술이 몸속에 과하게 들어가는 날은 몸속에서 교란을 일으키는지 야성을 드러내며 덮친다. 그건 남편이 아닌 술과의 잠자리일 뿐이다. 맨정신으로는 단 한 번도 함께 살이 맞닿은 적도 없으니까. 함께 사니까 밖에서 남들이 남편이라 인정을 하지, 남편이란 인정이 들게 하는 일은 도무지 없다.

젊은 사람이 성욕마저도 거세되었는지, 혈기 왕성한 나이에도 술이 아니면 절대로 아내 옆에도 가지 않는 성 불감증 남자. 달녀 역시 사랑도 관심도 잘라낸 그런 잠자리는 싫다. 무늬만 부부로 사는 것도 숙명인지, 시간은 산 넘고 물 건너 왔다 가고 또 훌쩍 산을 넘고 강을 건너고, 그렇게 어디론지는 몰라도 자꾸만 가고 있다. 불행은 대장 불행이 앞장서면 나머지 부하들이 줄줄이 따라 들어온다더니 대장 불행이 아이를 데려가고 부하 불행이 줄줄이 불행을 끌고 집으로 향하고 있다. 달녀는 예감으로 시 한 수를 적는다.

? : !

늑대는 달의 젖을 빌어먹고 산다.

보름달은 초승달로 여위어가고
늑대 눈엔 밤마다 초승달이 뜨고 진다.
퇴화한 달빛들 땅속에 묻혀 있다가
푸른 싹으로, 나비로 나비나비 태어난다.

어린 떡잎 들썩임과 아기 나비 날갯짓엔
우주를 들어 올리는 힘이 있다.

둥근 열매가 익는다, 혹은 영근다는 말이나
하늘 하늘하늘 날아다닌다는 말은 모두가 거짓말이다.
땅으로 추락한다는 젖은 말이다.

발 달린 것들 허공 딛는 시간이 더 많고

날개 달린 것들도 알고 보면 땅 밟는 시간 더 많다.

초원은 바람을 낳아 기르고 햇빛은 그늘을 낳아 기른다.

싱싱한 빗줄기는 샛강을 낳아 기르고 있다.

파도 지느러미 애간장 다 녹이며

쉬지 않고 시를 짓지만

壯元은 文魚의 가문에 뼈대와 같은 취급이다.

다만, 머릿속 가득 저장된 먹물로 괴발 네발 문어발로

구불링구불링 쓴 획들은 모두 달필이다.

조팝꽃 그늘을 밀어내며 하얗게 웃는 저녁은

또 어떤 계절의 물거품 되는 풍경인가?

연둣빛 더듬이의 서툰 몸치로 둥둥 물살을 저어 간다

?에 줄줄이 걸려드는 !

물음표와 느낌표는

아무것과 아무것도 아닌 것 사이의 부호다.

날개 굳은 나비 한 마리가 개미 떼를 까맣게 몰고

하얀 우주 밖으로 날아가고 있다.

물음표에 줄줄이 걸려드는 느낌표

깃털 보드라운 숨소리와 눈빛 해맑은 神. 양 떼 농장에서 양 떼의 털을 깎으면 하늘로 날아가 하얀 양털 구름이 될 것이다. 양털 구름은 풀풀 허공을 날아다닐 것이다. 다른 세상으로 간 아이들의 영혼도 양털처럼 하얀 양떼구름이 되었으면 좋겠다. 보고 싶어, 아주 많이 보고 싶을 때 하늘을 쳐다보게. 많이는 아니고, 아주 가끔이라도 보게. 양떼구름을 보면 우리 아이들이란 걸 알도록, 적어도 그만큼의 믿음을 신에게 기대하고 싶다. 그렇지만 여자의 예감에 줄줄이 걸려드는 느낌표. 신이 물음표로 씨줄 날줄 엮어 던져놓은 그물, 그 그물에 걸린 사건들이 파다닥 파다닥, 꼬리를 치면서 서서히 물 위로 떠오르고 있다. 명태를 두들기듯 방망이로 두들겨 팬들 이미 결정된 일들에 무엇이 달라질 수 있겠는가.

가을이란 계절이 여름 벽과 겨울 벽 사이에 끼여 꼬리를 뚝 잘려버린다. 도마뱀처럼 꼬리를 잘라두고 겨울 쪽으로 황급히 달아날 무렵. 그날도 달녀는 아무 감각도 없이 꿀꺽꿀꺽 물을 마시고, 밥을 입안으로 우걱우걱 구겨 넣고. 경기(驚氣)하는 여름이를 데리고 침을 맞히러 간다. 찔레 덤불에 앉아 있던 쌀쌀한 바람이 자신에게로 몰려든다. 바람에 찔려 눈물이 난다. 눈빛이 찔레 넝쿨을 향해보지만 쌀쌀한 바람은 보이지 않는다. 마음을 헐떡이며 아이를 데리고 부지런하지도 게으르지도 않은 걸음으로 윤회네 집에 도착한다. 마당에 들어서도 반갑게 반겨주던 그림자도 없다. 마당 가에 삐죽하게 키 큰 해바라기만 외발로 서서 일렁일렁 내려다보고 있다. 해바라기는 우리를 빤히 쳐다본다. 검은깨처럼 다닥다닥 씨앗이 박힌 얼굴로. 해바라기를 뒤로하고 나온다. 곧바로 의원 어른 댁으로 발걸음을 재촉한다.

여름이는 전에 없이 이것저것 수다스럽게 물어온다. 재롱을 힘껏 피우지만, 그 재롱이 왼눈에도 들어오지 않는다. 그냥 건성으로 무슨 말인지도 모르면서 응, 응 응, 응 응 응, 무성의스러운 대답만 아이에게 던진다. 엄마로서 미안한 마음 한 알갱이도 갖지 않는다. 아이 역시 엄마의 무성의스런 대답에 아무런 반감도 없이 무성의스럽게 잘 따른다. 아이는 오늘도 혼자 침을 맞겠다며 씩씩하게 팔을 위로 올렸다 내렸다 한다. 칭찬을 구걸하는 것이다. 저 평범한 구걸 하나 보시 못 해준대서야 엄마가 아닌 걸 알면서도 아무 말도 못 해준다. 아이는 칭찬 구걸을 포기하고 방으로 들어간다. 칭찬 한 숟갈도 안 먹고 그냥 돌아서서 밖으로 나온다.

눈을 뜨고도 아무것도 보이지 않는다. 찬바람이 쓸쓸 겨울을 끌고 온다. 춥다는 말이 실감 난다. 영혼이 춥다는 말, 몸이 추울 때는 발이 얼어서 물이 질질 흘러도 이렇게 서럽진 않았다. 얼지도 않았고 물이 흐르지도 않는 영혼이 쌀쌀 춥다. 너무 춥다. 끈 떨어진 연처럼 혼은 어디로 풀풀 날아오르고 있는지, 정신 나간 빈 몸만 그냥 발이 가는 대로 둔다. 의원 옆집에 누가 사는지도 모르면서 발길을 옮긴다. 발바닥에 씹다 버린 껌처럼 달라붙는 무기력증. 걷다가 멈춰 선 곳은 울타리도 없는 집이다. 발갛게 익은 감나무는 가지마다 주렁주렁 등불을 달고 서서 밖을 내다보고 있다. 안에는 여자들 셋이서 수다를 떨고 있다. 들어갈 엄두도 안 나고, 돌아서 나올 엄두도 못 내고, 담 밑에 웅크리고 앉는다. 그래서? 그래서가 아이라. 그 집 마누래는 아무꺼도 모른데. 남편이 바램을 피는데도 쌔까맣게 모르고 산다나 봐. 그래믄 그 여자는 밖에도 잘 안 나간대? 밖에 나가믄 소문을 들어도 다 알 건데. 모르는 척하고 살겠제. 설마 모를 리가 있겠나. 여자는 육감으로 알아도 남편 바램 피는 거는 다 안다. 인물도 반반하고 한문 공부도 마이 했대. 그래 똑똑하다는대도 남편 바람 피는 건 모른대. 등잔 밑이 어둡제. 좌석리가 다 아는데 본인만 모르이. 우째 보믄 모르는 게 낫지도 모르제. 참말로 모르는 게 약이고. 아는 게 빙이 될지 모를 일이제. 옆에 여자가 말을 받는다. 뿌리도 잎도 다 잘려나가고 몸통만 있는 통나무 같은 말, 무슨 말인지 통 알 수가 없다. 숨을 죽이고 조금 더 귓속에 안테나를 곤두세우고 듣는다. 꼴까닥 침이 목구멍을 통해 넘어간다. 곧 어떤 여자 입에서 뿌리와 잎사귀 붙은 말이 나온다. 그 선화 어마이. 도화살 예펜네 참말로 못 쓰겠네. 전에 좌석 있는 피리 아부지하고도 놀아났다가 피리 어마이 알아서 난리 났다민서. 또 정신 못 차리고 미친년매로 날뛰고 댕기노. 그 멀리 있는 계절이 아부지까짐 꼬드개서 그른 미친 짓을 하노?

몸속 어디 있던 딸꾹질이 갑자기 딸꼭 딸꾹 밖으로 튀어나온다.

나오는 딸꾹질을 손바닥으로 막아낸다. 심장이 멈춰버리는 것 같다. 무슨 씨벌이 같은 말을 들은 건지, 환청을 들은 건지, 잘못 들은 건지, 전봇대로 이빨 쑤시는 소릴 하고 있다. 차라리 저 밤송이로 밑 닦는 소리 같은 말을 듣지 못하는 귀·머·거·리, 귀머거리면 싶다. 아니다. 내가 꿈을 꾸고 있다. 아니다. 잘못 들은 게다. 당황에 떠밀린다. 도저히 더이상 듣고 있기 거북하다. 여자들의 수다 틈바구니에서 빠져나온다. 귀를 의심해보지만 그건 분명 똑똑히 들은 말이다. 어느새 발걸음은 의원 집으로 향한다. 아직 아이는 침을 맞고 있는 중이다. *안죽도 침 다 맞을라믄 멀었니껴? 아이요. 다 맞았니더. 울매나 잘 참는지 기특하이더.* 의원 어른의 말은 귓바퀴만 돌다 땅바닥으로 곤두박질치고 만다. 아이는 자신이 아픈데도 잘 참고 맞았다면서 칭찬을 종용한다. 칭찬 몇 가지를 꺾어 아이에게 안겨준다. 거짓 칭찬이다. 무슨 말을 했는지도 모른다. 그런데도 아이는 좋아서 폴짝 폴폴폴 뛴다. 폴짝거리는 발걸음을 데리고 의원 집을 나온다. 휘청, 후드들후드들후두두들후두두들 다리에 힘이 다 새버렸다. 솜보다 가벼운 몸을 지탱하면서 걷는다.

아이는 엄마의 그런 맘을 알 리 없다. 그저 엄마가 꺾어준 칭찬 가지만 들고 신이 나서 걸어간다. 어미 마음을 알기엔 아직 너무 어려서 다행이다. 아이는 앞장서서 시키지도 않는데 윤회네 집으로 간다. 무심히 아이를 따라 윤회네 집으로 들어간다. 햇볕이 가득 내려앉은 마루에 윤회 할머니가 앉아 있다. 도라지를 까고 있다. 도라지와 도라지 껍질이 함께 담긴 양푼이 있다. 뾰족한 과도를 양푼에 내려놓고 반긴다. 얼릉 오소. 아 침 맞힜니껴? 인제 다 날 때도 됐구만. 안죽도 더 맞아야 된다니껴? 야. 그른데 새득 낯빛이 왜 그래 안 좋니껴? 어데 아프이껴? 아이요. 그른데 안색이 아주 안 좋아 보이니더. 점심 안죽도 못 자셨제요? 우리 식은 밥 있는데 한술 뜨소. 윤회 할머니는 아무것도 묻지 않은 치마를 툭툭 털며 일어선다. 부엌으로 가려는 윤회 할머니의 팔을 잡는다. 아이, 됐니더. 밥은 됐고요. 머 쪼매 여쭤볼 말이 있어서요. *여름이 윤회하고 저짝 거리마당 가서 쪼매 놀다가 와. 윤회하고 놀다가 집에 가자.* 말이 땅바닥에 떨어지기가 무섭게 두 녀석은 신이 나서 손을 잡고 옆 마당으로 간다.

왜요? 먼 일이라도 있니껴? 지가 느낌이 있니더. 그래이 솔직하게 말씸해줘야 되니더. 내 먼 말인 동은 모르제만 계절이 어마이한테 숨겔 게 머 있니껴? 먼 말인 동 말해보소. 도화살 그 선화 어마이 말이씨더. 바램둥이라고, 전번에 말씸하싰제요? 그거야 시상이 다 아는 일이잖니껴. 멀 새삼스룹그러 묻니껴? 소문에 우리 아들 아부지하고도 그랜다고 해서요. 누가 그래디껴? 어데서 그른 소문을 들었니껴? 그냥 느낌이 그래서요. 아시는 대로 말씸해주소. 나도 눈으로 보지는 못했니더. 눈으로 보지도 못하고 우째 나무 일을 그래 함부로 말할 수 있니껴? 그저 본인이 그른 느낌이 오그든 집에 양반한테 잘하소. 사나들이란 한때 밖에서 나무 여자하

고 그래다가도 또 가정으로 돌아오이까. 나무 소문 듣지 말고 잘 해주소. 나무 말 듣고 소문만 믿고 내 서방 내치믄 내만 손해 아이 껴. 그래이, 새득도 맴 단디이 먹으소. 막말로 그릏다 한들 저 아 들하고 다 우쩰니껴? 그래이 고만 나무 말은 귀 막으소. 나무 말 하기 좋아 나오는 대로 떠들어댄다 생각하고, 그냥 접어두고 사소. 그보다 더한 자슥도 보냈잖니껴. 그까짓 거야 별 대수가 아이다 생각하고 아 들 보고 사소.

알쏭달쏭한 말만 훈계로 엮어내고 있다. 아 들 보고 살아가라 고? 소문 믿지 말라고. 그·럴·까? 헛·소·문·일까? 달녀의 발은 허탈 탈탈 허탈탈 집으로 걸어간다. 아이는 옆에 달라붙어 어미의 팔을 붙잡고, 이것 봐라, 저것 봐라, 재잘재잘거린다. 아이는 기분이 환 하게 피는지, 엄마의 무응답이 답답한지, 동생 준다며 길가에 흐드 러진 꽃과 향기를 꺾기 시작한다. 소문도 저렇게 꺾어버릴 수 있을 까? 꽃향기가 그림자처럼 동행해서 집에 도착한다. 구부정하게 휜 마음을 간신히 움켜잡고 집에 오니 사그락사그락 어둠이 책장 넘 기는 소리가 들린다. 어둠 냄새가 어둑어둑 밀려온다. 모든 감각이 무디어져 공감각적인 구름이 몰려와도 전혀 공감하지 못하고 다른 집 같은 기분이 든다. 사연이 반갑게 뛰어나오며 달녀를 반긴다. 불쌍한 아이한테 무감각하면 무례인데, 무례가 무례인 것조차 생 각할 기분이 아니다. 집구석이란 곳은 황무지 같은 맘속에 절망을 경작하고 있을 뿐이다. 저녁 할 생각도 없이 방안에 손깍지를 끼고 드러눕는다. 그냥 눈만 감고 있자니 그 여자들의 수다가 주인의 허락도 없이 방 안까지 따라와 마구 떠들어댄다. 아니야, 아니야. 여자들의 수다를 털어낸다. 거머리처럼 달라붙어 생각의 피를 빨아먹는 여자들의 수다. 아무리 떼어내려 애를 써도 소용없다.

그래서? 그래서가 아이라. 그 집 마누래는 아무껏도 모른대. 남편이 바램을 피우는데도 쌔까맣게 모르고 산다나 봐. 그래믄 그 여자는 밖에도 잘 안 나간대? 밖에 나가믄 소문을 들어도 다 알 겐데. 모르는 척하고 살겠제. 설마 모를 리가 있겠나. 여자는 육감으로 알아도 남편 바램 피우는 거는 다 안다. 인물도 반반하고 한문 공부도 마이 했대. 그래 똑똑하다는대도 남편 바람 피우는 건 모른대. 등잔 밑이 어둡제. 좌석리가 다 아는데 본인만 모르이. 우째 보믄 모르는 게 날지도 모르제. 참말로 모르는 게 약이고. 아는 게 빙이 될지 모를 일이제. 그 선화 어마이, 도화살 예펜네 참말로 못 쓰겠네. 전에 좌석 있는 피리 아부지하고도 놀아났다가 피리 어마이 알아서 난리 났다민서. 또 정신 못 차리고 미친년매로 날뛰고 댕기노. 그 멀리 있는 계절이 아부지까짐 꼬드개서 그른 미친 짓을 하노? 와글와글 개구리 울음처럼 싱그럽게 끓어대는 소리에 머리가 돌아버릴 것 같다.

그 시간까지도 남편은 어디서 무얼 하고 있는지, 집 안에 그림자도 보이지 않는다. 그러고 보니 늘, 어디를 가는지, 어디를 갔는지, 어디를 갔다 왔는지 아무런 관심이 없었다. 서로가 관심이 없는 건 마찬가지다. 부부라고 하기엔 너무 먼 사이다. 그와 나 사이, 죽음과 삶 사이, 사랑과 무관심 사이, 아내와 남편 사이. 이 불필요한 사이라는 말을 연결 짓고 허무는 사이. 사이라는 접속사가 또다른 접속을 만들어낸다. 달녀는 가자미처럼 눈을 한쪽으로 모으고, 몸을 납작하게 땅바닥에 붙이고, 마음을 꾹꾹 밟아 누르고 입술을 잘근잘근 씹으면서 누워 있다.

그놈의 사이가 또 문제다. 잠깐 누워 있는 사이에 급물살 같은 말 한 줄기가 쏟아져 내린다. 시어머니 뱃속에는 어떤 명장이 사는지, 시퍼렇게 날 선 말날은 자신을 잘라 토막을 치고도 남을 것 같다. 밥때가 됐는데. 방구석에서 대체 머하고 자빠졌노? 아 를 잘못 키워 죽있으믄 죄진 줄 알고 정신이래도 채래이지. 미친 사램맨치로 머하고 싸돌아 댕그는지 알 수가 있어이지. 원내 참내! 내가 복장이 터져 죽겠네. 내 전상에 먼 죄를 그래 마이 짓는 동. 왜 이래 복장 터지는 일만 생기는 동. 에구 내 팔자야. 혈관 속까지 파고들어 열을 돋우는 저 말발. 그래요. 맞니더. 맞고말고요. 아 잘못 키워 둘이나 죽있니더. 그래고 또 남핀까지 다른 여자한테 뺏긴니더. 이래 지지리도 못났니더. 나, 나는 이 죄인은, 우째야 되니껴? 우쩰꼬요? 우째믄 벌을 면하니껴? 내가 우째하믄 시어머니 당신, 아니 당신네 집안에서 복장 터지는 일이 안 생길니껴? 속 시원하게 대답해주소. 대체 우째야 이 고난과 상처를 정지시킬 수 있을지, 말 쫌 해달란 말이씨더. 죽지 못해 숨을 당겼다 놨다 쉬고 있는,

이 무지렁이 짓을 정지시킬 방법을 달란 말이씨더. 내가 우째믄 당신들, 그러니까 당신 두 모자한테 냉수를 들이킨 거매로 시원할 니껴? 그래요. 죽는 게 두렵지는 않니더. 목심이 붙어 있는 게 한 스러우이 말이씨더. 그래믄 당신 두 모자가 우리 남은 아 들 다 잘 키우소. 사연이까지 잘 키와주소. 그래믄 지끔 딱, 딱 목심 보따리를 싸고 싶니더. 아무 미련도 없니더. 단지, 어데서 어떻게 살고 있는지, 아님 죽었는지 모를, 엄마를 딱 한 분만 보믄 소원이 없겠니더.

혼잣말로 중얼거리며 울분을 토한다. 감정의 전도율이 전기보다 빠르게 막장으로 치닫는다. 머리가 폭발할 지경이다. 본래 자신의 감정은 다 떠나고, 활활 타는 분노만 남아 있다. 여름이하고 가을이 엄마를 부르며 들어온다. 저것들을 어쩐단 말인가? 내가 없으면 저 철부지들이 천덕꾸러기가 되고 말겠지. 이러지도 저러지도, 죽을 수도 살 수도 없다. 이 어정쩡한 경계에 서서 맹렬한 증오가 가득한 생각 뚜껑을 다시 닫고 만다. 가을이를 안아본 지가 언제인가? 가을이를 품에 안는다. 자신도 모르게 찝찌름한 물이 주르륵 흘러 베개를 다 적신다. *엄마 울어? 아이. 눈에 머가 들어갔나 봐. 아하 그릏구나. 나는 엄마가 우는지 알았니더. 엄마 내가 호 해주께?* 하고 엄마 품을 밀어내며 일어난다. 지어미 눈을 두 손가락으로 까뒤집는다. 솜털 같은 입김으로 후 하고 눈에 대고 붙어 낸다.

엄마 인제 괜찮제요. 인제 괜찮아졌네. 우리 가을이가 의사네.
티가 무서워서 도망가버렸나 봐. 우리 가을이 최고네. 엄마 진짜제
요? 아싸 신난다. 아이는 별말도 아닌 말을 별말로 알아듣고 좋아
한다. 다 찌그러진 거짓말을 했는데, 아이는 그 찌그러진 말을 깨
끗이 고쳐 반짝반짝 윤이 나는 말로 만들어놓고 신나서 날뛴다.
다 떨어진 걸레 같은 말도 새 옷으로 만드는 기술을 가진 아이가
부럽기까지 하다. 밖에는 시어머니 나벨라의 가위 소리가 엿장수
처럼 마음대로 쨍그랑거리고 있다. 달녀는 가위는 원래 엿장수 마
음대로 짤랑거리는 거라 생각한다. 아무 소리도 귓속으로 들어오
지 않는다. 엿장수는 원래 엿을 잘라 팔면서 사는 사람의 턱이 빠
지든지 이가 썩어 빠지든지 아무 상관없는 것이다. 자폐에 갇혀서
파도에 떠밀려 망망대해 어디론가 정처 없이 떠내려가는 느낌. 떠
내려가다가 물안개처럼 어디론가 증발해버리고 말 것 같은 느낌.
독가스처럼 가라앉은 불면은 밤새도록 꽃을 심었다 뽑았다 한다.

끊임없이 숨겨진 진실 줄을 당겼다 풀었다 한다. 몸뚱이를 뒤집었
다 엎었다 생각을 이랬다저랬다 한다. 시간과 공간을 메우기 위해
덧없는 어둠을 허비하고 있다. 인정과 부정 사이를 서성이며 오가
느라 하룻밤을 다 써버린다. 가재처럼 더듬이도 없이 더듬더듬 더
듬는다. 그렇지만 어둠 속에서 익숙한 곳에 둔 물건을 더듬어서 찾
는 일이 아니다. 더듬어서 찾을 일도 더듬어서 될 일도 아니다. 속
일 것을 속여야지. 남의 목숨 줄에 칼을 들이밀면서 자신들의 행동

이 사랑이라고 말할 수 있을까? 그걸 이 세상 누구에게 물어봐야 정답을 얻을 수 있을까? 수천 겹의 어둠에 둘러싸여 생을 걸어가고 있는 장님 같다. 다 사라지고 말 몇 줄의 생각을 줍고 있다. 옆에서 곤하게 잠이 든 아이의 숨소리가 가을바람처럼 순하게 들려온다. 순간, 자신도 숨을 쉬고 있음이 신기하다는 생각이 든다. 지금, 살·아·있·는 건지? 아님, 꿈속을 헤매고 있는 건지? 어디서부터 어디까지가 꿈이고, 어디서부터 어디까지가 현실인지. 경계에 서서 오지도 가지도 못한다. 못처럼 박혀서 녹슬어버리고 말 자신. 그 자신은 이미 붉은 녹이 슬어 쓰지 못할 못 같다.

못! 못 한다. 아무것도 못 한다. 못은 나무나 벽에 박혀 붙박이로 일생을 소비한다. 나는 진성 이씨란 나무집 기둥에 박혀 일생을 녹슬어가야 한단 말인가. 쾅 쾅 콰광쾅! 못대가리를 두들기는 망치 소리가 자신의 가슴에 대못을 박고 있다. 이 우주 만물은 인간의 고통을 쓰다듬고 치유하고 다시 재생시킨다. 우주는 고통을 주고 고통을 위해 치료란 이름의 시간을 주고, 도대체 인간을 얼마나 만신창이가 될 때까지 고통을 주고 치유를 줄 것인가. 죽이고 또 태어나게 하며 순환의 피돌기를 끝없이 이어간다. 인간들은 죽지 못해 다시 숨을 쉬며 생명을 연장시킨다. 낳고 죽이고 모두 누구의 명령이란 말인가! 인간은 누구의 노예이며 희생자인가! 아님 그와 정반대인가. 인간이 우주 만물의 고통을 쓰다듬고 치유하고 다시 재생시키는 것일까? 고통을 주고 함께 울어주며 고통을 위해 고통스럽게 고통을 감내하는 걸까? 죽고 또 태어나며 순환의 피돌기를 하며 우주를 관장하는 걸까? 우주 만물이 인간의 노예이며 희생자인가! 그것도 아님, 톱니바퀴처럼 맞물려 돌아가며 씨줄 날줄로 서로가 서로에게 엮이면서 엮여주면서 체온을 나누며 상생하는 걸까? 서로가 서로의 고통을 쓰다듬고 치유하고 다시 재생시키며 함께 웃어주고 함께 울어주며 고통을 위해 고통스럽게 감내하는 것일까? 죽고 또 태어나며 순환의 피돌기를 하는 우주 만물은 인간을 위한, 인간은 우주 만물을 위한 절대적 관계인가! 이 가을에 아주 먼 곳에서 음산한 검은 눈발이 앞이 보이지 않게 내린다. 하늘도 검게 물들었다. 참혹하고 미칠 것처럼 황홀한 감옥에 갇혀 격렬한 온도를 늘 그대로 유지해야만 하는 운명. 동굴처럼 캄캄한 골방 속에 태아처럼 웅크리고 있는 무형(無形).

주술에 걸린 시간들

14

거울 뉴런, 지구가 감기에 걸려 쿨럭 콜록 에이취에이취 재채기를 하고 기침을 하면서 돌아다니면 인간도 감기가 들어 쿨럭 콜록 에이취에이취 재채기를 하고 기침을 하면서 함께 감기를 앓고 돌아다닌다. 절대적인 현상을 알아내지 못하는 인간. 만물의 영장이라 자칭하는 무지렁. 무지렁이 지렁이보다 길게 늘어져 꿈틀거리는, 태어나자마자 덜컹덜컹 햇살을 마시고 바람을 마시고 나이를 마시며 주변을 늙히고 결국 사라져버리는, 바람이라도 불지 않으면 죽었는지 살았는지 영혼은 몸 어느 부위에 있는지도 모르는, 결국, 지구라는 기차에 올라 정신없이 지금 달리고 있는 곳이 어딘지도 모르고, 어디로 가는지도 모르고, 어디서 내려야 하는지 역명조차 잊어버리고, 차를 타고 가다가 종점에 닿으면 하던 일 모두 내려놓고 내려야 하는, 아무리 발버둥 치며 타고 있는 차 안에서 구경을 더 하고 싶어 버텨도 소용없는, 자신의 의지대로 삶과 죽음 하나도 마음대로 못 하는 만물의 영장이란 이름. 잠시 빌렸다가 돌려주고 돌아가야 할 돈과 옷과 신발과 집과 잡동사니들. 기차여행을 하면서 영원히 쓸 것처럼 으스대고, 조롱하고, 빼앗고, 빼앗기고, 종점의 기적 소리가 턱밑에 닿아도 믿지 못하고, 조금만 조금만 더 여행을 연장하는 만물의 영장 인간!

서슬푸른 젊음은 잠시도 멈추지 않고 초초초초 걸어간다. 마냥 푸르고 젊을 것 같던 날들을 시간은 그림자도 없이 모두 추수해버린다. 정확도를 계산하던 젊은 날들도 건널목에 서서 기다리지 않는다. 젊은 가랑잎들이 가을을 서두르면 함께 부서져야 하는 목숨 조각들. 결국, 지구의 들러리일 뿐. 그래도 그 붉은 악의 꽃은 아직도 피고 지고를 멈추지 않는다. 별이 빛나는 밤에는 한쪽 귀를 잃어버린 고흐가 귀를 찾으러 온다. 차라리 귀를 베고 듣지 않았어야 할 소리를 들은 죄가 해바라기 씨처럼 빼곡하고 까맣다. 그런데, 사라진 소리들을 찾으러 온 고흐의 눈에도 붉은 울음을 흩뿌리는 악의 꽃. 세상에 악의 꽃이든 선의 꽃이든 피었다가 지는 건 마찬가지다. 밤하늘은 까맣게 잠들어 있고 낮 하늘은 피를 흘리고 있다. 가을하늘은 먹구름을 모두 산 그림자로 던져버리고 높고 푸른 새살을 장만하고 있다. 앞길은 굴절되고 하늘엔 두드러기가 돋아 온몸이 가렵다.

아무것도 하고 싶은 게 없으면 죽은 목숨일까? 할 수 있는 일도 하고 싶은 일도 없이 시간은 무심히 한 방향만 향해 달리고 있다. 단풍들은 비단비단 선 고운 한복 솔기를 홈질하며 사람들의 눈을 앗아가고 있다. 저 천의무봉 솜씨를 보러 사람들은 발을 종 부리듯이 부리며 산으로 산으로 모였다 흩어지기를 반복하고 있다. 배냇짓 같은 일만 반복 반복 또 반복하고 있다. 독재자! 지구 충효 사상을 가장 많이 써먹은 게 독재자요 군림자라고 한 말이 생각났다. 마음의 평화를 다 앗아간 독재자 바로 지구다. 독재자가 아내의 귀를 손을 눈을 속일 때 무얼 했단 말인가. 한통속으로 수수방관도 아니고 동조를 했음이 아닌가! *지능나비와 지성나비 지능적 범죄는 있어도 지성적 범죄는 없다.* 지성성은 자연적으로 개발 꽃이 많은 곳엔 지성적 바람이 난다. 칸트는 *인간은 지성적인 존재*라고 했다. *아니, 모든 건 제 본래의 기능을 잃었을 때 또 다른 기능을 탄생시킨다* 했다. 같은 사물을 보아도 보는 사람에 따라 모두 다른 것이 된다. *과학자가 보면 조각이고 철학자가 보면 어머니일* 수도 있다. 또한, 같은 사물을 보아도 보는 위치에 따라, 혹은 보는 기분에 따라, 누구와 보느냐에 따라, 언제 보느냐에 따라, 어디서 보느냐에 따라, 어떻게 보느냐에 따라, 같은 물체가 전혀 다르게 보이는 게 인생이다. 가을 낙엽이 늙어 서걱서걱 폐렴을 앓고 있다. 그처럼 푸르고 싱싱했던 젊음은 시간이 다 앗아가버리고 주름진 풀벌레 울음소리만 목청을 높이며 위로위로 위로를 던진다.

별 그늘도 늙어 생기를 잃은 밤, 늙은 별들이 이만 총총 이만 총

총 떠날 준비를 서두른다. 별똥에서 낙엽 내음이 쏟아진다. 해 뜨기 전이 가장 어둡단다. 그렇다면 해 지기 전이 가장 밝다는 말, 얼마나 밝은 해가 뜨려고 이리도 어두울까? 안개로 가득해 한 치 앞도 볼 수 없는 한라산 영실(靈室) 같은 밤이다. 날이 밝자 한라산 영실(靈室)에 영(靈)은 떠나고 실(室)만 덩그마니 남는다. 아침 해가 아무렇지도 않게 눈을 비비며 일어난다. 달녀의 등짝은 땅바닥에 붙어서 일어날 생각조차 않고 있다. 어디서부터 어떻게 실마리를 풀어야 할지, 밤새도록 헛된 몽상만 다녀가고, 풀어야 할 엉킨 실타래는 그대로 방바닥에 나뒹굴고 있다. 마음 같아서는 엉킨 실타래를 가위로 싹둑 잘라 정리를 하고 싶지만 잘라서 될 일도 아니다.

아이는 옆에서 어미의 속마음을 알았는지 어미의 가슴팍을 붙잡고 꿈속에서 놀고 있다. 어찌해야 할까? 어떡하면 좋을까? 붉은 비밀을 보자기 가득 싸안고 한숨은 공허하게 들어갔다 나갔다 허파를 뒤집고 있다. 매일 보던 남편이 갑자기 낯설어 보인다. 왜 그럴까? 모든 건 의심을 하기 시작하면 거기에 모든 일이 귀가 딱딱 맞아 들어가기 마련이다. 날마다 늦은 귀가가 그랬고, 자신에게 무심한 게 그랬고, 자기 씨앗들에게 무관심한 게 그랬다. 좀처럼 집에서 말을 않는 것도 그랬고, 의심의 시각으로 바라보니 지난 시간이 모두 다 의심투성이이다. 일어나서 확인을 해볼까? 아니, 아니 아니야. 확인해서 무얼 어떻게 하려고. 그 소문이 맞으면 이혼해?

아니면 미안해지기만 하고.

　달녀의 머릿속으로 오자상의 말이 저벅저벅 걸어 들어온다. 먼 일이든 큰일일수록 급한 일일수록 이해가 되지 않는 일일수록 상상 밖에 일일수록 가파른 일일수록 차분차분 열 분 백 분 생각에 생각을 덧대고 또 덧대보그라. 그다음에 행동에 옮겨도 늦지 않다. 그래, 일어나자. 아무 일도 아닌 것처럼. 열 번 아니 백 번 생각하고 나서 행동하자. 부처님한테도 108번 절을 해야 실눈이라도 떠 보신다고 했지 않는가. 달녀는 상황은 그대로 아무것도 변한 게 없는 그대로인데 오자상의 말을 새기고 나니 갑자기 어디서 나오는지 힘이 불끈 솟아오른다. 이불을 걷어차고 일어난다. 참으로 오랜만에 아지에게로 간다. *아지야 잘 잤어?* 그동안 아지가 몰라보게 큰 게 보인다. 매일 보면서도 보이지 않았던 아지의 성장이 보인다. 아지는 눈을 껌뻑이며 웃는다. *니도 웃네. 그래. 살다 보이 소가 웃을 일도 있구나. 아지야. 니는 다 알고 있제? 내한테 전부 말해봐라. 이 모든 게 소문이라? 아니믄 진짜라?* 아지가 모간지를 끄덕인다. *야, 아지! 니 대체 모하는 거로? 어느 말에 수긍을 하는 거로? 어느 말에 동그래미를 치고 있는 거로. 진짜? 소문?* 아지는 그 크고 선하고 잘생긴 두 눈을 껌뻑껌뻑 두 번이나 연이어 껌뻑인다. 달녀는 아지의 엉덩이에 묻어 시루떡처럼 쩍쩍 갈라진 똥을 빗으로 빗겨준다. 시원한지 꼬리를 살랑살랑 흔들고 귀를 벙긋벙긋 움직이면서 가만히 서 있다. *아지야 참말로 시원하제? 나도, 누군가*

이래 내한테 관심 가재주는 사램이 있으믄 좋겠다. 아지야 도대체 내게는 은제 환한 날이 오겠노. 진달래가 붉은 치마저고리를 입고 눈웃음을 쳐도 개나리가 삐약삐약 노래를 불러대며 하늘의 구름을 마셔도 목련이 밤마다 환하게 등불을 나뭇가지가 휘도록 걸어도 왜 내한테는 봄날이 없는 걸까? 왜 그를 때마둥 내게는 푸른 봄바람 한 줄기 안 불어올까? 왜 가도 가도 비바램과 눈보라만 펼쳐지는 길일까? 아지야. 지발 적선 이 소문이 헛소문이기를 니도 기도해줘 알았제. 니가 기도를 해주믄 헛소문이 될 것 같애서 그래. 나 또 아직밥 하로 가야 해. 아지야 쪼끔 있다가 니 밥 줄게 놀고 있어.

아지와 이야기를 나누고 나온다. 마음의 흉터가 없길 간절을 담아 주술을 걸어본다. 기분이 조금 더 나아지지도 조금 더 무뎌지지도 않는다. 자꾸만 마음속에 먹구름이 소용돌이쳐 오는 기분이다. 무게를 재기 어려운 기분으로 부엌에 들어간다. 부엌 아궁이에 불쏘시개로 불을 붙인다. 부엌을 환하게 비추며 활활 잘도 탄다. 자신의 가슴에 불처럼 타닥타닥 잘도 타는 불꽃이 얼굴을 벌겋게 달구고 있다. 가슴에 잔뜩 낀 먹구름을 발췌해 아침상을 차린다. 두 모자의 상에 수저를 놓으면서도 반찬을 놓으면서도 모두가 헛소문이길. 아니, 헛소문을 그릇마다 가득가득 채워 상을 차린다. 실전에 나가는 수험생처럼, 떨리는 기분으로 밥상을 들고 마루로 나간다.

사연이 어느새 일어났는지, 엉클어져 얼굴을 덮어 가발을 쓴 것 같은 차림으로 마루를 쓸고 닦아놓았다. 마당에 밤새도록 자욱하게 떨어진 별빛과 달빛을 모두 쓸어냈다. 빛들을 다 쓸어낸 싸리 빗자루는 헛간 옆에 서서 헛기침을 헛헛하고 있다. 자랑스러운 듯, 그러나 달녀 속에 깃든 먹구름은 쓸어내지 않고 그대로 두었다. 고통도 빗자루로 좀 쓸어주지. 모두가 같은 시간 같은 식구로 모인다. 겉으로만 가족인 가족, 모르는 사람처럼 낯선 풍경이 달녀와 덩그마니 마루를 채운다. 서로에게 익숙한 풍경이지만 견디기 어려운 침묵들이다. 모두가 빛 한 모금 못 얻어먹은 듯 축축하게 젖어 있는 풍경이다. 달녀는 쉼표를 지우며 멍하니 초점 잃은 눈으로 무언가를 바라보다가 마루로 가서 밥상에 앉는다. 모두 아무렇지도 않게 말없이 밥만 목구멍으로 퍼 넣고 있다.

밥을 퍼 넣는 건지, 알지 못할 불안을 퍼 넣는 건지. 마당엔 닭들이 배가 고픈지 종종종종 몰려와 마루에서 굴러떨어진 침묵을 쪼아 먹는다. 푸른 침묵을 견디기 위해 땅이나 허공을 들락거리는 식구들, 꼭 종이 속에 그린 한 폭의 그림 같다. 그림 속의 인물들은 말이 없다. 그렇게 서로의 속에 무엇을 담고 사는지, 무슨 생각을 하고 사는지. 한 지붕 밑에서 한솥밥을 먹는다는 것 외엔 모르는 사람과 다를 바가 없다. 아무렇지도 않게 날카로운 말 칼을 휘두르는 갑과 상처를 받을까 전전긍긍 몸서리치며 쥐구멍 찾기에 바쁜 을이 함께 동거하고 있다. 슬쩍, 남편의 얼굴을 눈 허리를 휘어 곁눈질해본다. 의심이 더덕더덕 묻어있는 눈길. 수상수상 수상한 기운이 감돈다. *어제는 왜 그래 늦었니껴?* 시집온 뒤 처음 내 편이 아닌 남편에게 물어보는 말이다. 말은 남편에게 건너가다가 봇도랑에 처박혔는지 낭떠러지에서 굴렀는지 남편은 아무런 대꾸가 없다.

봇도랑에 처박혔을지도 모르고 낭떠러지에서 굴러떨어져 버렸을지 모를 말은 버린다. 그리고 다시 새 말을 입속에서 만들어내 꽃가루 같은 말로 조심조심 물어본다. 다시 한번 말이 어디론가 흔적 없이 사라져버린다면 다시 물을 말을 낳기는 불가능하기에 신중스러움을 섞어서 만든다. *어제는 어데 가싰다가 그래 늦었니껴?* 그렇게 신중스러움을 섞어 만든 말을 조심스럽게 건넸다. 그렇지만 이번에도 캄캄한 침묵만 고일 뿐 말이 무사히 도착했다는 기별은 없다. 아무 대꾸도 메아리도 돌아오지 않는다. 불안 불안에 떨면서 기별을 기다리지만, 차라리 희망을 포기하는 편이 나을 뻔했다. 가혹한 침묵이 날아다니던 밥상에 갑자기 쨍그랑 침묵 깨는 소리가 들린다. 탕! 쨍그랑 째그르르. 수저 놓는 소리가 마룻바닥에 굴러떨어진다. *에이. 아직부텀 밥맛 떨어지그로. 예펜네가 웬 잔말이 그래 많아? 별걸 다 물어보고 그래. 어데 갔다 늦었는지 알아서 머 할라고? 할 일이 읍스이 벨걸 다 물어보고 자빠졌네. 에이!* 평소에는 두 마디도 말을 이어서 하지 못하는 남자가 어떻게 저렇게 많은 말을 한꺼번에 뱉을 수 있는지 신기할 정도다. 그 말속에 또 수상함이 문을 박차고 데굴데굴 굴러 나온다. 이쯤 되면 또 그 대단한 진성 이씨 가문 뼈대 있는 양반 가문의 시어머니 나벨라가 그냥 넘어갈 리 없다. 아니 그냥 넘어간다면 아마도 이 지구는 멸망하고 말지도 모른다. 소나기가 쏟아질 거란 예측을 하는 순간 이미 폭우가 쏟아져 내린다. *왜 아직부텀 예펜네가 남정네 하는 일을 왈가불가 파고들어. 아, 아직도 못 먹그러하고 자빠졌노? 아나 잘 보고 집안일이나 하믄 되지, 예펜네가 머 그래 말이 많노. 옛부텀 암탉이 울믄 집안이 망한다는 말 듣도 못했나.* 하는 말 꼬락서니하고는 품새 없이 씨부랬사이. *남정네가 밖에 나가 먼 일을 기 피고 하겠노. 애비야, 말 같지도 않은 말 앞 봇도랑에 귀 씨뿌래고 얼릉 아직 먹그라. 밥 안 먹으믄 몸 축나서 못쓴다.* 두 모자는 밥상 가득 먹구름을 덮어버린다. 그리고 밥상에 먹구름을 덮은 건 며느리 탓으로 조작해버리는 저 기술은 참말로 타고난 웅변이다.

  아들을 달래도 밥을 안 먹고 일어선다. 밖으로 바람처럼 나가자 시어머니 나벨라는 수저를 상에다 휘익 윷가락 던지듯 집어던지면서 일어선다. 자동으로 온 식구들은 수저를 놓는다. 어른들의 싸움 밭에서 아침을 먹고 학교에 가야 할 아이들, 아침밥을 못 먹고 기가 푹 죽어 눈치를 보면서 슬금슬금 본다. 하나둘 모두 일어서는 게 가슴 아프다. 뚜루룩뚜루룩 상형문자 같은 눈물이 흘러내린다. 가슴이 마음이 지구가 다 젖도록 서러운 눈물. 뼛속까지 시리고 아프다. *괜찮다. 계절아, 숙명아, 얼릉 앉아서 밥 먹그라. 그래*

야 동상들도 멀 꺼 아이라. 할매하고 아부지는 있다가 드실 거니까, 걱정하지 말고 얼릉 너희들은 밥 먹고 학교 가그라. 엄마의 말에 계절이 한마디 던진다. 엄마는요? 이 상황에서도 어미를 챙기는 아들의 저 마음을 어찌 해석해야 할까? 콧등이 찡해온다. 다른 아이들도 엄마를 쳐다본다. 엄마는 집에 있잖나. 그래이 있다가 머도 된다. 너들은 핵교 가야 하이까 얼릉 밥 먹그라. 그래고 동상들 챙기서 핵교 잘 델꼬 갔다 온나. 엄마의 이 말도 안 되는 이율배반적인 말에 착한 아이들은 어미의 말을 병아리 새끼들이 어미를 졸졸 따라다니듯이 따라준다. 고맙다.

야. 엄마 알았니더. 그래믄 우리 먼저 먹고 핵교 갈 테이까 엄마도 있다가 밥 잡수소. 야들아. 얼릉 밥 먹고 핵교 가자. 핵교 늦겠다. 지어미보다 더 궁리가 넓은 아들. 형의 말에 동생들은 모두 다시 밥상으로 모여 앉아서 밥을 먹는다. 달려는 아이들이 밥을 다 먹는 걸 보니 조금 마음이 편하다. 아이들이 밥을 다 먹고 일어서서 학교 갈 준비를 하러 간다. 밥상을 들고 부엌으로 온다. 죄 한 점 없이 눈부시게 아름다운 아이들에게 상처가 될까 또 걱정 하나가 포개진다. 허공중을 밟고 다니는 것처럼 발걸음이 허허롭다. 밥상을 부뚜막에 얹고 자신도 부뚜막에 엉덩이를 들이대고 걸터앉는다. 턱을 괴고 오귀스트 로댕의 생각하는 사람처럼 오른팔 팔꿈치를 왼쪽 다리에 얹고 앉는다. 생각하는 사람처럼 앉았으나 흉내만 냈을 뿐 아무 생각도 나지 않는다. 아참, 그렇지. 로댕의 조각상도 조각이니까 아무 생각도 안 넣고 조각을 했을 거야. 아니 생각을 모두 조각해버리고 껍질만 동그마니 앉혀놓았는지도 몰라. 거기다가 만약 생각을 집어넣고 조각을 했다면 내게도 무슨 생각이 날 테지만 턱을 괴고 앉아도 아무 생각도 안 나는 걸 보면 분명 생각은 조각해서 자루에 담아 어딘가에 꽁꽁 숨겨두었을 거야.

피식 웃음이 빠져나와 옆에 앉는다. 이 갑갑하고 맹맹한 냄새는 맹하게 길을 잃고 부질없는 생각만 이리저리 눈덩이처럼 굴러 비대해 절뚝거리게 만든다. 어디 절친한 사람의 부음을 받은 것처럼, 사형선고를 받은 죄인처럼, 무겁기만 한 마음을 모두 부뚜막에 꺼내놓는다. 무게를 이기지 못하고 부뚜막이 꺼져내려버릴 것 같아 한숨으로 불어버린다. 손톱이 모두 한꺼번에 곪아 빠져버렸는지 손에 감각이 사라져 버린 아침. 뒤뜰에서 숫돌에 누군가의 목을 베려 칼을 슥슥 벼리는 소리에 바람도 맞바람을 피우기 위해 시퍼런 잎들을 벼리고 있다. 저 칼들은 적막한 침묵의 목을 치기 위해 자신을 갈아내고 있다. 위험한 말들을 베고 침묵을 베고 쓸데없는 소문까지 베어버리면 얼마나 좋을까? 가슴속 시간의 내피를 갈라 자신을 투명하게 비춰봐야만 자신을 지탱할 수 있을 것 같은 절박함. 그렇게 또 달려는 홀로 탄 배를 선장이 되고 사공이 되어 저어 갈 수밖에 없다. 자신을 기댈 공간 한 조각을 찾으려 애를 써보지만 헛일 같다. 하루의 첫 단추를 풀고 나머지 단추도 모두 풀어 가슴에 푸른 공기를 집어넣을 수 있을까? 모든 게 무겁게 가라앉히기만 하는 계절, 바람이 가끔 집게손가락으로 콧구멍 쑤시는 소리를 낸다.

잊자. 걱정은 당겨서 할 필요가 없다. 걱정을 당겨서 하면 불행은 독 묻은 꽈리처럼 자랄 것이다. 걱정은 닥치면 해도 안 늦는다. 달녀는 자신에게 갖은 처방을 다 해보면서 마음을 착착 접어서 심장 서랍에 가지런히 넣는다. 그다음에 여름이 병 고치는 데 모든 신경을 집중한다. 일주일에 두 번씩 연화동을 오르내리며 아이를 치료하는 데 전념한다. 그러는 사이에도 생각은 자꾸만 여위어가서 뼈만 앙크랗게 남아 건드리면 툭, 부러질 것 같다. 그래도 살아야 한다. 아이들을 붙잡고 살아야 한다. 자꾸만 흩어져 어디론가 날아가버릴 것만 같은 마음을 쓸어 모은다. 제법 선선한 바람이 불어오는 초가을이다. 사연이 오늘따라 자기도 여름이 침 맞는데 함께 간다며 따라나선다. 달녀는 어린것이 엄마가 그리워 병까지 난 걸 생각하니 가슴이 아려와 함께 데리고 가기로 한다.

부지런히 걸어서 여름이 침을 맞히고 오늘따라 아무 데도 들리지 않고 집으로 발길을 옮긴다. 마음이 어디에 들릴 마음이 아니다. 시거리를 막 지나는데 사연이 오줌이 마렵다고 한다. 그래. 그래믄 요기 아래 둑 밑에 가서 눠. 내려가믄 큰 소나무 밑에 평평하고 넓은 바위가 있어. 그 옆에서 누고 와 알았제? 오짐 눌 때는 주변을 잘 살피고 눠야 돼. 혹시 뱀이 있을지도 모른다. 가시넝쿨에 찔릴 수도 있으이 조심해야 해 알았제, 사연아. 야, 엄마. 잘 살펴고 누고 올께이 걱정하지 마소. 사연이 오줌을 누러 둑을 조심스럽게 내려간다. 조금 가파르고 높은 언덕이라 사연이는 뒤로 서서 풀과 바위를 잡고 조심조심 내려간다. *잘 못 내래가겠나? 엄마가 내려다 줄까? 아이씨더. 엄마. 이까짓 천방은 지 혼자도 잘 내래가니더. 걱정하지 말고 엄마는 여름이나 데리고 있으소.* 사연은 자신 있는 말을 신작로에 두고 혼자 내려간다. 사연이 안전하게 둑 밑으로 내려가는 걸 보고 신작로에서 여름이를 데리고 기다리고 있다. 오줌을 누러 간 사연이 금방 다시 온다. *벌써 오짐 누고 왔어? 머 이래 빨리 누고 오노? 아이요. 오짐 안 누고 올래왔니더. 오짐 매룹다 그래놓고 왜 안 누고 그냥 와? 무서워서 못 내래가겠니더. 혼자 잘 내래가겠다고 큰소리쳐놓고 왜 못 누고 그냥 왔어? 그래믄 엄마가 델다 주까? 아이씨더 엄마. 아이 그냥 갈라니더. 참을 수 있니더. 오짐이 째끔밲에 안 마룹니더.* 사연이 대답에 뭔가 당황하는 기색이 역력하다. *오짐 참으믄 못써. 일로 따라와. 엄마가 천방 내래다 주께.*

사연의 손을 잡고 둑 밑으로 내려가다 맹수를 만난 것처럼 소스라친다. 그 너럭바위에 남편과 어떤 여자가 나란히 누워 자고 있다. 벌건 대낮에 고등어에 소금을 뿌려 자반을 만들어 포갠 것처럼 한쪽을 바라보며 몸을 포개고 자고 있다. 그 여자의 몸과 남편의 몸은 고등어 한 손이 되어 바위에서 겹쳐졌다. 누가 오는지도 모르고 신나게 자고 있다. 이런 풍경에 정답은 어디 있을까? 바위

옆에는 매발톱꽃이 함초롬히 웃고 보초를 서는, 이 기막힌 풍경은 어느 못된 신이 창조해낸 풍경일까? 아무렇지도 않게 아무것도 못 본 듯 도란도란 자기들 얘기만 하며 흘러만 가는 시냇물은 사랑이 무엇인지 알기나 하는 걸까? 달녀는 가슴에서 다듬이소리가 나기 시작한다. 사랑받는 여자가 사랑이고 사랑받지 못하는 여자가 불륜일까? 물고기만 품어 키우는 강물은 사랑과 불륜의 차이를 모르는 걸까? 최고의 따뜻한 온도로 두 사람을 덮어주고 있는 저 햇빛은 무엇이란 말인가? 꽃과 강물 햇빛까지 저 두 사람 편이란 말인가?

예기치 않은 보리깜부기 같은 일이 눈앞에서 벌어지자 그동안의 의심들이 일순간에 탱글탱글 영글어버린다. 서로가 서로를 뒤집어쓰고 누워 있다. 체온을 교환하면서 누워 있다. 너럭바위에 세 들어서 저렇게 평화롭고 행복하게 살고 있다니. 발 네 개가 신발을 벗겨내고 알몸으로 나란히 누웠다. 남편의 앞마당처럼 평수가 넓은 발바닥 갈고리처럼 한쪽으로 휘어져 들쑥날쑥 제멋대로 생긴 여자의 발가락이 서로 한 쪽씩 지그재그로 겹쳐있다. 후륵후륵 냇물에 몸을 씻고 햇살에 몸을 말리고 있는 저 두 마리 고등어. 분명 겉에는 남편이고 속에는 *도화살* 그 여자다. 너무 놀라서 어찌해야 한다는 생각도 없이 후닥닥 그 자리를 뜬다. 방망이를 아무리 멈추려 해도 멈추지 않는다. 자꾸만 쿵쾅 심쾅 쿵쾅 심쾅 가슴을 마구 두드린다. 쿵쾅거리는 심장을 손으로 부여잡고 아무 말 없이 신작로로 올라온다.

칼을 갈고 싶었다. 칼을 잘 갈아 저 고등어를 탁, 탁, 토막을 내어 물속에 던져 다른 물고기들의 양식이나 되라고 던져버리고 싶다. 햇빛들이 모두 칼이 되어 번뜩인다. 길가에 있는 죄 없는 풀꽃들을 손으로 후르륵 훑어서 휘익 던져버린다. *아무한테도 말하지 마.* 머리도 꼬리도 없는 말에 사연은 묵묵히 어미를 쳐다본다. *야.* 하고 단답을 한다. 여름이는 *아무한테도 말하지 마. 그게 먼 말인데요?* 큰 눈을 깜빡이며 말뜻을 캔다. *응, 아이 아이 아무꺼도 아이다. 그냥 그래. 그냥 엄마가 심심해서 해본 소리야. 아아 엄마도 심심하구나. 사연이 누나하고 내하고만 놀아서 엄마가 심심하구나요. 아이다. 괜찮아 엄마는 심심해도 괜찮아. 야, 알겠니더.* 사연은 상황을 때려잡고 동생을 데리고 앞만 보며 부지런히 걸어간다. 대낮인데도 온통 검고 위협적이고 도대체 뚫고 나갈 수 없는 터널 같다. 터널에서 검은 연기는 끊임없이 솟아 솟아 하늘로 하늘로 먼 우주 어디로 사라지고, 희뿌연 안개가 온 사방으로 몰려들어 자신을 에워싼다.

신은 잔인하게도 행복을 뽑아내고 불행을 심었다. 행복의 손을 내밀어 한 번도 이끌어주지 않는 신, 언제나 햇빛을 비추어줄지. 소낙비 내릴 때 우산이 되어줘 편하게 걸을 날이 언제 있을까 있기나 할 건지. 아무도 믿을 사람 하나 없는 이 황량한 벌판. 달녀만 두고 스쳐 간 행운들. 언제 한 번 행운이 길을 잘못 들어서라도 찾아올 수 있을까? 어디를 어떻게 갔다 왔는지 모르게 집에 도착한다. 사연은 정스런 말을 늘어놓는다. *엄마 방에서 쉬소. 지가 쇠죽 끓애고 밥하께요.* 기특하게도 지어미의 심정을 알고 배려 담긴 말을 파릇파릇 피워올린다. 고맙다. 지금은 아무것도 없는 허허다. 그냥 눕는다. 그날 밤 어둠이 온 천지를 덮은 시간에 남편은 저벅저벅 집으로 온다. 등이 시퍼렇게 날 선 고등어가 두꺼운 가면을 뒤집어쓰고, 너무도 파렴치한 색으로 광채를 내고 비린내를 풍기면서.

어데 갔다 오니껴? 고등어 울음처럼 차가운 시선만 던질 뿐 말이 없다. 어데 갔다 오냐고 묻는 소리가 안 들리니껴? 안죽도 귀먹을 나는 안 됐구만. 말이 안 들리느껴? 머 숨기고 싶은 짓이래도 하고 드왔는 모양이제요. 남편은 움찔 놀라는 기색이 역력한 얼굴을 들더니 힐끗 쳐다본다. 죽은 무덤을 찾아가서 물어보면 모두 죽은 이유가 있듯이. *남이사 어데 갔다 오든 말든, 여편네가 웬 참견이 그래 많노.* 발톱 깎다 살을 깎아 화들짝 놀라듯 움찔한 말을 애써 가라앉히며 말한다. 남이 아이니까 문제요. 남이믄 주디이가 썩어 뭉그래져도 머하로 주디이 아프그러 묻니껴? 볼일 보러 갔다 오제 어데 갔다 와. 볼일 보러 가는 거도 인제 보고서 제출하고 허가받고 댕개야 되나. 갈수록 태산이구먼. 먼 볼일이 그래 많애서. 어데로 갔니껴? 먼 볼일을 맨발로 바우 우에서 누서 보니껴?

심장을 찌르는 말에 남편의 눈동자의 그림자가 심하게 흔들린다.

흔들리는 눈동자를 고정시키고 입술 사이로 말을 뱉아낸다. *지끔 날 심문하나? 맨발로 바우? 바람에 중 멀꺼데이 날래는 말을 머 그래 씨부렁거래노.* 남편은 대답이 궁해진 건지, 아니면 뭔가 짚이는 것이 있는지 목소리 톤이 올라간다. 고정되었던 눈동자에서 또다시 흘깃 눈동자로 옆을 살핀다. *심문? 먼가 찔래는 일이 있는 모양이제요. 심문당할 짓을 한 모양인데 당할 짓을 했으믄 당해야제요. 그래믄 심문 실컨 해라. 에이 여편네라고는. 해가주고 댕그는 꼬라지하고는.* 말을 휘익 던진다. 말이 채 땅에 떨어지기도 전에 자리를 뜬다. 어이가 없고, 기가 막히고, 코가 막혀 잠시 숨을 가다듬는다. 무슨 황무지 같은 말인지. 방망이질하는 자신의 가슴과 너무도 뻔뻔스런 남편의 대답 길이를 재어본다. 뻔뻔함의 길이는 잴 필요도 없다. 뻔뻔함의 무게도 잴 필요 없다. 아무래도 뻔뻔함의 비밀 뚜껑이 깨진 것 같다. 세차게 몰아치는 폭풍우에 두들겨 맞은 자신의 심장이 마치 폐허 같다. 공허한 가슴에 어쩌자고 규칙적으로 작동하는 심장 박동기. 파란불이 켜지기를 기다리고 있는데, 등에는 영영 불이 켜지지 않을 것 같은 아득함. 남편의 입에서 하얀 파도를 일으키며 쏜살같이 달려온 말이 자신의 심장에 꽂혀 피를 줄줄 흘리고 있다. 아픔조차도 느끼지 못할 만큼, 시어머니에게 들은 그 어떤 말들보다 깊은 상처를 내는 말, 남편의 말은 비바람이 봄꽃들의 목숨을 화르르화르르 떨어내듯 자신의 삶도 추락하는 느낌이다.

이제 또 다른 전쟁의 시대가 온 것인가? 그렇게 많은 태풍과 비바람으로 자신을 만신창이로 만들고도 모자라 또 이런 시련을 주는 것인가? 지나온 아픔을 잊을 정도로 심장을 짓밟은 남편의 말. 혼이 몸을 버리고 나가버렸다. 그 말은 무덤을 닮아 있었다. 남편의 말에 퍼붓는 빗속을 뛰어나가 돌아다니는 혼을 찾아 나선다. 돌아온다고 해도 다시 가출하지 않는다는 보장이 없지만 그래도 찾아 나서서만 한다. 공중을 뒤척이던 바람은 어디로 날아가고, 가위눌린 사람처럼 아무 말도 못 하는 몸뚱이를 발 없는 귀신이 목을 조아오는 밤, 캄캄한 빛을 밟고 서서 하늘을 쳐다본다. 구름은 달을 어느 약속의 장소로 숨겨뒀는지 코빼기도 안 내민다. 달녀는 마루 밑에 있는 쥐약 병을 살그머니 꺼낸다. 뚜껑을 열고 막 마시려고 하는데 여름이가 눈을 허옇게 뒤집으며 거품을 내놓으며 방바닥에 쓰러진다. 깜짝 놀라 쥐약 병을 집어던지고 아이 방에 뛰어간다. 분명 눈을 허옇게 뒤집었다. 거품을 내놓으며 방바닥에 쓰러지던 여름이는 쌔근쌔근 잠이 들어 자고 있다. 아이들이 모두 하나같이 평온하게 잠을 자고 있다. 저 아이들을 어째야 한단 말인가. 시어머니도 손자들을 개 쳐다보듯 하고 남편 역시 저 미친 짓 때문에 자신의 자식이 눈에 들어올 리가 없는데. 달녀의 손바닥은 조용히 가슴을 쓸어내린다. 장독대에 가서 앉아 밤새도록 푸성귀 다듬듯 마음을 다듬고 다듬고 또 다듬어 티끌 하나 없이 다듬는다.

아침은 왔고, 자신의 눈은 빛을 보고 있고, 아이들은 일어나자마자 어미에게 매달려 칭얼거린다. 머릿속에서 모깃소리처럼 윙윙거리며 날아다니는 말이 또 귀속을 파고든다. *여편네라고는 해가주고 댕그는 꼴하고는. 여편네라고는 해가주고 댕기는 꼴하고는.* 그래 그렇지. 소태처럼 쓴 말이지만 틀린 말은 아니다. 그 도화살이란 여자는 같은 여자가 봐도 한눈에 들어오도록 말쑥하게 차려입고 다녔지. 도저히 농촌 여자라고는 믿기지 않을 정도로. 거기에 비하면 자신은 매일 다 낡아 더덕더덕 기운 위에 또 헝겊을 덧대서 기운 옷으로 몸뚱이를 둘둘 말고 머리는 고무줄로 질끈 동여매고, 하루 한 번도 거울을 보지 않을 때가 더 많은 건 사실이다. 조금도 자신에게 신경을 쓰지 않았던 건 사실이다. 아니 더 정확하게 말하면 자신을 방치했다. 더 잔인하게 말하면 버려두었던 것이다. 방치하고 무시하고 무관심하게 두었던 것이다.

3권으로 계속